Die Frau in der Literatur

Henry James

Die Erbin vom Washington Square

Roman

Aus dem Amerikanischen
von Alfred Kuoni
Mit einem Nachwort
von Dietmar Haack

Ullstein Taschenbuch

Ullstein Buch Nr. 30134
im Verlag Ullstein GmbH,
Frankfurt/M. – Berlin – Wien

Ungekürzte Ausgabe

Titel der Originalausgabe:
›Washington Square‹
Umschlagentwurf:
Hannes Jähn
unter Verwendung eines
1894 entstandenen
Holzstichs aus: La Saison
Journal illustré des Dames
Mit freundlicher Genehmigung
der Verlags AG
»Die Arche«, Zürich

Printed in Germany 1982
Druck und Verarbeitung:
Ebner Ulm
ISBN 3548301347

Juli 1982

CIP-Kurztitelaufnahme der
Deutschen Bibliothek

James, Henry:
Die Erbin vom Washington Square: Roman /
Henry James. Aus d. Amerikan. von Alfred
Kuoni. Mit e. Nachw. von Dietmar Haack. –
Ungekürzte Ausg. – Frankfurt/M.; Berlin;
Wien: Ullstein, 1982.
(Ullstein Buch; Nr. 30134: Die Frau in
d. Literatur)
Einheitssacht.: Washington Square ⟨dt.⟩
ISBN 3-548-30134-7
NE: GT

DIE ERBIN VOM WASHINGTON SQUARE

I

Während eines Teiles der ersten Hälfte dieses Jahrhunderts, im besonderen gegen Ende derselben, florierte und praktizierte in der Stadt New York ein Arzt, der wohl in ungewöhnlichem Maße jene Beachtung genoß, welche — in den Vereinigten Staaten — hervorragenden Vertretern der Heilkunst seit je entgegengebracht wurde. Diese Kunst ist in Amerika allzeit in Ehren gehalten worden und hat erfolgreicher als anderswo Anspruch auf das Beiwort «frei» erhoben. In einem Lande, wo man, um eine Rolle in der Gesellschaft zu spielen, sein Einkommen entweder verdienen, oder doch glauben machen muß, man verdiene es, hat sich erwiesen, daß die Heilkunst zwei anerkannte Quellen des Ansehens in hohem Maße in sich vereinigt. Sie gehört dem Reiche der Praxis an, was in den Vereinigten Staaten eine nachdrückliche Empfehlung bedeutet, und sie wird vom Lichte der Wissenschaftlichkeit getroffen — ein Verdienst, das eine Gesellschaft, wo Erkenntnisdrang nicht immer auch von Muße und Gelegenheit begleitet ist, zu schätzen weiß.

Ein Element in Doktor Slopers Ruf bestand darin, daß sein Wissen und seine Kunstfertigkeit sich sehr genau die Waage hielten; er war, was man einen gelehrten Arzt nennen könnte — und doch hatten seine Anordnungen nichts Abstraktes an sich: er verschrieb immer etwas zum Einnehmen. Obwohl man ihn als äußerst gründlich empfand, war er doch nicht beunruhigend theoretisch, und wenn er sich auch manchmal in seinen Erklärungen eher weiter ins Minuziöse einließ, als für den Patienten von Nutzen schien, so ging er doch nie so weit (wie man es von gewissen Praktikern schon gehört hatte), sich auf die Erklärung allein zu verlassen, sondern immer ließ er ein undurchsichtiges Rezept zurück. Natürlich gab es auch Ärzte, die das Rezept ganz ohne Erklärungen zurückließen; zu dieser Sorte — die ja doch schließlich die allergewöhnlichste ist — gehörte er auch wieder nicht. Man wird erkennen, daß ich hier über einen klugen Mann schreibe, und dies ist ja auch der eigentliche Grund, weshalb Doktor Sloper eine stadtbekannte Persönlichkeit geworden war.

Zu der Zeit, da wir uns hauptsächlich mit ihm zu beschäftigen haben, war er etwa ein Fünfziger, und seine Beliebtheit hatte ihren Höhepunkt erreicht. Er war sehr geistreich und galt in New Yorks bester Gesellschaft als ein Mann von Welt — was er auch in durchaus befriedigendem Maße wirklich war. Ein Scharlatan — um möglichen Mißverständnissen vorzubeugen, beeile ich mich es beizufügen — war er aber nicht im mindesten. Er war ein von Grund auf ehrlicher Mann — ehrlich bis zu einem Grade, dessen volles Maß auszuschöpfen, ihm vielleicht die Gelegenheit gefehlt hatte; und auch wenn wir einmal absehen von dem großen Wohlwollen jener Kreise, in welchen er praktizierte und die sich gerne rühmten, den «brillantesten» Arzt im Lande zu besitzen: er rechtfertigte täglich seinen Anspruch auf jene Talente, die ihm die Stimme des Volkes zuschrieb. Er war ein scharfer Beobachter, sogar ein Philosoph, und zu «brillieren» entsprach so sehr seiner Natur und kam bei ihm, wie die Volkesstimme sagte, so selbstverständlich heraus, daß er nie auf bloße Effekte bedacht war und all der kleinen Kniffe und Wichtigtuereien zweitrangiger Berühmtheiten entraten konnte. Man muß zugeben, daß er vom Glück begünstigt wurde und daß der Pfad zum Gedeihen sich sehr weich unter seine Schritte geschmiegt hatte. Mit siebenundzwanzig Jahren hatte er — aus Liebe — geheiratet, ein reizendes Mädchen, Miss Catherine Harrington, aus New York, das ihm über seine Anmut hinaus noch eine handfeste Aussteuer mitbrachte. Mrs Sloper war liebenswürdig, reizend, tüchtig, elegant, und 1820 war sie eines der hübschen Mädchen der kleinen, aber aufstrebenden Kapitale gewesen, die sich, die Bay überschauend, um die Battery drängte und deren oberste Grenze durch die grasbewachsenen Ränder der Canal Street bezeichnet wurde. Sogar schon im Alter von siebenundzwanzig Jahren hatte sich Austin Sloper genügend ausgezeichnet, um die Ungewöhnlichkeit zu mildern, die darin bestand, daß unter einem Dutzend Bewerber gerade er der Erkorene einer vielbegehrten jungen Dame war, die über ein Einkommen von zehntausend Dollar und die entzückendsten Augen Manhattans verfügte. Diese Augen, und einiges, was mit ihnen zusammenhing, bildeten für den jungen Arzt, der ein ebenso ergebener wie sehr glücklicher Gatte war, etwa fünf Jahre lang eine Quelle tiefster Befriedigung.

Die Tatsache, daß er eine reiche Frau heiratete, beeinflußte die Laufbahn, die er einmal eingeschlagen hatte, in keiner Weise, und er übte seinen Beruf mit so unbeirrter Zielstrebigkeit aus, als verfüge er noch immer über keine anderen Mittel als seinen Bruchteil an der bescheidenen Erbschaft, in die er sich beim Tode seines Vaters mit seinen Geschwistern geteilt hatte. Sein Ziel war nicht in erster Linie der Gelderwerb gewesen, sondern vielmehr, etwas zu lernen und etwas zu leisten. Etwas Interessantes zu lernen und etwas Nützliches zu leisten — das war, grob gesagt, das Programm, das er entworfen hatte und dessen Gültigkeit ihm auch nicht im mindesten durch den Zufall beeinträchtigt schien, daß seine Frau über ein Einkommen verfügte. Er liebte seine Praxis und die Ausübung seiner Kunstfertigkeit, deren er sich wohl bewußt war, und es traf so offensichtlich zu, daß er gar nichts anderes als eben Arzt hätte sein können, daß es für ihn beim Arzte blieb — unter den denkbar günstigsten Umständen. Natürlich ersparte ihm seine sorgenfreie häusliche Situation ein gut Teil Plackerei, und die Verwandtschaft seiner Frau mit der allerersten Gesellschaft führte ihm eine stattliche Zahl solcher Patienten zu, deren Symptome zwar nicht an sich schon interessanter sind als die der unteren Klassen, aber hartnäckiger produziert werden. Er wünschte, Erfahrungen zu sammeln, und im Verlauf von zwanzig Jahren wurden sie ihm auch in großer

Menge zuteil. Es muß beigefügt werden, daß ihm manche unter Formen begegneten, die sie — wie groß auch ihr innerer Wert sein mochte — alles andere als willkommen erscheinen ließen. Sein erstes Kind, ein kleiner Junge, der außerordentlich viel verhieß — wovon der Doktor, der doch nicht zu voreiliger Begeisterung neigte, fest überzeugt war — starb im Alter von drei Jahren, trotz allem, was die Zärtlichkeit der Mutter und die Wissenschaft des Vaters zu seiner Rettung aushecken konnten. Zwei Jahre darauf schenkte Mrs Sloper einem zweiten Kinde das Leben — einem Kinde, dessen Geschlecht das arme Geschöpf, nach der Meinung des Doktors, zu einem unangemessenen Ersatz für den beklagten Erstgeborenen machte, den zu einem bewundernswürdigen Manne zu bilden er sich vorgenommen hatte. Das Mädchen war eine Enttäuschung; aber das war nicht das Schlimmste. Eine Woche nach dessen Geburt wies die junge Mutter, die, wie man zu sagen pflegt, auf dem besten Wege war, plötzlich beunruhigende Symptome auf, und noch vor Ablauf einer weiteren Woche war Austin Sloper Witwer.

Für einen Mann, dessen Beruf es ist, andere Leute am Leben zu erhalten, hatte er sich in seiner eigenen Familie gewiß nicht im besten Lichte gezeigt; und ein brillanter Arzt, der innerhalb von drei Jahren seine Frau und seinen kleinen Jungen verliert, sollte sich vielleicht darauf gefaßt machen, entweder seine Kunstfertigkeit oder seine Liebe angezweifelt zu sehen. Unser Freund entging jedoch solcher Kritik; das heißt, er entging aller Kritik außer seiner eigenen, welche bei weitem die sachkundigste und schonungsloseste war. Für den Rest seiner Tage schritt er unter der Last dieser sehr privaten Rüge und trug für immer die Narben einer Züchtigung, welche ihm in der Nacht, welche dem Tod seiner Frau folgte, die stärkste ihm bekannte Hand beigebracht hatte. Die Welt, die ihn — wie ich schon sagte — hochschätzte, fühlte zu sehr Mitleid mit ihm, als daß sie sich ironisch geäußert hätte; sein Unglück machte ihn nur noch interessanter und brachte ihn sogar in Mode. Man tauschte die Bemerkung, daß selbst Ärztefamilien den bösartigeren Krankheitsformen nicht entgehen und daß Doktor Sloper schließlich auch noch andere Patienten, außer den beiden eben erwähnten, verloren habe, und die stellten ehrbare Präzedenzfälle dar. Sein Mädelchen blieb ihm, und obwohl es seinem Wunsche nicht entsprach, nahm er sich vor, das Beste aus ihm zu machen. Er verfügte über einen Vorrat unverbrauchter Autorität, der dem Kinde in seinen frühen Jahren freigebig zugute kam. Es wurde — das versteht sich von selbst — nach seiner armen Mutter genannt, und sogar als winziges Wickelkind nannte es der Doktor nie anders als Catherine. Es wuchs zu einem sehr robusten und gesunden Kinde heran, und sein Vater sagte sich oft, wenn er es so betrachtete, daß er, so wie es war, wenigstens keine Angst zu haben brauche, auch dieses zu verlieren. Ich sage: «so wie es war», denn um die Wahrheit zu gestehen ... Doch das ist eine Wahrheit, deren Geständnis ich lieber noch aufschieben möchte.

II

Als das Kind etwa zehn Jahre alt war, lud er seine Schwester, Mrs Penniman, ein, bei ihm zu wohnen. Es hatte nur zwei Fräulein Sloper gegeben, und beide hatten früh geheiratet. Die jüngere, Mrs Almond mit Namen, war die Frau eines erfolgreichen Kaufmanns und die Mutter einer gedeihenden Familie. Übrigens gedieh sie auch selbst und war eine ansprechende, gemütliche, verständige Frau und der Liebling ihres gescheiten Bruders, der, was Frauen betraf — auch bei nahe mit ihm verwandten —, ein Mann deutlicher Vorlieben war. Er zog Mrs Almond seiner Schwester Lavinia vor, die einen armen Geistlichen von schwächlicher Konstitution und blumiger Eloquenz geheiratet hatte und dann, im Alter von dreiunddreißig Jahren, als Witwe zurückgelassen wurde — ohne Kinder, ohne Vermögen — ohne irgendetwas außer der Erinnerung an Mr Pennimans Redeblüten, deren unbestimmter Duft ihre eigene Konversation umschwebte. Immerhin, er hatte ihr ein Heim unter seinem Dache angeboten, was Lavinia mit der Bereitwilligkeit einer Frau, welche die zehn Jahre ihres ehelichen Lebens in der Stadt Poughkeepsie zugebracht hat, annahm. Der Doktor hatte Mrs Penniman nicht vorgeschlagen, auf unbeschränkte Zeit bei ihm zu wohnen; er hatte angeregt, sie möge in seinem Hause Zuflucht finden, während sie sich nach unmöblierten Zimmern umtue. Es ist ungewiß, ob Mrs Penniman je eine Suche nach unmöblierten Zimmern in die Wege geleitet hat, aber es ist unbestritten, daß sie nie welche fand. Sie ließ sich bei ihrem Bruder nieder, um ihn nie mehr zu verlassen, und als Catherine zwanzig Jahre alt wurde, stellte ihre Tante Lavinia noch immer eines der auffälligsten Wahrzeichen ihrer unmittelbaren Umgebung dar. Mrs Pennimans eigene Darstellung der Angelegenheit ging dahin, daß sie geblieben sei, um sich der Erziehung ihrer Nichte anzunehmen. Diese Darstellung mindestens hatte sie allen gegeben außer dem Doktor, der niemals nach Erklärungen verlangte, die er sich jederzeit selbst ausdenken konnte. Überdies schreckte Mrs Penniman, obwohl sie über ein beträchtliches Maß einer gewissen Art künstlicher Selbstsicherheit verfügte, aus nicht näher zu bestimmenden Gründen davor zurück, sich ihrem Bruder gegenüber als eine Quelle der Belehrung auszugeben. Sie hatte keinen ausgesprochenen Sinn für Humor, aber doch genug davon, um sich vor diesem Fehler zu bewahren; und ihr Bruder hatte seinerseits genug, um sie — in ihrer Situation — dafür zu entschuldigen, daß sie ihm während eines beträchtlichen Lebensabschnittes Tribut auferlegte. Er stimmte daher stillschweigend der von Mrs Penniman stillschweigend aufgestellten These zu, daß es für das arme mutterlose Mädchen wichtig sei, in seiner Nähe eine kluge Frau zu haben. Seine Zustimmung konnte anders als stillschweigend gar nicht sein, denn seiner Schwester intellektuelles Feuerwerk hatte ihn noch nie zu blenden vermocht. Außer damals, als er sich in Catherine Harrington verliebte, hatten ihn, offen gestanden, noch keinerlei weibliche Charakterzüge geblendet; und obwohl er bis zu einem gewissen Grade war, was man einen «Modearzt» nennt, so hatte er doch keine übertrieben hohe Meinung von dem komplizierteren Geschlecht. Er hielt dessen Komplikationen eher für seltsam als erbaulich, und er hegte von der Schönheit der ratio ideale Vorstellungen, welche von dem, was er an seinen weiblichen Patienten beobachtete, im ganzen nur recht dürftig befriedigt wurden. Seine Frau war eine verständige Frau gewesen, aber sie bildete eine glänzende Ausnahme; unter mehreren Dingen, deren er gewiß war, stand dies wohl an erster Stelle. Eine solche Überzeugung trug natürlich wenig dazu bei, seine Witwerschaft zu mildern oder abzukürzen; und seine Anerkennung von Catherines Möglichkeiten und von Mrs Pennimans Dienstleistungen wurde durch sie — bestenfalls — beschränkt. Trotzdem nahm er nach Ablauf von sechs Monaten die ständige Anwesenheit seiner Schwester als eine vollendete Tatsache hin, und mit Catherines zunehmendem Alter wurde er gewahr, daß es in der Tat gute Gründe gab, weshalb sie eine Gefährtin ihres eigenen unvollkommenen Geschlechts um sich haben sollte. Er war zu Lavinia überaus höflich — von untadeliger, formeller Höflichkeit, und sie hatte ihn nur ein einziges Mal in ihrem Leben zornig gesehen, damals, als er in einer theologischen Auseinandersetzung mit ihrem Gatten selig seine Selbstbeherrschung verloren hatte. Mit ihr ließ er sich nie auf eine theologische Erörterung ein, noch auf irgendeine andere; er begnügte sich damit, seine Catherine betreffenden Wünsche sehr deutlich, in der Form eines wasserklaren Ultimatums, bekanntzugeben.

Einmal, als das Mädchen etwa zwölf Jahre alt gewesen war, hatte er zu ihr gesagt:

«Versuche, eine gescheite Frau aus ihr zu machen, Lavinia; ich möchte, daß sie eine gescheite Frau wird.»

Mrs Penniman blickte darauf einen Augenblick nachdenklich. «Mein lieber Austin», erkundigte sie sich dann, «hältst du es für besser, gescheit zu sein, als gut?»

«Gut wofür?» fragte der Doktor. «Wenn man nicht gescheit ist, ist man für gar nichts gut.»

Mrs Penniman sah keinen Grund, diesem Ausspruch ihre Zustimmung zu versagen; möglicherweise erwog sie, daß sie ihre eigene Brauchbarkeit in der Welt ihrem vielseitigen Geschick verdanke.

«Selbstverständlich wünsche ich, daß Catherine gut ist», sagte am folgenden Tage der Doktor, «aber sie wird darum nicht weniger tugendhaft sein, wenn sie kein Dummkopf ist. Ich habe keine Angst, daß sie schlecht sein könnte; das Salz der Bosheit wird ihrem Charakter immer fremd bleiben. Sie ist, wie die Franzosen zu sagen pflegen, gut wie gutes Brot, aber ich möchte sie in sechs Jahren nicht gerne mit einem guten Butterbrot vergleichen müssen.»

«Hast du denn Angst, sie könnte fad werden? Mein lieber Bruder, ich bin es ja, die die Butter liefert; du hast also nichts zu befürchten!» sagte Mrs Penniman, welche die Ausbildung des Kindes an die Hand genommen hatte, sie am Klavier überwachte, wo Catherine ein gewisses Talent verriet, und mit ihr zur Tanzstunde ging, wo sie, wie man zugeben muß, nur eine bescheidene Figur machte. Mrs Penniman war eine großgewachsene, hagere, blonde, eher welke Frau, die Liebenswürdigkeit selbst, von hohem Anstand, mit einer Schwäche für leichte Literatur und einer gewissen närrischen Mittelbarkeit und Vertracktheit des Charakters. Sie war romantisch; sie war sentimental; sie hatte eine Leidenschaft für kleine Intimitäten und Geheimnisse — eine sehr unschuldige Leidenschaft, denn ihre Intimitäten waren bisher so unpraktisch wie Windeier gewesen. Sie war nicht restlos aufrichtig; aber dieser Mangel war nicht von großer Bedeutung, denn sie hatte noch nie etwas zu verbergen gehabt. Sie wollte immer gerne einen Verehrer und mit ihm unter falschem Namen korrespondieren, wobei die Briefe in einem Laden zu hinterlegen wären. Ich muß gestehen, daß ihre Einbildungskraft die Intimitäten nie weiter als bis zu diesem Stadium trieb. Mrs Penniman hatte nie wirklich einen Verehrer gehabt; aber ihr Bruder, der sehr scharfsinnig war, verstand wohl, wie sie dachte. «Wenn Catherine erst einmal siebzehn ist», so sagte er sich, «wird ihr Lavinia einzureden suchen, daß sich irgendein junger Mann mit einem Schnurrbart in sie verliebt habe. Daran wird kein wahres Wort sein; kein junger Mann, ob mit oder ohne Schnurrbart, wird sich je in Catherine verlieben. Aber Lavinia wird die Sache weiterverfolgen und sie mit ihr besprechen; wenn ihre Schwäche für heimliche Machenschaften nicht überwiegt, wird sie die Angelegenheit vielleicht sogar mit mir besprechen. Catherine wird es nicht einsehen und nicht glauben wollen — zum Glück für ihren Seelenfrieden; die arme Catherine ist nun einmal nicht romantisch.»

Sie war ein gesundes, gut gewachsenes Kind, ohne eine Spur von der Schönheit ihrer Mutter. Sie war zwar nicht häßlich; sie hatte einfach ein simples, reizloses, freundliches Antlitz. Sie habe ein «nettes» Gesicht, war das Äußerste, was je zu ihren Gunsten gesagt worden war; und trotz ihrer Anwartschaft war es noch niemandem eingefallen, in ihr eine Schöne zu sehen. Die Ansicht ihres Vaters über ihre moralische Reinheit war im Überfluß berechtigt; sie war in hervorragendem Maße unerschütterlich gut; lieb, folgsam, brav und sehr darauf bedacht, die Wahrheit zu sagen. In früheren Jahren war sie ein kleiner Wildfang gewesen, und wenn es auch etwas peinlich ist, über seine Heldin ein solches Geständnis abzulegen, so muß ich doch hinzufügen, daß sie ein rechter Vielfraß war. Sie hat meines Wissens zwar nie Rosinen aus der Speisekammer gestohlen; aber ihr Taschengeld verwendete sie auf den Einkauf von Sahne-Törtchen. Was dies betrifft, würde sich jedoch eine kritisierende Einstellung mit einem aufrichtigen Hinweis auf die frühen Annalen jedes beliebigen Biographen schlecht vertragen. Catherine war ganz bestimmt kein gescheites Kind; sie war nicht rasch im Auffassen, noch auch bei sonst etwas. Sie war anderseits nicht abnormal unterbegabt, und sie legte sich genügend Wissen zu, um mit Anstand bestehen zu können, wenn sie in ein Gespräch mit Zeitgenossen geriet, unter denen sie freilich — das muß eingeräumt werden — einen zweiten Platz einnahm. Es ist bekannt, daß es einem jungen Mädchen in New York möglich ist, einen ersten einzunehmen. Catherine, die äußerst bescheiden war, empfand kein Bedürfnis zu glänzen, und bei den meisten gesellschaftlichen Anlässen, wie man das nennt, wäre sie im Hintergrund versteckt zu finden gewesen. Sie liebte ihren Vater überaus und fürchtete ihn sehr; sie hielt ihn für den gescheitesten, stattlichsten und gefeiertsten aller Männer. Das arme Mädchen fand sich in der Betätigung seiner Zuneigung so reichlich entschädigt, daß das bißchen furchtsames Zittern, welches sich seiner kindlichen Leidenschaft beimengte, der Sache eher eine zusätzliche Würze verlieh, statt ihr die Schwingen zu stutzen. Sein tiefstes Verlangen war, ihm zu gefallen, und seine Vorstellung von Glück bestand in dem Bewußtsein, es sei ihm gelungen, ihm zu gefallen. Es gelang ihm immer nur bis zu einem gewissen Punkte. Das wußte es wohl — obwohl er im allgemeinen sehr freundlich zu ihm war —, und über jenen fraglichen Punkt hinauszugelangen, schien ihm ein echter Lebenszweck. Was es natürlich nicht wissen konnte, war, daß es ihn enttäuschte, obwohl der Doktor das bei drei oder vier Gelegenheiten beinahe ausgesprochen hatte. Es wuchs und gedieh in Frieden; aber im Alter von achtzehn Jahren hatte Mrs Penniman noch keine gescheite Frau aus ihm gemacht. Doktor Sloper wäre gerne auf seine Tochter stolz gewesen; aber es gab an der armen Catherine nichts, worauf er hätte stolz sein können. Natürlich gab es auch nichts, dessen er sich hätte schämen müssen; aber das genügte dem Doktor nicht, der ein stolzer Mann war und es genossen hätte, sich beim Gedanken an seine Tochter ein außergewöhnliches Mädchen vorstellen zu können. Er hätte es als angemessen empfunden, wäre sie hübsch und anmutig, intelligent und vornehm gewesen — war die Mutter doch zu ihrer so karg bemessenen Zeit die reizendste Frau gewesen — und was den Vater betraf, nun, so kannte er seinen eigenen Wert. Es gab Augenblicke, da er sich ärgerte, ein so gewöhnliches Kind hervorgebracht zu haben, und zu Zeiten ging er selbst so weit, eine gewisse Genugtuung in dem Gedanken zu finden, daß wenigstens seine Frau nicht hatte erleben müssen, wie es darum bestellt war. Er selber machte diese Entdeckung verständlicherweise nur widerstrebend, und erst, als Catherine eine erwachsene junge Dame geworden, hielt er die Sache für entschieden. Er ließ ihr eine große Zahl von Zweifeln zugute kommen; er hatte es nicht eilig, seinen Schluß zu ziehen. Mrs Penniman versicherte ihm häufig, daß seine Tochter eine entzückende Art habe; aber er wußte, wie diese Versicherung zu verstehen sei. Sie bedeutete — nach seiner Meinung —, daß Catherine nicht Witz genug hatte zu merken, daß ihre Tante eine Gans war — eine Beschränktheit des Geistes, die Mrs Penniman nur angenehm sein konnte. Doch überschätzten sowohl sie wie ihr Bruder die Beschränktheit des jungen Mädchens; denn obwohl Catherine ihre Tante sehr liebte und der Dankbarkeit, die sie ihr schuldete, eingedenk war, betrachtete sie dieselbe doch ohne ein Krümelchen jener milden Furcht, die ihrer Bewunderung für den Vater den Stempel aufdrückte. An Mrs Penniman bot sich ihrem Geiste nichts von Unendlichkeit dar; Catherine konnte sie gewissermaßen mit einem einzigen Blick umgreifen und wurde von ihrer Erscheinung nicht geblendet; dagegen schienen sich ihr des Vaters bedeutende Fähigkeiten ins Weite zu erstrecken und sich in einer lichtvollen Unbestimmtheit zu verlieren, was anzeigte — nicht etwa, daß sie dort zu Ende wären, sondern daß Catherines eigener Geist ihnen nicht mehr folgen konnte.

Man darf nicht meinen, Doktor Sloper habe dem armen Mädchen seine Enttäuschung heimgezahlt oder es auch nur ahnen lassen, daß es ihm einen Streich gespielt hatte. Im Gegenteil: aus Angst, er könnte ihm unrecht tun, erfüllte er seine Pflicht mit beispielhaftem Eifer und anerkannte, daß es ein anhängliches und liebes Kind war. Zudem war er Philosoph: er rauchte über seiner Enttäuschung eine stattliche Anzahl Zigarren, und als die Zeit erfüllt war, hatte er sich an jene gewöhnt. Er überzeugte sich — wenn auch nur mit Hilfe eines etwas seltsamen Gedankengangs —, daß er nichts erwartet habe. «Ich erwarte nichts», sagte er sich; «sollte sie mich nun überraschen, dann wird das reiner Gewinn sein. Wenn nicht, dann erleide ich keinen Verlust.» Dies war etwa um die Zeit, da Catherine ihr achtzehntes Jahr erreichte; man sieht also, daß ihr Vater sein Urteil nicht überstürzte. Zu dieser Zeit schien sie nicht nur unfähig, andere zu überraschen: es stellte sich beinahe die Frage, ob sie selbst überrascht werden könne — so still und unzugänglich war sie. Leute, die sich grob ausdrückten, nannten sie stumpf. Aber sie war unzugänglich aus Schüchternheit, aus unbeholfener, peinlicher Schüchternheit. Das wurde nicht immer verstanden, und manchmal erweckte sie den Eindruck eines Mangels an Gefühl. Und doch war zarter als sie kein Geschöpf der Welt besaitet.

III

Als kind verhiess sie gross zu werden; aber mit sechzehn Jahren hörte sie zu wachsen auf, und ihre Statur war, wie das meiste an ihr, nicht ungewöhnlich. Doch war sie kräftig und wohlgebaut und erfreute sich, glücklicherweise, einer ausgezeichneten Gesundheit. Es ist bereits bemerkt worden, daß der Doktor ein Philosoph war; aber ich wollte für seine Philosophie nicht gerne gebürgt haben, falls sich das arme Mädchen als kränklich und leidend erwiesen hätte. Ihre offensichtliche Gesundheit stellte ihren hauptsächlichen Anspruch auf Schönheit dar, und ihre helle, frische Gesichtsfarbe, in welcher Weiß und Rot sehr gleichmäßig verteilt waren, bot in der Tat einen erfreulichen Anblick. Das Auge war klein und ruhig, die Züge waren eher voll, das Gelock braun und weich. Ein reizloses, simples Mädchen: so nannten sie die strengen Kritiker — ein ruhiges, vornehmes Mädchen die phantasievolleren; aber weder die einen noch die andern machten viele Worte über sie. Als man ihr mit gebührendem Nachdruck beigebracht hatte, daß sie nun eine junge Dame sei — es verstrich geraume Zeit, ehe sie es glauben konnte —, entwickelte sie plötzlich einen lebhaften Geschmack an Kleidern: «lebhafter Geschmack» ist durchaus der treffendste Ausdruck. Ich habe das Gefühl, ich sollte es nur ganz klein schreiben: ihr Urteil war in diesem Punkte keineswegs unfehlbar; es war Irrungen und Wirrungen unterworfen. Ihr Schwelgen in dieser Richtung entsprang in Wirklichkeit dem Verlangen einer eher wortkargen Natur, sich darzustellen; sie suchte, in ihren Kleidern beredt zu sein und ihre Scheu im Sprechen durch eine schöne Offenheit der Tracht wettzumachen. Drückte sie sich nun aber in ihren Kleidern aus, dann konnte man es den Leuten gewiß nicht verübeln, wenn sie sie nicht für geistreich hielten. Es muß beigefügt werden, daß sie zwar Anwärterin eines Vermögens war — Doktor Sloper hatte lange Zeit durch seine Praxis jährlich zwanzigtausend Dollar eingenommen und die Hälfte davon auf die Seite gelegt —, daß aber der Betrag, über den sie verfügte, nicht größer war als das Taschengeld manch eines ärmeren Mädchens. In jenen Tagen flackerten, in New York, noch immer einige Altarfeuerchen im Tempel republikanischer Einfachheit, und Doktor Sloper hätte es gerne gesehen, wenn seine Tochter in klassischer Anmut als Priesterin dieses milden Glaubens aufgetreten wäre. Der Gedanke, sein Kind könnte nicht nur häßlich, sondern auch noch aufgetakelt sein, ließ ihn — wenn er allein war — ordentlich ein Gesicht schneiden. Er selbst liebte die Annehmlichkeiten des Lebens und machte von ihnen beträchtlichen Gebrauch; aber er verabscheute Gewöhnlichkeit und hatte sogar eine Theorie, daß sie in der Gesellschaft, die ihn umgab, überhandnehme. Zudem war vor dreißig Jahren der Luxus in den Vereinigten Staaten noch keineswegs so in die Höhe getrieben wie gegenwärtig, und Catherines kluger Vater teilte über die Erziehung junger Leute die altmodische Ansicht. Er huldigte keiner besonderen Theorie in dieser Sache; es war noch kaum eine Notwendigkeit geworden, zur Selbstverteidigung eine Sammlung von Theorien bereit zu halten. Es schien ihm einfach anständig und vernünftig, daß eine wohlerzogene junge Frau nicht ihr halbes Vermögen auf den Schultern herumtrug, Catherines Schultern waren breit und hätten allerhand zu tragen vermocht; aber nie hätte sie es gewagt, sie der Last des väterlichen Mißfallens auszusetzen, und so wurde unsere Heldin zwanzig Jahre alt, ehe sie sich als Abendkleid eine rote, mit goldenen Fransen besetzte Satin-Robe leistete, obwohl sie im Geheimen diesen Artikel schon seit Jahren ersehnte. Wenn sie sich darin zeigte, sah sie wie eine Frau von dreißig aus; aber seltsamerweise kannte sie trotz ihrem Geschmack an schönen Kleidern keine Spur von Koketterie, und wenn sie sie anzog, ging ihre Sorge dahin, ob wohl jene — und nicht etwa sie selbst — gut aussähen. Es ist dies zwar ein Punkt, über den die Geschichte schweigt; aber die Annahme läßt sich rechtfertigen: das Kleid, in welchem sie an einer kleinen Unterhaltung erschien, die ihre Tante, Mrs Almond, gab, sei jener eben erwähnte königliche Aufzug gewesen. Zu dieser Zeit stand das Mädchen in seinem einundzwanzigsten Jahre, und Mrs Almonds geselliger Anlaß bildete den Anfang von etwas sehr Bedeutsamem.

Einige drei oder vier Jahre zuvor hatte Doktor Sloper seine Penaten stadtaufwärts, wie man in New York sagt, verlegt. Seit seiner Heirat hatte er immer ein rotes Backsteingebäude mit granitenen Simsen und einem riesigen Fächerfenster über der Türe bewohnt, das keine fünf Gehminuten von der City Hall entfernt in einer Straße stand, die ihre besten Tage (in gesellschaftlicher Hinsicht) etwa um 1820 gesehen hatte. Danach setzte eine modische Flut immer weiter nach Norden ein, wie sie es in New York wegen des engen Kanals, in dem sie fließt, gezwungenermaßen tun muß, und das bedeutende Summen des Verkehrs rollte weiter zur Rechten und zur Linken des Broadways. Zur Zeit, da der Doktor seinen Wohnsitz wechselte, war das Brummen des Handels zu einem gewaltigen Gebrüll angeschwollen, das Musik war in den Ohren aller guten Bürger, welche an der wirtschaftlichen Entwicklung ihrer — wie sie es zu nennen liebten — mit Glücksgütern gesegneten Insel interessiert waren. Doktor Slopers Interesse an diesem Phänomen war nur ein indirektes — obwohl es sehr wohl unmittelbarer hätte sein können, wenn man bedenkt, daß im Verlauf der Jahre die Hälfte seiner Patienten überarbeitete Geschäftsleute wurden — und als die meisten benachbarten Wohnstätten (ebenfalls mit granitenen Simsen und großen Fächerfenstern verziert) in Kontore, Lagerhäuser und Schiffahrtsgesellschaften umgewandelt oder sonstwie den unedlen Nutzungen des Handels zugeführt worden waren, beschloß er, sich nach einem ruhigeren Heime umzusehen. Das Ideal einer ruhigen und vornehmen Behausung bot 1835 der Washington Square, wo sich der Doktor denn auch ein stattliches, modernes Haus baute, mit breiter Front, einem großen Balkon vor den Salonfenstern und einer Flucht weißer Marmorstufen, die zu einem ebenfalls mit weißem Marmor verkleideten Portal emporführten. Dieses Gebäude und viele seiner Nachbarn, denen es aufs genaueste glich, galten vor vierzig Jahren als Verkörperungen der letzten Errungenschaften der Architekturwissenschaft, und sie sind bis auf den heutigen Tag sehr solide und ehrbare Wohnstätten geblieben. Vor ihnen lag der Square, der eine ansehnliche Menge wohlfeiler Vegetation umschloß, von einem hölzernen Lattenzaun umfriedet, was seine ländliche und trauliche Erscheinung noch unterstrich; und gleich um die Ecke lag der anspruchsvollere Bezirk der Fifth Avenue, die an diesem Punkte mit geräumigem und selbstbewußtem Gehaben ihren Anfang nahm, bereits für eine höhere Bestimmung gezeichnet. Ich weiß nicht, ob daran die Zärtlichkeit früher Erinnerungen schuld ist, aber dieser Teil New Yorks erscheint vielen Menschen als der ergötzlichste. Er besitzt eine Art herkömmlicher Gelassenheit, die in anderen Quartieren der langgestreckten Stadt nicht häufig vorkommt; er hat ein reiferes, reicheres, ehrwürdigeres Ansehen als irgendeine der oberen Verzweigungen der großartigen longitudinalen Durchfahrtsstraße — ein Ansehen nach einem Stück Sozialgeschichte. Hier — so hätte man dir vielleicht glaubwürdig mitgeteilt — habest du eine Welt betreten, die dir aus mancherlei Gründen bemerkenswert scheinen müßte; hier hatte in ehrwürdiger Einsamkeit deine Großmutter gewohnt und eine Gastfreundlichkeit entfaltet, die sich gleicherweise der kindlichen Phantasie wie dem kindlichen Gaumen empfahl; hier hattest du deine ersten Spaziergänge ins Freie unternommen, warst mit ungleichem Schritt der Kinderfrau gefolgt und hattest nach dem seltsamen Geruch geschnuppert, den der Götterbaum verbreitete, der zur Hauptsache das Schattendach des Squares bildete und einen Duft verströmte, den du noch nicht kritisch genug warst, so widerlich zu finden, wie er es verdiente; hier endlich war es, wo dir deine erste Schule, gehalten von einer breitbusigen, breitbasigen alten Dame mit einem Stecken, die ständig aus einer blauen Tasse mit einem nicht dazugehörigen Unterteller Tee trank, den Kreis deiner Beobachtungen sowohl wie deiner Gefühle erweiterte. Hier jedenfalls verbrachte meine Heldin viele Jahre ihres Lebens; was meine Entschuldigung für dieses topographische Einschiebsel darstellt.

Mrs Almond wohnte viel weiter stadtaufwärts, in einer noch embryonalen Straße mit einer hohen Nummer — in einer Gegend, wo die Ausbreitung der Stadt ein theoretisches Gesicht annahm, wo Pappeln neben dem Pflaster (falls ein solches vorhanden war) wuchsen und ihren Schatten unter die steilen Dächer zusammengewürfelter holländischer Häuser mengten, und wo sich Schweine und Hühner in der Gosse ergingen. Diese Elemente einer malerischen Ländlichkeit sind jetzt ganz aus New Yorks Straßenbild verschwunden; aber im Gedächtnis von Leuten mittleren Alters waren sie noch in Quartieren zu finden, die jetzt bei der bloßen Erinnerung daran erröten würden. Catherine hatte eine große Zahl von Vettern und Bäschen, und mit den Kindern ihrer Tante Almond, deren es schließlich neun gab, pflegte sie einen recht vertrauten Umgang. Als sie noch jünger war, hatten sie sich eher vor ihr gefürchtet; sie galt bei ihnen, wie man zu sagen pflegt, als sehr wohlerzogen, und um eine Person, die in vertrautem Umgang mit ihrer Tante Penniman lebte, war etwas von geborgter Größe. Mrs Penniman war für die kleinen Almonds ein Gegenstand der Bewunderung eher denn der Sympathie. Ihr Gehaben war befremdlich und flößte Furcht ein, und ihre Trauerkleider — sie trug noch zwanzig Jahre nach dem Tode ihres Gatten Schwarz, um dann plötzlich eines Morgens mit rosa Rosen in der Haube zu erscheinen — waren an unerwarteten und unberechenbaren Stellen mit Schnallen, Glasperlen und Nadeln bereichert, was Zutraulichkeiten nicht eben ermunterte. Sie maß allem, was Kinder taten, Gutem wie Bösem, zu große Bedeutung bei und hatte eine bedrückende Art, von ihnen

Finessen zu erwarten; sodaß ein Besuch bei ihr etwa so viel bedeutete, als würde man zur Kirche mitgenommen und müßte in der vordersten Reihe sitzen. Nach einiger Zeit fand man jedoch heraus, daß Tante Penniman nur ein Akzidens in Catherines Dasein war und nicht ein Teil ihres Wesens, und daß das Mädchen, wenn es an Samstagen zu seinen Vettern und Basen auf Besuch kam, für das Gänsemarschspiel und sogar für Bockspringen zu haben war. Auf dieser Grundlage wurde leicht eine Verständigung erzielt, und während mehrerer Jahre fraternisierte Catherine mit ihren jungen Verwandten. Ich sage «fraternisierte», weil sieben der kleinen Almonds Buben waren, und Catherine empfand eine Vorliebe für solche Spiele, die am passendsten in Hosen ausgeführt werden. Die Hosen der kleinen Almonds wurden jedoch nach und nach immer länger, und ihre Träger zerstreuten sich und begannen, sich im Leben einzurichten. Die größeren Kinder waren älter als Catherine, und die Jungen wurden ins Internat geschickt oder in Kontoren placiert. Von den Mädchen heiratete das eine sehr pünktlich, und ebenso pünktlich verlobte sich das andere. Um das letztgenannte Ereignis zu feiern, veranstaltete Mrs Almond jene kleine Gesellschaft, die ich erwähnt habe. Ihre Tochter sollte einen kräftigen jungen Fondsmakler heiraten, einen Jungen von zwanzig Jahren; es wurde allgemein begrüßt.

IV

MRS PENNIMAN, MIT MEHR SCHNALLEN UND SPANGEN DENN JE, nahm, von ihrer Nichte begleitet, an der Gesellschaft natürlich teil; auch der Doktor hatte versprochen, später am Abend hereinzuschauen. Es sollte viel getanzt werden, und noch ehe das Fest sehr weit gediehen war, kam Marian Almond in Begleitung eines großgewachsenen jungen Mannes auf Catherine zu. Sie stellte ihr den jungen Mann als eine Person vor, welche großes Verlangen trage, die Bekanntschaft unserer Heldin zu machen, und als einen Vetter von Arthur Townsend, ihrem eigenen Zukünftigen. Marian Almond war ein hübsches Persönchen von siebzehn Jahren, mit einer sehr kleinen Figur und einer sehr großen Schärpe, zu deren Eleganz im Benehmen das Eheleben nichts mehr beitragen konnte. Wie sie so die Gesellschaft empfing, ihren Fächer rührte und erklärte, sie habe sich um so viele Leute zu kümmern, daß sie gar keine Zeit zum Tanzen haben werde, da hatte sie schon ganz das Gebaren einer Gastgeberin. Sie hielt eine lange Rede über Herrn Townsends Vetter, dem sie, ehe sie sich andern Obliegenheiten zuwandte, mit ihrem Fächer einen Klaps applizierte. Catherine hatte gar nicht alles verstanden, was sie sagte; ihre Aufmerksamkeit war ganz durch die Bewunderung von Marians gewandtem Auftreten und ihrem Ideenfluß und durch das Betrachten des jungen Mannes in Anspruch genommen. Es gelang ihr jedoch, worin sie sonst so häufig versagte, wenn ihr Leute vorgestellt wurden: sie hatte sich seinen Namen gemerkt, der sich als der gleiche erwies, den Marians kleiner Börsenmakler trug. Catherine machte es immer nervös, wenn ihr jemand vorgestellt wurde; es schien ihr ein schwieriger Augenblick, und sie wunderte sich darüber, daß es Leute gab, die sich — wie zum Beispiel eben jetzt ihr neuer Bekannter — so wenig daraus machten. Sie fragte sich, was sie wohl sagen sollte und welches die Folgen ihres Schweigens wären. Die Folgen waren augenblicklich sehr angenehme. Mr Townsend ließ ihr für Verlegenheit keine Zeit und begann ungezwungen lächelnd mit ihr zu reden, als kenne er sie schon ein Jahr.

«Was für eine bezaubernde Gesellschaft! Was für ein reizendes Haus! Was für eine interessante Familie! Was für ein hübsches Mädchen Ihre Kusine ist!»

Diese an sich nicht eben tiefschürfenden Bemerkungen schien Mr Townsend ganz unverbindlich und als Beitrag zu einer ersten Bekanntschaft zum besten zu geben. Er blickte Catherine gerade in die Augen. Sie antwortete nicht; sie hörte nur zu und sah ihn an; und er — als erwarte er keine besondere Erwiderung — fuhr fort, noch viele andere Dinge auf die gleiche gelassene und natürliche Art zu sagen. Catherine vermochte zwar den Mund nicht aufzutun, war sich aber keiner Verlegenheit bewußt; es schien ganz in Ordnung, daß er redete und daß sie ihn einfach anblickte. Was es so selbstverständlich machte, war, daß er so gut aussah, oder besser — mit ihren eigenen Worten gesagt: daß er so schön war. Die Musik hatte eine Zeitlang geschwiegen, setzte aber plötzlich wieder ein, und da fragte er mit einem eindringlicheren, einem strahlenderen Lächeln, ob sie ihm die Ehre antun wolle, mit ihm zu tanzen. Sogar diesem Antrag gab sie keine hörbare Zustimmung; sie ließ ihn einfach seinen Arm um ihre Taille legen — sowie sie es gewährte, wurde ihr lebhafter als je zuvor bewußt, daß dies ein einzigartiger Ort für den Arm eines Herrn sei —, und einen Augenblick danach führte er sie im harmonischen Drehen eines Polkas rund um den Raum. Als sie innehielten, spürte sie, daß ihre Wangen glühten, und da ließ sie einige Augenblicke lang davon ab, ihn anzuschauen. Sie fächelte sich und besah die Blumen, die auf ihrem Fächer gemalt waren. Er fragte, ob sie weitertanzen wolle; sie zögerte mit der Antwort und sah noch immer auf die Blumen.

«Macht es Sie schwindlig?» fragte er in einem Ton großer Güte.

Da sah Catherine zu ihm auf; schön war er gewiß, und

gar nicht erhitzt. «Ja», sagte sie; sie wußte kaum weshalb, denn noch nie hatte sie Tanzen schwindlig gemacht.
«Nun gut, dann wollen wir uns setzen und plaudern», sagte Mr Townsend. «Ich werde uns einen guten Platz finden.»
Er fand einen guten Platz — einen reizenden Platz, ein kleines Sofa, das nur für zwei Menschen bestimmt schien.
Unterdessen hatten sich die Räume stark gefüllt; die Zahl der Tanzenden nahm zu, und vor ihnen standen die Leute dicht gedrängt und kehrten ihnen den Rücken, sodaß Catherine und ihr Begleiter abgeschieden und unbeachtet schienen. «*Wir* wollen plaudern», hatte der junge Mann gesagt, aber noch immer plauderte er allein. Catherine lehnte sich auf ihren Platz zurück, blickte ihn unverwandt an, lächelte und fand ihn sehr klug. Auf Bildern trugen junge Männer solche Züge; Catherine hatte solche Züge — so feine, so vollendet gemeißelte — an den jungen New-Yorkern, denen sie auf der Straße begegnete oder die sie an Tanz-Anlässen traf, noch nie gesehen. Er war groß und schlank, wirkte dabei aber ungemein stark. Catherine fand, er sehe wie eine Statue aus. Aber eine Statue hätte nicht so reden können, und vor allem hätte sie keine Augen von so ungewöhnlicher Farbe gehabt. Er war noch nie in Mrs Almonds Haus gewesen; er fühlte sich hier fremd, und es war sehr gütig von Catherine, sich seiner anzunehmen. Er war Arthur Townsends Vetter — kein sehr naher, ein recht entfernter sogar —, und Arthur hatte ihn mitgebracht, um ihn der Familie vorzustellen. Ja, er war in New York überhaupt ganz unbekannt. Zwar war es sein Geburtsort; aber er hatte nicht viele Jahre darin zugebracht. Es hatte ihn weit in der Welt umhergeschlagen, und er hatte in seltsamen Winkeln gelebt; erst vor einem Monat oder zweien war er zurückgekehrt. New York gefiel ihm sehr; nur fühlte er sich einsam.
«Sehen Sie, die Leute vergessen einen halt», sagte er und lächelte Catherine mit seinem bezaubernden Blicke zu,

während er sich, die Ellbogen auf den Knien, schräg vorgeneigt ihr zuwandte.

Catherine schien es, daß ihn keiner, der ihn nur einmal gesehen hätte, je vergessen würde; aber wenn sie diese Überlegung auch anstellte, sie behielt sie doch für sich, beinahe so, wie man etwas Kostbares behält.

So saßen sie einige Zeit. Er war sehr unterhaltend. Er fragte sie nach Leuten, die in der Nähe standen; er versuchte zu erraten, wer der eine oder andere wäre, und machte die spaßigsten Fehler. Er kritisierte freimütig, auf eine sehr sichere, unbekümmerte Art. Noch nie hatte Catherine jemanden — besonders einen jungen Mann — so reden hören. So mochten junge Männer etwa in Romanen oder, besser noch, in Theaterstücken reden, auf der Bühne, dicht an der Rampe, ins Publikum hinein, wenn jeder sie ansah und man sich über ihre Geistesgegenwart nur wundern konnte. Und doch wirkte Mr Townsend nicht wie ein Schauspieler; er schien so aufrichtig, so natürlich. Es war sehr interessant; aber mitten drin drängte sich Marian Almond durch die Menge heran, mit einem leisen ironischen Ausruf, als sie die beiden jungen Leute noch immer beieinander fand, sodaß sich jedermann nach ihnen umdrehte und Catherine verlegen errötete.

Marian bereitete der beiden Plauderei ein Ende und hieß Mr Townsend — den sie behandelte, als sei sie bereits verheiratet und er ihr Vetter — zu ihrer Mutter hinüberlaufen, die ihn schon seit einer halben Stunde Mr Almond vorzustellen wünsche.

«Wir sehen uns wieder», sagte er zu Catherine, als er sie verließ, und Catherine fand diese Rede sehr originell.

Ihre Kusine nahm sie am Arm und führte sie umher. «Ich brauche nicht erst zu fragen, was du von Morris hältst», rief das junge Mädchen aus.

«Ist das sein Name?»

«Ich frage nicht, was du von seinem Namen hältst, sondern was du von ihm selber hältst», sagte Marian.

«Oh, nichts Besonderes», antwortete Catherine und verstellte sich zum ersten Mal in ihrem Leben.
«Ich hätte die beste Lust, ihm das zu sagen!» rief Marian.
«Es wird ihm gut tun; er ist so schrecklich eingebildet.»
«Eingebildet?» sagte Catherine und riß die Augen auf.
«Das sagt Arthur, und Arthur kennt ihn.»
«Ach, sag's ihm nicht!» murmelte Catherine flehend.
«Ich soll ihm nicht sagen, daß er eingebildet ist! Ich hab's ihm schon ein dutzendmal gesagt.»
Bei diesem Bekenntnis von Keckheit schaute Catherine voller Staunen auf ihre kleine Begleiterin hinab. Sie nahm an, Marians bevorstehende Heirat sei daran schuld, daß sie sich so viel herausnahm; aber sie fragte sich doch, ob auch von ihr, sollte sie sich einmal verloben, solche Heldenstücke erwartet würden.
Eine halbe Stunde später sah sie ihre Tante Penniman in einer Fensternische sitzen, den Kopf ein wenig zur Seite geneigt und ihre goldene Lorgnette an die im Zimmer umherwandernden Augen gehoben. Vor ihr stand ein Herr, leicht vorgeneigt, mit dem Rücken zu Catherine. Sie erkannte seinen Rücken augenblicklich, obwohl sie ihn noch nie gesehen hatte, denn als er sie auf Marians Anstiften hin verließ, hatte er sich in bester Haltung zurückgezogen, ohne sich umzuwenden. Morris Townsend — der Name war ihr bereits geläufig geworden, als habe ihn jemand während der letzten halben Stunde in ihrem Ohr dauernd wiederholt — Morris Townsend gab ihrer Tante seine Eindrücke von der Gesellschaft zum besten, wie er es ihr selbst gegenüber getan hatte; er machte gescheite Bemerkungen, und Mrs Penniman lächelte, als pflichte sie ihnen bei. Sobald Catherine das wahrnahm, entfernte sie sich; es wäre ihr unangenehm gewesen, wenn er sich umgedreht und sie gesehen hätte. Aber es freute sie — alles miteinander. Daß er sich mit Mrs Penniman unterhielt, mit der sie lebte, die sie jeden Tag sah und mit der sie sich täglich unterhielt — dadurch schien er in ihrer Nähe zu bleiben und war sogar mit noch mehr

Muße zu betrachten, als wenn sie selbst der Gegenstand seiner Höflichkeitsbezeugungen gewesen wäre; und daß er Tante Lavinia gefiel, daß er sie mit dem, was er sagte, nicht entrüstete oder erschreckte, auch das erschien dem Mädchen als persönlicher Gewinn; denn Tante Lavinias Maßstab war äußerst streng, da er im Grabe ihres Gatten selig gründete, worin — wovon sie jedermann überzeugt hatte — der Genius der Konversation in Person begraben lag. Einer von den Almond-Buben, wie sie Catherine nannte, forderte unsere Heldin auf, eine Quadrille zu tanzen, und während einer Viertelstunde waren wenigstens ihre Füße beschäftigt. Diesmal wurde ihr nicht schwindlig; ihr Kopf blieb sehr klar. Als der Tanz zu Ende war, fand sie sich in der Menge ihrem Vater gegenüber. Doktor Sloper trug gewöhnlich ein kleines Lächeln im Gesicht, niemals ein sehr breites, und während dieses kleine Lächeln in seinen hellen Augen und auf seinen glatt rasierten Lippen spielte, besah er sich seiner Tochter karmesinrote Robe.

«Ist es denn möglich, daß diese prächtige Person mein Kind ist?» sagte er.

Wenn man es ihm gesagt hätte, wäre er überrascht gewesen; aber es ist buchstäblich wahr, daß er seine Tochter fast nie anders als in ironischem Ton anredete. Jedesmal, wenn er mit ihr sprach, freute sie sich; aber sie mußte sich ihre Freude gewissermaßen aus dem Ganzen herausschneiden. Es blieben Teile übrig, geringfügige Reste und Schnippelchen von Ironie, mit denen sie nie etwas anzufangen wußte, die für ihren eigenen Gebrauch zu fein gesponnen schienen; und doch empfand sie Catherine, indem sie die Begrenztheit ihres Verständnisses beklagte, als zu kostbar, um verlorenzugehen, und sie hegte den Glauben, daß jene — mochten sie auch über ihren Kopf hinweggesprochen sein — doch zur allgemeinen Summe menschlicher Weisheit beitrügen.

«Ich bin nicht prächtig», sagte sie sanft und wünschte, sie hätte ein anderes Kleid angezogen.

«Du siehst prächtig, opulent, kostspielig aus», erwiderte ihr Vater. «Du siehst aus, als hättest du achtzigtausend im Jahr.»
«Ach, solange ich sie nicht wirklich habe —», sagte Catherine unlogischerweise. Ihr Begriff von ihrem voraussichtlichen Reichtum war bis anhin noch sehr unbestimmt.
«Solange du sie nicht hast, solltest du nicht aussehen, als hättest du sie. Unterhältst du dich gut?»
Catherine zögerte einen Augenblick; und dann, mit abgewendetem Blick: «Ich bin recht müde», murmelte sie. Ich habe schon gesagt, daß diese Unterhaltung für Catherine den Anfang von etwas sehr Bedeutsamem darstellte. Zum zweitenmal in ihrem Leben gab sie eine ausweichende Antwort; und der Anfang einer Periode der Verstellung ist gewiß ein bedeutendes Datum. So leicht war Catherine gar nicht zu ermüden.
Immerhin, im Wagen, auf der Heimfahrt, verhielt sie sich so ruhig, als wäre tatsächlich Erschöpfung ihr Teil. Doktor Slopers Art, seine Schwester Lavinia anzureden, hatte viel Ähnlichkeit mit dem Ton, dessen er sich Catherine gegenüber bediente.
«Wer war eigentlich der junge Mann, der dir den Hof gemacht hat?» fragte er plötzlich.
«Oh, mein lieber Bruder!» murmelte Mrs Penniman zurechtweisend.
«Er schien ungemein zärtlich. Wann immer ich im Verlauf einer halben Stunde zu dir hinüberblickte, trug er einen ganz ergebenen Ausdruck.»
«Seine Ergebenheit galt nicht mir», sagte Mrs Penniman. «Sie galt Catherine; über sie sprach er mit mir.»
Catherine war ganz Ohr gewesen «Oh, Tante Penniman!» rief sie leise.
«Er sieht sehr gut aus; er ist sehr gescheit; er drückt sich sehr — sehr glücklich aus», fuhr ihre Tante fort.
«Dann ist er also in dieses königliche Geschöpf hier verliebt?» erkundigte sich der Doktor humorvoll.
«Oh, Vater!» stieß das Mädchen noch leiser hervor, von Herzen dankbar, daß es im Wagen dunkel war.

«Das weiß ich nicht; aber jedenfalls bewunderte er ihr Kleid.»

Catherine sagte im Dunkeln nicht: «Nur mein Kleid?» Mrs Pennimans Mitteilung traf sie durch ihre Fülle, nicht durch ihre Dürftigkeit.

«Siehst du», sagte ihr Vater, «er denkt, du habest achtzigtausend im Jahr.»

«Ich glaube nicht, daß er an so etwas denkt», sagte Mrs Penniman; «dafür ist er zu vornehm.»

«Er muß schrecklich vornehm sein, um daran nicht zu denken!»

«Das ist er auch!» rief Catherine aus, noch bevor sie es wußte.

«Ich dachte, du seist eingeschlafen», antwortete ihr Vater. «Die Stunde ist gekommen!» fügte er zu sich selber bei. «Lavinia wird für Catherine eine romantische Affäre aufziehen. Es ist eine Schande, dem Mädchen solche Streiche zu spielen. Wie ist denn der Name des Herrn?» fuhr er laut fort.

«Ich habe ihn nicht verstanden und mochte ihn nicht fragen. Er bat darum, mir vorgestellt zu werden», sagte Mrs Penniman mit einer gewissen Großartigkeit; «aber du weißt ja, wie undeutlich Jefferson spricht.» Jefferson war Mr Almond. «Catherine, Liebling, wie war doch der Name des Herrn?»

Während einer Minute, wäre nicht das Rumpeln des Wagens gewesen, konnte man eine Nadel fallen hören.

«Ich weiß nicht, Tante Lavinia», sagte Catherine sehr leise. Und ihr Vater, bei all seiner Ironie, glaubte ihr.

V

Wonach er gefragt hatte, das erfuhr er etwa drei oder vier Tage später, nach Morris Townsends und dessen Vetters Besuch am Washington Square. Mrs Penniman erzählte ihrem Bruder damals auf der Heimfahrt nicht, daß sie jenem angenehmen jungen Manne, dessen Namen sie nicht kannte, zu verstehen gegeben hatte, sie, zusammen mit ihrer Nichte, würde ihn sehr gerne begrüßen; aber sie war höchst erfreut und sogar ein wenig geschmeichelt, als an einem Sonntagnachmittag gegen Abend die beiden Herren ihre Aufwartung machten. Daß er mit Arthur Townsend kam, machte es natürlicher und ungezwungen; dieser junge Mann war ja im Begriff, ein Mitglied der Familie zu werden, und da er vorhabe, Marian zu heiraten — so hatte Mrs Penniman Catherine gegenüber bemerkt —, wäre es von ihm höflich, vorzusprechen. Diese Vorfälle ereigneten sich im Spätherbst, und Catherine und ihre Tante hatten bei zunehmender Dämmerung und im Scheine des Feuers zusammen im hohen hinteren Wohnzimmer gesessen.

Arthur Townsend fiel Catherine zu, während sich sein Begleiter neben Mrs Penniman auf das Sofa niederließ. Bisher war Catherine keine strenge Kritikerin gewesen; sie war leicht zufriedenzustellen — sie plauderte gerne mit jungen Männern. Aber Marians Verlobter konnte es ihr heute abend irgendwie schwer recht machen; er saß da, schaute ins Feuer und rieb sich mit den Händen die Knie. Was Catherine betraf, so gab sie sich kaum den Anschein, als versuche sie, die Konversation in Gang zu halten; ihre Aufmerksamkeit schenkte sie ganz der andern Seite des Zimmers; sie hörte auf das, was zwischen dem andern Mr Townsend und ihrer Tante vorging. Jeden Augenblick sah er zu Catherine herüber und lächelte, wie um zu zeigen, was er sage, sei auch für sie bestimmt. Catherine hätte ihren Platz gerne gewechselt, hätte sich gerne zu ihnen in die Nähe gesetzt, wo sie ihn besser hätte sehen und hören können. Doch fürchtete sie, dreist zu scheinen — begierig zu wirken; und übrigens wäre es gegenüber Marians kleinem Verehrer nicht höflich gewesen. Sie fragte sich, weshalb sich der andere Herr denn ihre Tante ausgesucht habe — wie es kam, daß er Mrs Penniman so viel zu sagen hatte, der doch sonst in der Regel junge Männer nicht besonders zugetan waren. Sie war ganz und gar nicht eifersüchtig auf Tante Lavinia, wohl aber ein wenig neidisch, und vor allem verwundert; denn Morris Townsend war ein Gegenstand, so stellte sie fest, an dem sich ihre Phantasie nie genug betätigen konnte. Sein Vetter hatte ihr ein Haus beschrieben, das er im Hinblick auf seine Vereinigung mit Marian erworben habe, und den wohnlichen Komfort, den er darin anzubringen gedachte; wie sich Marian ein größeres wünsche und Mrs Almond ein kleineres empfehle und wie er selbst überzeugt sei, das schmuckste Haus in New York zu besitzen.

«Es hat ja keine Wichtigkeit», sagte er; «es ist nur für drei oder vier Jahre. Nach drei oder vier Jahren werden wir doch umziehen. Das ist die rechte Art, in New York zu wohnen — alle drei oder vier Jahre umziehen. Dann hat man immer das Allerneueste. Weil die Stadt halt so rasch wächst — man muß mit ihr Schritt halten. Alles zieht stadtaufwärts — das ist der allgemeine Zug in New York. Wenn ich nicht fürchtete, Marian könnte sich einsam fühlen, würde ich dort hinaufziehen — ganz nach oben — und abwarten. Man brauchte nur zehn Jahre zu warten — alle würden sie hinter dir herkommen. Aber Marian sagt, sie brauche ein paar Nachbarn — sie habe keine Lust, Pionier zu spielen. Sie sagt, wenn sie schon die erste Siedlerin sein solle, dann ziehe sie besser gleich hinaus nach Minnesota. Ich stelle mir vor, wir werden so ganz allmählich hinaufziehen; wenn wir von einer Straße genug haben, ziehen wir höher hinauf. Und sehen Sie, so werden wir immer ein neues Haus haben; es ist sehr vorteilhaft, ein neues Haus zu haben; man hat dann immer die allerneuesten Verbesserungen. Ungefähr alle fünf Jahre wird immer alles noch einmal von neuem erfunden, und es ist eine großartige Sache, mit den Neuerungen Schritt zu halten. Ich versuche immer mit den Neuerungen auf jedem Gebiete Schritt zu halten. Finden Sie das kein gutes Motto für ein junges Paar —, immer höher hinaufziehen'? Wie heißt doch gleich dieses Gedicht — wie heißt es doch? — ‚Excelsior'.» Catherine schenkte ihrem jüngeren Besucher nur eben so viel Aufmerksamkeit, als nötig war, um zu spüren, daß dies nicht die Art sei, auf welche Mr Morris Townsend neulich abends gesprochen hatte oder auf welche er eben jetzt mit ihrer bevorzugten Tante sprach. Aber auf einmal gewann sein strebsamer Verwandter an Interesse. Es schien ihm bewußt geworden zu sein, daß sie die Gegenwart seines Gefährten nicht unberührt ließ, und es dünkte ihn anständig, dieselbe zu erklären.

«Mein Vetter bat mich, ihn herzubringen; sonst hätte ich mir nicht die Freiheit genommen. Es schien ihm viel daran gelegen, herzukommen; wissen Sie, er ist so gesellig. Ich sagte ihm, ich wolle Sie zuerst fragen; aber er sagte, Mrs Penniman habe ihn bereits eingeladen. Es kommt ihm wenig darauf an, was er sagt, wenn ihm daran gelegen ist, irgendwohin mitgenommen zu werden. Aber Mrs Penniman scheint es in Ordnung zu finden.»

«Wir freuen uns sehr, ihn zu sehen», sagte Catherine. Und sie hätte gerne mehr über ihn geredet, wußte aber kaum, was sie sagen sollte. «Ich habe ihn noch nie gesehen», fuhr sie nach kurzer Pause fort.

Arthur Townsend blickte erstaunt.

«Ach, und er hat mir erzählt, er habe sich neulich abends über eine halbe Stunde mit Ihnen unterhalten.»

«Ich meine, nicht vor neulich abends. Das war das erste Mal.»

«Ja, er war fort von New York — er ist um die ganze Welt gereist. Hier kennt er nicht viele Leute; aber er ist sehr gesellig und möchte gern alle kennenlernen.»

«Alle?» sagte Catherine.

«Nun, ich meine natürlich alle guten. Alle hübschen jungen Damen — wie Mrs Penniman!» Und Arthur Townsend lachte für sich allein.
«Meine Tante mag ihn sehr gut leiden», sagte Catherine.
«Die meisten Leute mögen ihn — er ist so geistreich.»
«Er ist ein bißchen wie ein Ausländer», schlug Catherine vor.
«Ich für meinen Teil habe nie einen Ausländer kennengelernt», sagte der junge Townsend in einem Ton, der anzudeuten schien, daß seine Unkenntnis durchaus freiwillig sei .
«Ich auch nicht», bekannte Catherine mit mehr Bescheidenheit. «Man sagt, sie seien im allgemeinen geistreich», fügte sie etwas unsicher bei.
«Mir sind die Leute dieser Stadt gescheit genug. Ich kenne sogar einige, die meinen, sie seien zu gescheit für mich; sie sind's aber nicht.»
«Ich denke, man kann gar nicht zu gescheit sein», sagte Catherine, noch immer voller Bescheidenheit.
«Ich weiß nicht. Ich kenne manche, die meinen Vetter zu gescheit finden.»
Catherine vernahm diese Feststellung mit höchstem Interesse und dem Gefühl, daß Morris Townsend, wenn er überhaupt einen Fehler hatte, natürlich nur diesen haben könne. Aber sie verriet sich nicht, und einen Augenblick später fragte sie: «Wird er denn nun jetzt, da er zurück ist, immer hier bleiben?»
«Ah!» sagte Arthur, «wenn er Arbeit findet.»
«Arbeit?»
«Irgendeine Anstellung, ein Geschäft.»
«Ja, hat er denn keines?» fragte Catherine, die noch nie von einem jungen Manne — wenigstens von keinem aus der Oberschicht — in dieser Lage gehört hatte.
«Nein; er sieht sich um. Aber er kann nichts finden.»
«Das tut mir aber leid», gestattete sich Catherine zu bemerken.
«Oh, es macht ihm nichts aus», sagte der junge Townsend.

«Er läßt sich Zeit — es eilt ihm nicht. Er ist sehr wählerisch.»
Catherine fand das an ihm nur natürlich und gab sich einige Augenblicke lang der Betrachtung dieser Denkweise und ihrer Tragweite nach mehreren Richtungen hin.
«Wird ihn denn sein Vater nicht ins Geschäft aufnehmen — in sein Kontor?» erkundigte sie sich schließlich.
«Er hat keinen Vater — er hat nur eine Schwester. Eine Schwester kann einem nicht viel helfen.»
Es dünkte Catherine, daß — wäre sie seine Schwester — sie dieses Axiom wohl widerlegen wollte. «Ist sie — ist sie nett?» fragte sie gleich darauf.
«Ich weiß nicht — ich glaube, sie ist eine sehr anständige Person», sagte der junge Townsend. Und dann sah er zu seinem Vetter hinüber und fing an zu lachen. «Du, wir sprechen von dir», fügte er hinzu.
Morris Townsend hielt in seiner Unterhaltung mit Mrs Penniman inne und blickte mit einem feinen Lächeln auf. Dann erhob er sich, als wollte er aufbrechen.
«Was dich betrifft, so kann ich dein Kompliment nicht erwidern», sagte er zu Catherines Gesellschafter. «Was aber Miss Sloper angeht, so ist das eine andere Sache.»
Catherine fand diese kleine Rede wunderbar gedrechselt; aber sie geriet durch sie in Verlegenheit und erhob sich ebenfalls. Morris Townsend stand da und schaute sie lächelnd an; er streckte seine Hand zum Abschied aus. Er wollte also gehen, ohne ihr ein Wort gesagt zu haben; aber sogar unter solchen Umständen war sie froh, ihn gesehen zu haben.
«Ich werde ihr erzählen, was Sie gesagt haben — wenn Sie fort sind!» sagte Mrs Penniman mit einem leisen, bedeutungsvollen Auflachen.
Catherine wurde rot, denn sie hatte fast das Gefühl, als mache man sich über sie lustig. Was in aller Welt konnte dieser schöne junge Mann gesagt haben? Noch immer schaute er sie an, trotz ihrem Erröten, aber sehr gütig und voller Achtung.

«Ich habe mich gar nicht mit Ihnen unterhalten», sagte er, «— und dazu war ich doch eigentlich hergekommen. Aber das ist ein guter Grund, den Besuch zu wiederholen; ein kleiner Vorwand, wenn ich gezwungen werde, einen anzugeben. Vor dem, was Ihnen Ihre Tante, wenn ich fort bin, sagen wird, habe ich keine Angst.»

Damit verabschiedeten sich die beiden jungen Herren; worauf Catherine, deren Erröten noch immer nicht ganz gewichen war, ein ernstes und fragendes Auge auf Mrs Penniman richtete. Sie war wohlüberlegter Kunstgriffe nicht fähig und nahm nicht zu einem scherzhaften Mittel ihre Zuflucht — tat nicht, als glaube sie, verleumdet worden zu sein —, um zu erfahren, was sie wünschte.

«Was wollen Sie mir erzählen?» fragte sie.

Mrs Penniman kam auf sie zu, ein wenig lächelnd und nickend, musterte sie und zupfte ihr an der Schleife des Bandes, das sie am Halse trug. «Es ist ein großes Geheimnis, mein liebes Kind; aber er wirbt um Liebe.»

Catherine blieb ernst. «Hat er Ihnen das gesagt?»

«Er hat es nicht mit diesen Worten gesagt; aber er überließ es mir, das zu erraten. Ich kann gut raten.»

«Meinen Sie, er werbe um meine Liebe?»

«Gewiß nicht um die meine, Fräuleinchen; obwohl ich schon sagen muß: er ist zu einer Person, welche nicht mehr die allerfrüheste Jugend attraktiv macht, hundertmal höflicher als die meisten jungen Männer. Er denkt an jemand anderen.» Und Mrs Penniman gab ihrer Nichte einen feinen kleinen Kuß. «Du mußt sehr gnädig zu ihm sein.»

Catherine blickte verwirrt. «Ich verstehe nicht recht», sagte sie; «er kennt mich ja gar nicht.»

«Oh doch; besser als du denkst. Ich habe ihm alles von dir erzählt.»

«Oh, Tante Penniman!» murmelte Catherine, als sei dies ein Vertrauensbruch. «Er ist uns ja ganz fremd — wir kennen ihn doch nicht.» In dem «wir» des armen Mädchens lag unendliche Bescheidenheit.

Tante Penniman jedoch schenkte dem keine Beachtung;

sie sprach sogar mit leichter Schärfe. «Meine liebe Catherine, du weißt sehr wohl, daß du ihn bewunderst.»
«Oh, Tante Penniman!» Catherine konnte wiederum nur murmeln. Es mochte ja sein, daß sie ihn bewunderte — obwohl ihr das kein Gesprächsgegenstand schien. Aber daß dieser herrliche Fremde — diese plötzliche Erscheinung, die noch kaum den Ton ihrer Stimme gehört hatte — jene Art von Interesse für sie hegte, welche jener romantische Ausdruck bezeichnete, dessen sich Mrs Penniman soeben bedient hatte — das konnte nur eine Erfindung des rastlosen Gehirns von Tante Lavinia sein, die jedermann als eine Frau von kräftiger Phantasie bekannt war.

VI

Manchmal hielt es Mrs Penniman sogar für selbstverständlich, daß andere Leute ebensoviel Phantasie wie sie besäßen; sodaß sie ihren Bruder, als er eine halbe Stunde später eintrat, ganz nach diesem Grundsatz anredete.

«Er ist soeben dagewesen, Austin; wie schade, daß du ihn verpaßt hast.»

«Wen in aller Welt habe ich denn verpaßt?» fragte der Doktor.

«Mr Morris Townsend; er hat uns solch einen reizenden Besuch gemacht.»

«Und wer in aller Welt ist Mr Morris Townsend?»

«Tante Penniman meint den Herrn — den Herrn, an dessen Namen ich mich nicht erinnern konnte», sagte Catherine.

«Der Herr an Elizabeths Einladung, dem Catherine so aufgefallen war», fügte Mrs Penniman hinzu.

«Ach, sein Name ist also Morris Townsend? Und er ist gekommen, dir einen Antrag zu machen?»

«Oh, Vater!» murmelte das Mädchen als Antwort und wandte sich ab, dem Fenster zu, wo sich die Dämmerung zu Dunkelheit vertieft hatte.

«Ich hoffe doch, das wird er nicht ohne deine Erlaubnis tun», sagte Mrs Penniman sehr gnädig.

«Nun, er scheint ja immerhin deine zu haben», antwortete ihr Bruder.

Lavinia lächelte zimperlich, als sei das vielleicht doch nicht genug, und Catherine, die Stirne an die Fensterscheibe gelehnt, lauschte diesem Austausch von Epigrammen so zurückhaltend, als seien es nicht Nadelstiche an ihrem eigenen Schicksal.

«Es ist besser, du rufst mich, wenn er das nächstemal kommt», fügte der Doktor hinzu; «vielleicht möchte er mich sprechen.»

Morris Townsend kam nach ungefähr fünf Tagen wieder; aber Doktor Sloper wurde nicht gerufen, da er zur Zeit von Hause abwesend war. Catherine befand sich bei ihrer Tante, als der junge Mann gemeldet wurde, und Mrs Penniman legte abwehrend und beteuernd großen Wert darauf, daß ihre Nichte allein in den Salon gehe.

«Diesmal ist es für dich — nur für dich», sagte sie. «Bisher, wenn er sich mit mir unterhielt, war es nur Einleitung — es geschah, um mein Vertrauen zu gewinnen. Heute, Liebling, hätte ich buchstäblich nicht den *Mut,* mich zu zeigen.»

Und genau so verhielt es sich auch. Mrs Penniman war keine mutige Frau, und Morris Townsend hatte ihr den Eindruck eines jungen Mannes von großer Charakterstärke und einem bemerkenswerten satirischen Vermögen gemacht — einer heftigen, entschlossenen, geistreichen Natur, mit der man sehr taktvoll umzugehen hatte. Sie nannte ihn bei sich «herrisch», und sie liebte das Wort und die Vorstellung. Sie war nicht im mindesten eifersüchtig auf ihre Nichte, und sie war mit Mr Penniman vollkommen glücklich gewesen, aber im Grunde ihres Herzens erlaubte sie sich die Bemerkung: «So einen Gatten hätte ich haben sollen!» Er war ganz gewiß viel herrischer — schließlich ging sie dazu über, es «herrscherlich» zu nennen — als Mr Penniman.

Und so sah Catherine Mr Townsend allein, und ihre Tante erschien nicht einmal am Ende des Besuches. Es war ein langer Besuch; er saß da, im vordern Empfangszimmer, im größten Sessel, über eine Stunde. Er schien sich diesmal heimischer zu fühlen — vertrauter, legte sich im Stuhl ein wenig zurück, klopfte mit dem Stock auf ein Kissen in seiner Nähe, besah sich gründlich das Zimmer und die Gegenstände, die es enthielt, ebenso wie Catherine, welche er indes auch freimütig betrachtete. Ein Lächeln achtungsvoller Verehrung war in seinen hübschen Augen, die Catherine fast feierlich schön dünkten; sie ließen sie an einen jungen Ritter im Gedicht denken. Seine Redeführung war jedoch nicht besonders rittermäßig; sie war leicht und unbefangen und freundlich; sie nahm eine

Wendung zum Praktischen, und er stellte eine Reihe von Fragen über sie selbst — woran fand sie Geschmack — liebte sie dieses und jenes — welches waren ihre Gewohnheiten. Er sagte zu ihr mit seinem bezaubernden Lächeln: «Erzählen Sie mir von sich selbst; geben Sie mir eine kleine Skizze.» Catherine hatte sehr wenig zu erzählen und kein Skizziertalent; doch ehe er ging, hatte sie ihm ihre geheime Leidenschaft für das Theater anvertraut, die bisher nur dürftig befriedigt worden war, und eine Vorliebe für Opernmusik — diejenige Bellinis und Donizettis im besondern (als mildernder Umstand zugunsten dieser primitiven jungen Dame muß angeführt werden, daß sie diese Urteile in einem Zeitalter allgemeiner Dunkelheit unterhielt) — die zu hören sie nur selten Gelegenheit hatte, es sei denn auf der Drehorgel. Sie bekannte, daß sie sich aus Literatur nicht viel mache. Morris Townsend pflichtete ihr bei, daß Bücher eine langweilige Angelegenheit seien; bloß, so sagte er, müsse man eine gehörige Menge gelesen haben, bevor man es merke. Er war selbst an Orten gewesen, worüber Bücher geschrieben worden waren — und sie glichen den Beschreibungen kein bißchen. Mit eigenen Augen sehen — das war's; er versuchte immer, mit eigenen Augen zu sehen. Er hatte alle bedeutenden Schauspieler gesehen — er hatte alle besten Theater in London und Paris besucht. Aber alle Schauspieler waren genau wie die Autoren — alle übertrieben. Er liebte das Natürliche. Plötzlich hielt er inne und sah Catherine mit seinem Lächeln an.

«Darum gefallen Sie mir; Sie sind so natürlich. Um Verzeihung», fügte er hinzu: «Sie sehen, ich selbst bin auch natürlich!»

Und bevor sie noch Zeit hatte, darüber nachzudenken, ob sie ihm die Verzeihung gewähre oder nicht — nachher, in Muße, gab sie sich Rechenschaft, daß sie sie gewähre — fing er an, über Musik zu sprechen und zu sagen, daß sie seine größte Freude im Leben sei. Er hatte all die großen Sänger in Paris und London gehört — Pasta

und Rubini und Lablache — und wenn man die gehört hatte, dann durfte man wohl von sich behaupten, daß man wisse, was Singen heißt.
«Ich singe selbst ein wenig», sagte er; «eines Tages werde ich Ihnen etwas vorsingen. Nicht heute, aber ein andermal.»
Und dann erhob er sich zum Gehen. Er hatte es versehentlich unterlassen zu sagen, er werde ihr vorsingen, wenn sie ihm vorspiele. Es fiel ihm ein, als er schon auf der Straße stand; aber er hätte sich die Selbstvorwürfe sparen können, denn Catherine hatte den Fehler nicht bemerkt. Sie dachte an nichts anderes, als daß «ein andermal» einen köstlichen Klang gab; er schien sich über die Zukunft hin auszubreiten.
Um so mehr Grund bestand indes für sie, mochte sie auch beschämt und verlegen sein, ihrem Vater zu erzählen, daß Mr Morris Townsend wieder vorgesprochen hatte. Sie teilte die Tatsache unvermittelt und beinahe heftig mit, sobald der Doktor das Haus betrat; und da sie dies hinter sich gebracht hatte — es war ihre Pflicht —, machte sie Anstalten, das Zimmer zu verlassen. Aber es gelang ihr nicht rasch genug; ihr Vater hielt sie zurück, als sie eben die Türe erreichte.
«Nun, Liebling, hat er dir denn heute einen Antrag gemacht?» fragte der Doktor.
Genau die Worte waren es, vor denen sie sich gefürchtet hatte; und doch hielt sie keine Antwort bereit. Natürlich hätte sie es gerne als Scherz genommen — wie es ihr Vater gemeint haben mußte; und doch wäre sie wiederum, als sie verneinte, gerne ein wenig bestimmt, ein wenig scharf gewesen, damit er die Frage vielleicht nicht wieder stelle. Sie war ihr zuwider — sie machte sie unglücklich. Aber Catherine konnte nie scharf sein; und einen Augenblick stand sie einfach da, die Hand auf dem Türknauf, blickte ihren satirischen Vater an und lachte leise auf.
«Ganz entschieden», sagte sich der Doktor, «schlagfertig ist meine Tochter nicht!»

Aber kaum hatte er diese Überlegung angestellt, als Catherine etwas einfiel; sie hatte sich entschlossen, die Sache im ganzen als Scherz zu nehmen.

«Vielleicht tut er's das nächste Mal», rief sie mit einer Wiederholung ihres Lachens aus; und rasch machte sie sich aus dem Zimmer.

Der Doktor stand da und blickte verwundert; er fragte sich, ob seiner Tochter damit wohl ernst sei. Catherine ging stracks auf ihr Zimmer, und als sie dort anlangte, war ihr etwas anderes — etwas Besseres — eingefallen, was sie hätte sagen können. Jetzt wünschte sie fast, ihr Vater möchte die Frage noch einmal stellen, damit sie erwidern könnte: «Oh ja, Mr Morris Townsend hat mir einen Antrag gemacht, und ich habe ihn abgewiesen.»

Der Doktor aber begann seine Fragen anderweitig zu stellen; denn natürlich fiel ihm ein, daß es wohl seine Schuldigkeit sei, sich über diesen gut aussehenden jungen Mann, der es sich da zur Gewohnheit gemacht hatte, in seinem Hause ein- und auszugehen, gebührend ins Bild zu setzen. Er wandte sich an die ältere seiner beiden Schwestern, Mrs Almond — nicht daß er sie dafür eigens aufgesucht hätte; so eilte die Sache nun auch wieder nicht; aber er machte sich eine Notiz für die nächste Gelegenheit. Der Doktor war niemals übereifrig, niemals ungeduldig oder ängstlich; aber er machte sich über alles Notizen, und diese Notizen zog er regelmäßig zu Rate. Unter ihnen fand auch die Auskunft ihren Platz, die er von Mrs Almond über Morris Townsend erhielt.

«Lavinia war bereits hier, um mich zu fragen», hatte sie gesagt. «Lavinia ist schrecklich aufgeregt; ich begreife das nicht. Schließlich ist es doch nicht Lavinia, auf die der junge Mann angeblich Absichten hat. Sie ist sehr eigenartig.»

«Ah, meine Liebe», erwiderte der Doktor, «sie wohnt nicht schon zwölf Jahre bei mir, ohne daß ich dies bemerkt hätte.»

«Sie hat ein so geschraubtes Wesen», sagte Mrs Almond,

die jede Gelegenheit genoß, Lavinias Eigenart mit ihrem Bruder zu besprechen. «Sie wollte nicht, ich sollte dir erzählen, daß sie mich nach Mr Townsend ausgefragt hat; aber ich habe ihr gesagt, selbstverständlich werde ich es dir erzählen. Sie will immer alles verheimlichen.»

«Und doch gibt es zu andern Zeiten wieder keinen Menschen, der mit einer Sache so ungehobelt herausplatzen kann wie sie. Sie ist wie ein Leuchtturm mit Drehfeuer — pechschwarze Dunkelheit wechselt ab mit blendender Helle. Aber was hast du ihr denn gesagt?» fragte der Doktor.

«Was ich dir sagte — daß ich sehr wenig über ihn weiß.»

«Lavinia muß sehr enttäuscht gewesen sein», sagte der Doktor; «sie würde es vorziehen, wenn er sich irgendeines romantischen Verbrechens schuldig gemacht hätte. Nun, man muß die Leute eben nehmen, wie sie sind. Wie ich höre, ist der Herr ein Vetter des kleinen Jungen, dem du die Zukunft deines kleinen Mädchens anvertrauen willst.»

«Arthur ist kein kleiner Junge; er ist ein sehr alter Mann; wir beide werden nie so alt werden! Er ist ein entfernter Verwandter von Lavinias protégé. Der Name ist zwar der gleiche, aber man hat mir zu verstehen gegeben, daß es Townsends und Townsends gibt. So sagte mir Arthurs Mutter; sie sprach von ‚Linien' — jüngeren Linien, älteren Linien, minderen Linien — als ob es sich um ein Königshaus handle. Arthur, so scheint es, gehört zum herrschenden Zweig, nicht aber der junge Mann, mit dem es die arme Lavinia zu tun hat. Darüber hinaus weiß Arthurs Mutter sehr wenig über ihn; sie erzählt nur eine etwas unklare Geschichte, wonach er ‚ungebärdig' gewesen sei. Aber seine Schwester kenne ich ein wenig, und sie ist eine sehr nette Frau. Sie heißt Mrs Montgomery; sie ist Witwe, mit einem kleinen Vermögen und fünf Kindern. Sie wohnt in der Second Avenue.»

«Was sagt denn Mrs Montgomery über ihn?»

«Daß er Talente besitzt, durch die er sich auszeichnen könnte.»

«Bloß ist er faul, nicht wahr?»
«Das hat sie nicht gesagt.»
«Das verbietet der Familienstolz», sagte der Doktor. «Was ist er von Beruf?»
«Er hat keinen; er sieht sich nach etwas um. Ich glaube, er war einmal bei der Marine.»
«War einmal? Wie alt ist er denn?»
«Ich nehme an, er ist über dreißig. Er muß sehr jung zur Marine gekommen sein. Ich glaube, Arthur hat mir erzählt, daß er ein kleines Vermögen geerbt habe — das war vielleicht der Grund, warum er die Marine verließ — und daß er es in wenigen Jahren durchgebracht hat. Er ist in der ganzen Welt herumgereist, hat im Ausland gelebt, sich amüsiert. Ich glaube, er hat sich ein System zurechtgelegt, eine Theorie. Er ist vor kurzem nach Amerika zurückgekehrt, um — wie er Arthur sagte — ein ernstes Leben anzufangen.»
«Ist es ihm denn um Catherine ernst?»
«Ich sehe keinen Grund, weshalb du ungläubig sein solltest», sagte Mrs Almond. «Es will mir scheinen, daß du Catherine nie gerecht geworden bist. Bedenke doch, daß sie eine Anwartschaft auf dreißigtausend im Jahr hat.»
Der Doktor blickte seine Schwester einen Augenblick an und sagte dann mit einem allerleisesten Anflug von Bitterkeit: «Du wenigstens weißt sie zu schätzen.»
Mrs Almond wurde rot.
«Ich meine nicht, das sei ihr einziger Vorzug; ich meine bloß, es sei ein gewichtiger. Sehr viele junge Männer denken so; und es kommt mir vor, als habest du dir darüber nie genügend Rechenschaft gegeben. Du hast schon immer so eine Art gehabt anzudeuten, sie sei ein Mädchen, das zum Heiraten nicht tauge.»
«Meine Andeutungen sind ebenso freundlich wie deine, Elizabeth», sagte der Doktor offen. «Wieviele Verehrer hat Catherine denn bei all dem, was ihrer wartet, schon gehabt — wieviel Aufmerksamkeit ist ihr denn bisher geschenkt worden? Man kann Catherine zwar heiraten, aber

man kann sie unmöglich anziehend finden. Aus welchem andern Grunde wäre Lavinia denn so entzückt von der Vorstellung, einen Liebhaber im Hause zu haben? Es hat bisher noch nie einen gegeben, und Lavinia hat, bei ihrem empfindsamen, mitfühlenden Wesen, keine Gelegenheit gehabt, sich an die Vorstellung zu gewöhnen. Es beschäftigt ihre Phantasie. Ich muß den jungen Männern New Yorks zugestehen, daß sie mir sehr wenig berechnend vorkommen. Sie ziehen hübsche Mädchen vor — lebhafte Mädchen — Mädchen, wie die deinen. Catherine ist weder hübsch noch lebhaft.»

«Catherine macht sich; sie hat so ihren eigenen Stil — was man von meiner armen Marian, die überhaupt keinen Stil hat, nicht behaupten kann», sagte Mrs Almond. «Der Grund, weshalb Catherine so wenig Aufmerksamkeit geschenkt wird, ist der, daß sie allen jungen Männern älter als sie selbst vorkommt. Sie ist so stattlich und kleidet sich so reich. Ich glaube, sie haben ein bißchen Angst vor ihr; sie sieht aus, als sei sie schon einmal verheiratet gewesen, und du weißt ja, verheiratete Frauen mögen sie nicht. Und wenn unsere jungen Männer so wenig berechnend scheinen», fuhr des Doktors klügere Schwester fort, «dann darum, weil sie im allgemeinen so jung heiraten — noch vor fünfundzwanzig, im Alter der Unschuld und der Aufrichtigkeit — noch vor dem Alter der Kalkulation. Wenn sie nur ein bißchen warten wollten, würde Catherine viel besser abschneiden.»

«Aus Kalkulation, sagst du. Ich danke bestens», sagte der Doktor.

«Warte nur ab, bis ein intelligenter Vierziger daherkommt; er wird von Catherine entzückt sein», fuhr Mrs Almond fort.

«Dann ist Mr Townsend also nicht alt genug? Seine Motive sind vielleicht noch rein.»

«Es ist sehr wohl möglich, daß seine Motive rein sind; ich möchte ungern das Gegenteil für selbstverständlich halten. Lavinia ist davon überzeugt; und da er ein sehr einnehmender Junge ist, könntest du schon einen Zweifel für ihn sprechen lassen.»

Doktor Sloper dachte einen Augenblick nach.

«Wovon lebt er denn zur Zeit?»

«Ich habe keine Ahnung. Wie gesagt, er wohnt bei seiner Schwester.»

«Bei einer Witwe mit fünf Kindern? Willst du damit sagen, er lebte auf ihre Kosten?»

Mrs Almond stand auf und meinte mit einer gewissen Ungeduld: «Wäre es nicht gescheiter, du fragtest Mrs Montgomery selbst?»

«Vielleicht werde ich mich dazu entschließen», meinte der Doktor. «Second Avenue, sagtest du?» Er notierte sich die Second Avenue.

VII

Er nahm die Sache aber keineswegs so ernst, wie dies anzudeuten schien; ja, vor allem amüsierte ihn die ganze Situation. Catherines Aussichten versetzten ihn nicht im geringsten in einen Zustand der Spannung oder Wachsamkeit; er hütete sich geradezu davor, das lächerliche Schauspiel eines Haushalts zu bieten, der dadurch in Aufregung gerät, daß seiner Tochter und Erbin in dessen Annalen bisher unerhörte Aufmerksamkeit zuteil wird. Ja mehr noch: er ging so weit, sich von dem kleinen Drama einige Unterhaltung zu versprechen — wenn das Spiel, worin Mrs Penniman den genialischen Mr Townsend als Helden zu präsentieren wünschte, überhaupt ein Drama war. Noch hatte er hinsichtlich des dénouement keine Absichten gefaßt. Er war durchaus bereit, nach Elizabeths Vorschlag jeden Zweifel zugunsten des jungen Mannes sprechen zu lassen. Darin lag keine große Gefahr; denn Catherine mit ihren zweiundzwanzig Jahren war schließlich eine recht reife Knospe, die nur mit einem kräftigen Ruck vom Stamme zu pflücken wäre. Der Umstand, daß Morris Townsend arm war, sprach nicht notwendigerweise gegen ihn; der Doktor hatte nie beschlossen, seine Tochter müsse einmal einen reichen Mann heiraten. Das Vermögen, welches sie erben würde, dünkte ihn durchaus hinreichend, zwei verständigen Leuten ein bequemes Auskommen zu geben, und wenn sich ein mittelloser Liebhaber einstellte, der im übrigen manches zu seinen Gunsten anführen konnte, sollte er ganz nach persönlichem Verdienst beurteilt werden. Und ferner gab es da noch andere Gründe. Angesichts der Tatsache, daß seine Türe bis anhin durchaus noch nicht von Mitgiftjägern belagert worden war, hielt es der Doktor für sehr ordinär, Leute überstürzt gewinnsüchtiger Motive zu beschuldigen; und schließlich war er sehr neugierig zu erfahren, ob Catherine wirklich um ihres seelischen Wertes willen geliebt werden könne. Er lächelte, wenn er bedachte, daß der arme Mr Townsend ja erst zweimal im Hause gewesen war, und beauftragte Mrs Penniman, ihn bei einem allfälligen nächsten Besuche zu einem Essen einzuladen.

Er kam sehr bald wieder, und Mrs Penniman war es natürlich ein großes Vergnügen, diese Mission zu erfüllen. Morris Townsend nahm die Einladung ebenso gnädig an, und einige Tage später fand das Essen statt. Der Doktor hatte sich richtig gesagt, daß es nicht angehe, den jungen Mann als einzigen Gast zu laden; das hätte dem Ganzen zu sehr den Anstrich der Ermunterung gegeben. So wurden denn noch zwei oder drei andere Personen gebeten; aber Morris Townsend war, wenn auch keineswegs der offensichtliche, so doch der wirkliche Anlaß des Festes. Es besteht aller Grund anzunehmen, daß er einen guten Eindruck zu machen wünschte; und wenn ihm das nicht ganz gelang, so lag es nicht an einem Mangel viel intelligenten Bemühens. Der Doktor sprach während des Essens sehr wenig mit ihm; aber er beobachtete ihn aufmerksam, und nachdem sich die Damen entfernt hatten, schob er ihm den Wein zu und stellte ihm mehrere Fragen. Morris war keiner von den jungen Männern, die genötigt werden müssen, und er fand hinreichende Aufmunterung in der vorzüglichen Qualität des Roten. Der Wein des Doktors verdiente Bewunderung, und es kann dem Leser mitgeteilt werden, daß sich Morris beim Nippen überlegte, ein Keller voll guter Tranksame — und hier gab es offensichtlich einen Keller voll — wäre an einem Schwiegervater eine höchst anziehende Eigentümlichkeit.

Dem Doktor fiel die Kennerschaft seines Gastes auf; er sah, daß dies kein gewöhnlicher junger Mann war. «Er hat Fähigkeiten», sagte Catherines Vater; «ganz entschiedene Fähigkeiten; er hat einen guten Kopf, wenn es ihm gefällt, davon Gebrauch zu machen. Und er ist ungewöhnlich wohlgeraten; ganz die Erscheinung, welche den Damen so gefällt; aber ich glaube, ich mag ihn nicht.» Der Doktor behielt indes seine Überlegungen für sich und sprach mit seinem Besucher von fremden Ländern, worüber ihm Morris mehr Auskünfte gab, als er — wie er sich im Geiste ausdrückte — zu schlucken bereit war.

Doktor Sloper war nur wenig gereist, und er nahm sich die Freiheit, nicht alles zu glauben, was sein gesprächiger Gast zum besten gab. Er rühmte sich, etwas von Physiognomik zu verstehen; und während der junge Mann, mit selbstsicherer Unbeschwertheit daherplaudernd, seine Zigarre schmauchte und sich sein Glas wieder füllte, saß der Doktor da und ließ seine Augen auf dessen intelligentem, ausdrucksvollem Gesicht ruhen. «Er ist so selbstsicher wie der Teufel in Person!» sagte Townsends Gastgeber; «so viel Selbstsicherheit ist mir noch nicht vorgekommen. Und seine Erfindungsgabe ist höchst bemerkenswert Er ist sehr pfiffig; so pfiffig war man zu meiner Zeit nicht. Und sagte ich nicht, ‚ein guter Kopf'? Das will ich meinen — nach einer Flasche Madeira und anderthalb Flaschen Rotwein!»

Nach dem Essen stellte sich Morris Townsend vor Catherine, die in ihrem roten Satinkleid vor dem Feuer stand.

«Er mag mich nicht — er mag mich gar nicht», sagte der junge Mann.

«Wer mag Sie nicht?» fragte Catherine.

«Ihr Vater; ein ungewöhnlicher Mann!»

«Ich verstehe nicht, wie Sie das wissen wollen», sagte Catherine und wurde rot.

«Das fühle ich; ich habe ein sehr feines Gefühl.»

«Vielleicht täuschen Sie sich.»

«Nun gut! Fragen Sie ihn nur, und Sie werden schon sehen.»

«Ich möchte ihn lieber nicht fragen, wenn Gefahr besteht, daß er sagt, was Sie meinen.»

Morris sah sie mit einem Ausdruck gespielter Niedergeschlagenheit an.

«Es würde Ihnen wohl gar kein Vergnügen machen, ihm zu widersprechen?»

«Ich widerspreche ihm nie», sagte Catherine.
«Wollen Sie mich denn beschimpft hören, ohne Ihre Lippen zu meiner Verteidigung zu öffnen?»
«Mein Vater wird Sie doch nicht beschimpfen. Er kennt Sie ja kaum.»
Morris Townsend lachte laut heraus, und Catherine wurde wieder rot.
«Ich werde Sie nie erwähnen», sagte sie, um sich aus der Verwirrung zu flüchten.
«Das ist ganz in Ordnung; aber es ist nicht ganz das, was ich gerne von Ihnen gehört hätte. Ich hätte Sie gerne sagen hören: ‚Wenn mein Vater schlecht von Ihnen denkt, was macht das schon aus?'»
«Oh, das würde aber sehr viel ausmachen; so etwas könnte ich nie sagen!» rief das Mädchen.
Er sah es einen Augenblick an und lächelte ein wenig; und wenn ihn der Doktor gerade dann beobachtet hätte, würde er das Aufglimmen einer leisen Ungeduld in der umgänglichen Sanftheit seiner Augen wahrgenommen haben. Aber seine Erwiderung verriet keine Ungeduld — oder doch nicht mehr, als ein kleiner, rührender Seufzer ausdrückt. «Je nun! Dann darf ich die Hoffnung nicht aufgeben, ihn selbst für mich zu gewinnen.»
Mrs Penniman gegenüber drückte er sich später am Abend offener aus. Aber vorher sang er noch auf Catherines schüchterne Bitte hin zwei oder drei Lieder; nicht daß er sich vorgemacht hätte, damit ihren Vater für sich zu gewinnen. Er verfügte über einen einschmeichelnden, leichten Tenor, und als er geendet hatte, tat jedermann irgendeinen Ausruf — das heißt, jedermann außer Catherine, die in nachdrücklichem Schweigen verharrte. Mrs Penniman erklärte, seine Art zu singen sei «höchst kunstvoll», und Doktor Sloper sagte, es sei «sehr ansprechend — wirklich sehr ansprechend» gewesen; er sagte es laut und deutlich, aber mit einer gewissen Trockenheit.
«Er mag mich nicht — er mag mich gar nicht», sagte Morris Townsend, indem er die Tante in der gleichen

Weise ansprach wie zuvor die Nichte. «Er hält mich für ganz verfehlt.»
Ungleich ihrer Nichte verlangte Mrs Penniman keine Erklärung. Sie lächelte nur sehr liebenswürdig, als verstehe sie alles; und — wiederum anders als Catherine — versuchte sie nicht, ihm zu widersprechen. «Aber ich bitte Sie, was macht das schon?» murmelte sie leise.
«Ah! Sie sagen das rechte Wort!» rief Morris, sehr zur Genugtuung von Mrs Penniman, die sich rühmte, immer das rechte Wort zu finden.
Als der Doktor seine Schwester Elizabeth das nächste Mal sah, ließ er sie wissen, daß er die Bekanntschaft von Lavinias protégé gemacht habe.
«Physisch», sagte er, «ist er ungewöhnlich wohl gebildet. Als Anatomen bereitet es mir ein wahrhaftes Vergnügen, einen so schönen Körperbau zu sehen; wenn allerdings alle Leute so wären, bestünde wohl sehr wenig Bedarf nach Ärzten.»
«Siehst du denn gar nichts anderes an den Leuten als ihre Knochen?» erwiderte Mrs Almond. «Was hältst du als Vater von ihm?»
«Als Vater? Gott sei Dank, bin ich nicht sein Vater!»
«Nein, aber Catherines. Lavinia sagte mir, sie sei verliebt.»
«Sie wird darüber wegkommen müssen. Er ist kein Gentleman.»
«Oho, nimm dich in Acht! Denk daran, daß er ein Zweig der Townsends ist.»
«Er ist nicht, was ich unter einem Gentleman verstehe; er hat nicht dessen Seele. Er ist überaus gewinnend; aber er hat ein ordinäres Wesen. Ich habe ihn augenblicklich durchschaut. Er ist viel zu vertraulich; — ich hasse Vertraulichkeit. Er ist ein überzeugender Stutzer.»
«Nun ja», sagte Mrs Almond, «wenn du mit deinem Urteil so schnell fertig bist, hat das natürlich seinen großen Vorteil.»
«Ich bin mit meinem Urteil nicht schnell fertig. Was ich dir sage, ist das Resultat dreißigjähriger Beobachtungen;

und um mir dieses Urteil an einem einzigen Abend bilden zu können, hat es eines lebenslangen Studiums bedurft.»
«Es ist durchaus möglich, daß du recht hast. Aber Catherine wird es einsehen müssen.»
«Ich werde ihr eine Brille schenken!» sagte der Doktor.

VIII

Falls es zutraf, dass sie verliebt war, schwieg sie sich darüber gründlich aus; aber natürlich war der Doktor bereit zuzugeben, daß ihr Schweigen vielleicht Bände bedeute. Sie hatte Morris Townsend gesagt, daß sie ihn ihrem Vater gegenüber nicht erwähnen werde, und sie sah keinen Grund, dieses Gelübde der Verschwiegenheit rückgängig zu machen. Es war selbstverständlich nicht mehr als anständig und gehörig, daß Morris, nachdem er am Washington Square zum Essen geladen war, dort wieder Besuch machte; und es war nur natürlich, daß er sich auch weiterhin einstellte, nachdem er bei diesem Anlaß freundlich empfangen worden war. Er hatte reichlich Muße, und in New York hatte vor dreißig Jahren ein junger Mann mit Muße Grund zur Dankbarkeit, wenn man ihm half, sich zu zerstreuen. Catherine sagte ihrem Vater nichts von diesen Besuchen, obwohl sie rasch zur wichtigsten, zur fesselndsten Sache in ihrem Leben wurden. Das Mädchen war sehr glücklich. Noch wußte es nicht, was daraus werden sollte; aber die Gegenwart war ihm plötzlich reich und festlich geworden. Hätte man ihm gesagt, es sei verliebt, so wäre es recht erstaunt gewesen; denn es hatte die Vorstellung, daß Liebe eine gierige und anspruchsvolle Leidenschaft sei, und sein eigenes Herz war in diesen Tagen von dem Trieb nach Selbstentäußerung und Opfer erfüllt. Jedesmal, wenn Morris Townsend das Haus verlassen hatte, warf sich seine Phantasie mit ganzer Kraft auf die Vorstellung seiner baldigen Rückkunft; aber wenn man ihm in einem solchen Augenblick gesagt hätte, er werde ein Jahr lang nicht wiederkehren, oder gar, daß er niemals wiederkehre, — es würde nicht geklagt oder sich aufgelehnt haben, sondern hätte den Ratschluß demütig hingenommen und hätte im Überdenken jener Zeiten, da es ihn gesehen, der Worte, die er gesprochen, des Klangs seiner Stimme und seines Schrittes und des Ausdrucks in seinem Gesichte Trost gesucht. Liebe beansprucht gewisse Dinge als ihr Recht; aber Catherine hatte keinen Sinn für ihre Rechte; sie hatte lediglich das Bewußtsein unermeßlicher und unerwarteter Gunsterweise. Sogar ihre Dankbarkeit für diese Dinge war still geworden, denn es wäre ihr wie Schamlosigkeit vorgekommen, aus ihrem Geheimnis eine Lustbarkeit zu machen. Ihr Vater ahnte Morris Townsends Besuche und bemerkte Catherines Zurückhaltung. Sie schien dafür um Verzeihung zu bitten; sie blickte ihn immerzu schweigend an, als wolle sie sagen, sie sage nur darum nichts, weil sie ihn zu verstimmen fürchte. Aber die stumme Beredsamkeit des armen Mädchens verstimmte ihn mehr, als irgendetwas anderes es zu tun vermocht hätte, und er ertappte sich mehr als einmal dabei, wie er vor sich hinbrummte, es sei doch himmeltraurig, daß sein einziges Kind ein Tolpatsch sei. Doch war sein Brummen unhörbar, und eine Zeitlang sagte er keinem etwas. Er hätte gerne gewußt, wie oft denn nun eigentlich der junge Townsend kam; aber er hatte sich vorgenommen, dem Mädchen selbst keine Fragen zu stellen — überhaupt nichts mehr zu sagen, was ihr verriete, daß er sie beobachtete. Der Doktor hegte ein Ideal, wonach er jedem großmütig gerecht werden wollte: er wollte seiner Tochter die Freiheit lassen und erst dann eingreifen, wenn die Gefährdung bewiesen wäre. Es war nicht seine Art, Auskünfte durch indirekte Methoden zu erlangen, und die Bedienten auszufragen, kam ihm nicht einmal in den Sinn. Was Lavinia betraf, so widerstrebte es ihm, mit ihr über die Angelegenheit zu reden; mit ihrer falschen Romantik ärgerte sie ihn. Aber es blieb ihm nichts anderes übrig. Mrs Pennimans Überzeugung hinsichtlich der Beziehung zwischen ihrer Nichte und dem geschickten jungen Besucher, der den Schein dadurch wahrte, daß er offenbar immer um beider Damen willen kam — Mrs Pennimans Überzeugungen waren in eine reifere und reichere Phase getreten. Man sollte Mrs Pennimans Handhabung der Situation keine Plumpheiten nachsagen können; sie war ebensowenig mitteilsam geworden wie Catherine selbst es war. Sie kostete die Süße der Heimlichkeit; sie hatte den Weg der Geheimhaltung eingeschlagen. «Sie wäre entzückt, wenn sie sich beweisen könnte, daß sie verfolgt werde», sagte der Doktor; und als er sie schließlich befragte, war er sicher, es werde ihr gelingen, seinen Worten einen Vorwand für diesen Glauben zu entnehmen.

«Sei doch so gut, mich wissen zu lassen, was im Hause eigentlich vorgeht», sagte er zu ihr in einem Ton, den er selbst unter den obwaltenden Umständen für herzlich hielt.

«Was vorgeht, Austin?» rief Mrs Penniman aus. «Je, ich weiß es bestimmt nicht. Ich glaube, letzte Nacht hat die alte graue Katze Junge gekriegt.»

«In ihrem Alter?» sagte der Doktor. «Der Gedanke ist beunruhigend — beinahe anstößig. Sei doch so gut, dafür zu sorgen, daß alle ertränkt werden. Aber was ist denn sonst noch geschehen?»

«Ach, die süßen kleinen Kätzchen!» rief Mrs Penniman. «Nicht um die Welt möchte ich sie ertränken lassen!»

Ihr Bruder paffte einige Augenblicke schweigend seine Zigarre. «Deine Sympathie mit Kätzchen, Lavinia», setzte er bald darauf wieder an, «entspringt einem katzenhaften Zug deines eigenen Charakters.»

«Katzen sind sehr anmutig und sehr reinlich», sagte Mrs Penniman lächelnd.

«Und sehr verstohlen. Du bist die Verkörperung von Anmut und Reinlichkeit; aber es mangelt dir an Offenheit.»

«Dir allerdings nicht, lieber Bruder.»

«Ich erhebe keinen Anspruch auf Anmut, wenn ich auch versuche, reinlich zu sein. Warum hast du es mich nicht wissen lassen, daß Mr Morris Townsend viermal die Woche ins Haus kommt?»

Mrs Penniman hob die Brauen. «Viermal die Woche!»

«Dann eben dreimal, oder auch fünfmal, wenn dir das lieber ist. Ich bin den ganzen Tag fort und bekomme nichts zu sehen. Aber wenn solche Dinge vorfallen, solltest du es mich wissen lassen.»

Mrs Penniman, die Brauen noch immer erhoben, dachte angestrengt nach. «Mein lieber Austin», sagte sie schließlich, «ich bin außerstande, ein Vertrauen zu mißbrauchen. Lieber würde ich alles erdulden.»

«Keine Angst; du sollst nicht dulden. Auf wessen Vertrauen spielst du denn an? Hat dir Catherine ein Gelübde ewiger Verschwiegenheit abgenommen?»

«Durchaus nicht. Catherine hat mir nicht so viel mitgeteilt, wie sie wohl könnte. Sie war nicht sehr vertrauensvoll.»

«Ist es dann also der junge Mann, der dich zu seiner Vertrauten gemacht hat? Erlaube mir die Bemerkung, daß es äußerst unvorsichtig von dir ist, mit jungen Männern geheime Allianzen einzugehen; du weißt nicht, wohin dich das führen kann.»

«Ich weiß nicht, was du unter einer Allianz verstehst», sagte Mrs Penniman. «Ich nehme großes Interesse an Mr Townsend; das will ich nicht verhehlen. Aber das ist auch alles.»

«Unter den Umständen genügt das vollkommen. Welches ist denn die Quelle deines Interesses an Mr Townsend?»

«Nun», sagte Mrs Penniman sinnend und setzte dann ihr Lächeln auf, «eben dies, daß er so interessant ist!»

Der Doktor spürte, daß er seine Geduld jetzt gut gebrauchen konnte. «Und was macht ihn so interessant? — sein ansprechendes Aussehen?»

«Seine Schicksalsschläge, Austin.»

«Oh, er empfing also Schicksalsschläge? Das ist natürlich immer interessant. Ist es dir erlaubt, einige von denen, die Mr Townsend trafen, zu erwähnen?»

«Ich weiß nicht, ob er das schätzen würde», sagte Mrs Penniman. «Er hat mir viel von sich berichtet — er hat mir, um die Wahrheit zu gestehen, seine ganze Lebensgeschichte erzählt. Aber ich glaube, es wäre nicht richtig, diese Dinge weiterzusagen. Er würde sie dir sicher selbst erzählen, wenn er glaubte, bei dir ein freundliches Ohr zu finden. Mit Freundlichkeit erreicht man bei ihm alles.»

Der Doktor lachte auf. «Dann werde ich ihn recht freundlich auffordern, Catherine in Ruhe zu lassen.»

«Oh!» sagte Mrs Penniman, indem sie ihrem Bruder mit dem Finger drohte, nicht ohne den kleinen Finger hochzustellen, «Catherine hat ihm wahrscheinlich etwas Freundlicheres als das gesagt!»

«Daß sie ihn liebe? — meinst du das?»

Mrs Penniman heftete ihre Augen auf den Boden. «Ich habe es dir schon gesagt, Austin; sie vertraut sich mir nicht an.»

«Du wirst dir immerhin eine Meinung gebildet haben. Und um diese bitte ich dich; obwohl ich dir nicht verhehle, daß ich sie nicht für schlüssig halte.»

Mrs Pennimans Blick blieb auf dem Teppich haften; aber schließlich hob sie ihn — und da dünkte er ihren Bruder sehr ausdrucksvoll. «Ich glaube, Catherine ist sehr glücklich; mehr kann ich nicht sagen.»

«Townsend will sie heiraten — das meinst du doch?»

«Er interessiert sich sehr für sie.»

«Er findet das Mädchen so anziehend?»

«Catherine hat ein liebes Wesen, Austin», sagte Mrs Penniman, «und Mr Townsend war intelligent genug, das zu entdecken.»

«Mit ein bißchen Nachhilfe deinerseits, nehme ich an. Meine liebe Lavinia», rief der Doktor, «du bist eine bewundernswürdige Tante!»

«Das sagt Mr Townsend auch», bemerkte Lavinia mit einem Lächeln.

«Glaubst du, er meint es aufrichtig?» fragte ihr Bruder.

«Wenn er das sagt?»

«Nein, das ist selbstverständlich. Aber mit seiner Bewunderung für Catherine?»

«Zutiefst aufrichtig. Er hat mir auf die reizendste Weise zu verstehen gegeben, wie sehr er sie zu schätzen weiß. Das würde er auch dir gegenüber tun, wenn er sicher wäre, bei dir ein — ein mildes Ohr zu finden.»

«Ich weiß nicht, ob ich es auf mich nehmen kann, ihn anzuhören. Er scheint eines beträchtlichen Maßes an Milde zu bedürfen.»

«Er hat ein mitfühlendes, empfindsames Wesen», sagte Mrs Penniman.

Ihr Bruder paffte wieder schweigend seine Zigarre. «Und diese zarten Qualitäten haben alle Wechselfälle seines Lebens überdauert, wie? Du hast mir noch gar nichts von den Schicksalsschlägen erzählt.»

«Das ist eine lange Geschichte», sagte Mrs Penniman, «und ich betrachte sie als heiliges Pfand. Aber ich nehme an, es besteht kein Hinderungsgrund zu sagen, daß er ungebärdig war — das gesteht er freimütig. Aber er hat es teuer bezahlt.»

«Und dadurch ist er wohl verarmt, was?»

«Ich meine nicht einfach, mit Geld. Er ist sehr allein in der Welt.»

«Willst du damit sagen, er habe sich so schlecht aufgeführt, daß ihn seine Freunde verlassen haben?»

«Er hatte falsche Freunde, die ihn hintergingen und verrieten.»

«Er scheint auch einige gute zu haben. Er hat eine zärtliche Schwester und ein halbes Dutzend Neffen und Nichten.»

Mrs Penniman verstummte eine Weile. «Die Neffen und Nichten sind noch Kinder, und die Schwester ist keine sehr sympathische Person.»

«Hoffentlich macht er sie vor dir nicht schlecht», sagte der Doktor; «denn wie ich höre, liegt er ihr auf der Tasche.»

«Er liegt ihr auf der Tasche?»

«Er wohnt bei ihr und selber tut er nichts; das läuft ungefähr darauf hinaus.»

«Er sieht sich ganz ernsthaft nach einer Stellung um», sagte Mrs Penniman. «Er hofft jeden Tag, eine zu finden.»

«Ganz richtig. Hier — dort vorne im Salon sieht er sich danach um. Die Stellung als Gatte einer schwachköpfigen Frau mit einem großen Vermögen würde ihm vollkommen zusagen!»

Mrs Penniman war wirlich liebenswürdig; aber jetzt verriet sie Anzeichen von Gereiztheit. Sie erhob sich mit großer Lebhaftigkeit und blieb, den Blick auf den Bruder geheftet, einen Augenblick stehen. «Mein lieber Austin», bemerkte sie, «wenn du Catherine für eine schwachköpfige Frau hältst, irrst du dich ganz beträchtlich!» Und damit nahm sie einen majestätischen Abgang.

IX

Es war in der Familie am Washington Square ein regelmäßiger Brauch, den Sonntagabend bei den Almonds zu verbringen. Auch am Sonntag nach dem Gespräch, das ich soeben wiedergegeben habe, wurde dieser Brauch nicht unterbrochen; und bei dieser Gelegenheit, gegen die Mitte des Abends, fand Doktor Sloper einen Anlaß, sich mit seinem Schwager in die Bibliothek zurückzuziehen, um dort eine geschäftliche Sache zu bereden. Er war etwa zwanzig Minuten abwesend, und als er in den durch die Gegenwart mehrerer Freunde der Familie belebten Kreis zurückkehrte, sah er, daß Morris Townsend hinzugestoßen war und so wenig Zeit wie nur möglich verloren hatte, ehe er sich neben Catherine auf das kleine Sofa setzte. In dem großen Zimmer, worin sich verschiedene Gruppen gebildet hatten und das Gesumm von Stimmen und Gelächter recht laut war, konnten die beiden jungen Leute «konfabulieren», wie es der Doktor nannte, ohne die Aufmerksamkeit auf sich zu lenken. Doch sah er sofort, daß sich seine Tochter der Beobachtung durch ihn peinlich bewußt war. Hochrot saß sie, die Augen niedergeschlagen und auf ihren offenen Fächer starrend, unbeweglich da und wurde immer kleiner, als wolle sie die Unbesonnenheit, deren sie sich schuldig bekannte, minimalisieren.

Der Doktor empfand beinahe Mitleid mit ihr. Die arme Catherine war nicht trotzig; sie hatte keinen Sinn für Bravaden, und weil sie spürte, daß ihr Vater die Aufmerksamkeiten ihres Begleiters ungern wahrnahm, gab es für sie nichts als Unbehagen, da sie sich in eine Lage versetzt sah, womit sie ihn herauszufordern schien. Ja, so leid tat sie dem Doktor, daß er sich abwandte, um ihr das Gefühl des Beobachtetwerdens zu ersparen; und er war ein so intelligenter Mann, daß er ihrer Situation, in Gedanken, eine Art poetischer Gerechtigkeit widerfahren ließ.

«Es muß verteufelt angenehm sein für so ein simples, lebloses Ding, wenn ein schöner junger Kerl daherkommt, sich neben es setzt und ihm zuflüstert, daß er sein Sklave sei — falls es das ist, was dieser hier flüstert. Kein Wunder, daß ihr das gefällt und daß ich ihr als grausamer Despot vorkomme; selbstverständlich komme ich ihr so vor, wenn sie auch Angst hat — sie hat dafür gar nicht die nötige Lebhaftigkeit —, es sich selber einzugestehen. Die gute, arme Catherine!» so sann der Doktor, «ich glaube wahrhaftig, sie ist imstande und verteidigt mich, wenn mich Townsend beschimpft!»

Und so groß war im Augenblick die Kraft dieser Überlegung, die ihn den natürlichen Widerspruch zwischen seinem eigenen Gesichtspunkt und dem eines verliebten Kindes fühlen ließ, daß er sich sagte, er nehme die Dinge vielleicht doch zu ernst und schreie, noch ehe er verletzt sei. Er durfte Morris Townsend nicht ungehört verdammen. Es widerstrebte ihm im Innersten, Dinge zu ernst zu nehmen; er fand, daß die Hälfte allen Unbehagens und viele Enttäuschungen, die das Leben brachte, nur daher rührten; und einen Augenblick fragte er sich, ob er diesem gescheiten jungen Manne, dem er seinerseits ein sehr scharfes Gespür für Ungereimtheiten zutraute, nicht lächerlich erscheine. Eine Viertelstunde später war ihn Catherine losgeworden, und nun stand Townsend, in ein Gespräch mit Mrs Almond verwickelt, vor dem offenen Feuer.

«Wir wollen ihn uns noch einmal vornehmen», sagte der Doktor. Und er durchquerte das Zimmer, gesellte sich zu seiner Schwester und ihrem Begleiter und machte ihr ein Zeichen, sie möge den jungen Mann ihm überlassen. Kurz darauf tat sie es, während Morris ihn ansah, lächelnd und ohne ein Anzeichen, daß seine leutseligen Augen ihm gerne ausgewichen wären.

«Er ist ganz erstaunlich eingebildet!» dachte der Doktor; und dann sagte er laut: «Wie ich höre, sehen Sie sich nach einer Stellung um.»

«Oh, eine ‚Stellung' möchte ich mir nicht herausnehmen, es zu nennen», antwortete Morris Townsend. «Das tönt so gehoben. Ich wäre froh um eine ruhige Arbeit — etwas, womit ich ehrlich mein tägliches Brot verdienen könnte.»

«Was täten Sie denn am liebsten?»

«Meinen Sie, wofür ich mich eigne? Für sehr wenig, fürchte ich. Ich habe nichts außer meinen beiden ehrlichen Fäusten, wie es im Melodrama heißt.»

«Sie sind zu bescheiden», sagte der Doktor. «Über Ihre ehrlichen Fäuste hinaus haben Sie noch Ihren findigen Kopf. Ich weiß von Ihnen nur, was ich sehe; aber an Ihrer Physiognomie sehe ich, daß Sie äußerst intelligent sind.»

«Oh», murmelte Townsend, «ich weiß gar nicht, was ich antworten soll, wenn Sie so sprechen. Sie raten mir also, nicht zu verzweifeln?»

Und er blickte seinen Gesprächspartner an, als habe die Frage vielleicht noch einen versteckten Sinn. Der Doktor fing den Blick auf und erwog ihn einen Augenblick, ehe er erwiderte: «Ich würde sehr ungern zugeben, daß ein kräftiger und begabter junger Mann jemals Grund zum Verzweifeln habe. Wenn ihm das eine fehlschlägt, kann er immer etwas anderes versuchen. Nur möchte ich beifügen, daß er seinen Weg mit Überlegung wählen sollte.»

«Oh ja, mit Überlegung», wiederholte Morris Townsend beipflichtend. «Ich war unüberlegt, früher; aber ich glaube, darüber bin ich hinweg. Ich bin jetzt sehr verläßlich.» Und einen Augenblick stand er da und schaute auf seine bemerkenswert eleganten Schuhe hinunter. Schließlich erkundigte er sich: «Hatten Sie freundlicherweise die Absicht, etwas zu meinem Vorteil vorzuschlagen?», schaute auf und lächelte.

«Verdammte Frechheit!» rief der Doktor insgeheim aus. Aber dann fiel ihm ein, daß er diesen empfindlichen Punkt schließlich selbst als erster berührt hatte und daß seine Worte freilich als ein Angebot von Hilfe interpretiert werden konnten. «Ich habe keinen bestimmten Vorschlag zu machen», sagte er rasch; «aber ich wollte Sie wissen lassen, daß ich an Sie denke. Manchmal kommen einem günstige Gelegenheiten zu Ohren. Hätten Sie, zum Beispiel, etwas dagegen, New York zu verlassen — in die Fremde zu ziehen?»

«Ich fürchte, das wäre mir leider unmöglich. Ich muß mein Glück hier oder gar nicht machen. Sehen Sie», fügte Morris Townsend hinzu, «es gibt Bande — ich trage hier Verantwortung. Ich habe eine Schwester, eine Witwe, von der ich lange Zeit getrennt war und der ich fast alles bedeute. Ich möchte ihr nicht gerne sagen, daß ich sie verlassen müsse. Sie braucht mich, verstehen Sie?»

«Oh, das ist ganz in Ordnung; Familiensinn ist immer in Ordnung», sagte Doktor Sloper. «Ich finde oft, daß es unserer Stadt daran gebricht. Ich glaube, ich habe von Ihrer Schwester schon gehört.»

«Das ist möglich; aber ich möchte es bezweifeln; sie führt ein sehr stilles Leben.»

«So still, meinen Sie», fuhr der Doktor mit einem kurzen Lachen fort, «wie es einer Dame mit mehreren kleinen Kindern eben möglich ist.»

«Ach, meine lieben kleinen Neffen und Nichten — das ist es ja! Ich helfe bei ihrer Erziehung mit», sagte Morris Townsend. «Ich bin eine Art Hauslehrer aus Liebhaberei; ich gebe ihnen Stunden.»

«Das ist ganz in Ordnung, wie ich schon sagte; aber es ist wohl kaum eine Karriere.»

«Ein Vermögen werde ich mir dabei nicht erwerben», gestand der junge Mann.

«Sie dürfen nicht zu sehr auf ein Vermögen aus sein», sagte der Doktor. «Aber ich versichere Sie, ich will an Sie denken; ich werde Sie nicht aus dem Auge verlieren.»

«Falls meine Lage verzweifelt werden sollte, werde ich mir vielleicht die Freiheit nehmen, Sie an mich zu erinnern», erwiderte Morris und hob mit einem strahlenderen Lächeln ein wenig seine Stimme, da sich sein Gesprächspartner zum Gehen wandte.

Ehe der Doktor das Haus verließ, wechselte er mit Mrs Almond einige Worte.
«Ich möchte gerne seine Schwester kennenlernen», sagte er. «Wie heißt sie doch gleich — Mrs Montgomery? Ich möchte mich gerne ein wenig mit ihr unterhalten.»
«Ich will versuchen, das in die Wege zu leiten», antwortete Mrs Almond. «Ich werde sie bei der ersten Gelegenheit, die sich bietet, einladen, und dann sollst du auch dabei sein; es sei denn», fügte Mrs Almond hinzu, «es falle ihr noch vorher ein, krank zu werden und dich holen zu lassen.»
«Oh, nein, nur das nicht; sie muß ohnehin schon Sorgen genug haben. Aber seinen Vorteil hätte es freilich; denn dann könnte ich die Kinder sehen. Ich möchte die Kinder so gerne kennenlernen.»
«Du bist wirklich sehr gründlich. Willst du sie nach ihrem Onkel abfragen?»
«Genau das. Ihr Onkel hat mir erzählt, ihm obliege die Erziehung, er erspare ihrer Mutter die Unkosten der Schulgelder. Ich würde ihnen gerne ein paar Fragen aus den eher elementaren Fächern stellen.»
«Er hat allerdings nicht den Zuschnitt eines Schulmeisters», sagte sich Mrs Almond kurze Zeit danach, als sie Morris Townsend sich über ihre Nichte beugen sah, die in einer Ecke saß.
Und in der Tat enthielt in diesem Augenblick die Redeführung des jungen Mannes nichts, was nach der Pädagogik schmeckte.
«Wollen Sie mich morgen oder übermorgen irgendwo treffen?» sagte er leise zu Catherine.
«Sie treffen?» fragte sie und hob ihre scheuen Augen.
«Ich habe Ihnen etwas Besonderes mitzuteilen — etwas sehr Besonderes.»
«Können Sie denn nicht zu uns nach Hause kommen? Können Sie es nicht dort sagen?»
Townsend schüttelte düster den Kopf. «Ich kann Ihr Haus nie mehr betreten.»

«Oh, Mr Townsend!» murmelte Catherine. Sie zitterte und fragte sich, was denn geschehen sein könne — ob ihr Vater es verboten habe.

«Ich kann nicht, aus Achtung vor mir selbst», sagte der junge Mann. «Ihr Vater hat mich beleidigt.»

«Sie beleidigt?»

«Er hat mich verhöhnt, wegen meiner Armut.»

«Ach, Sie irren sich — Sie haben ihn mißverstanden!» Catherine sagte es voller Energie und erhob sich von ihrem Sitz.

«Vielleicht bin ich zu stolz — zu empfindlich. Aber möchten Sie mich denn anders?» fragte er zärtlich.

«Was meinen Vater betrifft, so dürfen Sie nicht so sicher sein. Er ist voller Güte», sagte Catherine.

«Er hat mich ausgelacht, weil ich keine Stellung habe. Ich habe es ruhig hingenommen; aber nur, weil er zu Ihnen gehört.»

«Ich weiß nicht», sagte Catherine — «ich weiß nicht, was er denkt. Sicher meint er es gut. Sie dürfen nicht zu stolz sein.»

«Ich will nur auf Sie stolz sein», antwortete Morris. «Wollen Sie mich am Nachmittag auf dem Square treffen?»

Ein tiefes Erröten war von Catherines Seite die Antwort auf die soeben zitierte Erklärung gewesen. Sie wandte sich ab, ohne seine Frage zu beachten.

«Wollen Sie mich treffen?» wiederholte er. «Es ist sehr ruhig dort — niemand braucht uns zu sehen — um die Dämmerstunde.»

«Sie sind es, der lieblos ist und mich auslacht, wenn Sie solche Dinge sagen.»

«Mein liebes Mädel!» murmelte der junge Mann.

«Sie wissen sehr wohl, wie wenig Anlaß zu Stolz ich gebe. Ich bin häßlich und dumm.»

Morris nahm diese Bemerkung mit einem feurigen Gemurmel auf, worin sie nichts Artikuliertes erkennen konnte außer der Versicherung, daß sie seine Liebste sei.

Aber sie fuhr fort: «Ich bin nicht einmal — ich bin nicht einmal —» Und sie machte eine kurze Pause.
«Was sind Sie nicht?»
«Ich bin nicht einmal mutig.»
«Ja, wenn Sie sich fürchten, was sollen wir da tun?»
Sie zögerte eine Weile; dann: «Sie müssen nach Hause kommen», sagte sie schließlich, «davor fürchte ich mich nicht.»
«Es wäre mir lieber auf dem Square», drängte der junge Mann. «Sie wissen doch, wie leer er ist, öfters. Keiner wird uns sehen.»
«Es ist mir gleichgültig, wer uns sieht. Aber lassen Sie mich jetzt.»
Er verließ sie ergeben; er hatte erreicht, was er wollte. Glücklicherweise wußte er nicht, daß das arme Mädchen eine halbe Stunde später auf dem Heimweg mit ihrem Vater und dessen Nähe spürend, trotz ihrer mutigen Erklärung, wieder zu zittern begann. Ihr Vater sagte nichts; aber sie stellte sich vor, seine Augen seien im Dunkeln auf sie gerichtet. Auch Mrs Penniman schwieg; Morris Townsend hatte ihr erzählt, daß ihre Nichte unromantischerweise ein Gespräch in einem mit Chintz ausgeschlagenen Salon einem sentimentalen Stelldichein an einem mit Herbstlaub ausgekleideten Brunnenbecken vorziehe, und sie war ob der Wunderlichkeit — ja, beinahe der Perversität — einer solchen Wahl in Nachsinnen versunken.

X

Am nächsten Tag empfing Catherine den jungen Mann auf dem Boden ihrer Wahl — inmitten der keuschen Tapeziererarbeit eines nach der vor fünfzig Jahren herrschenden Mode ausgestatteten New Yorker Salons. Morris hatte seinen Stolz bezwungen und sich den Ruck gegeben, der nötig war, um die Schwelle ihres allzu spöttischen Vaters zu überschreiten — ein Akt der Großmut, der nicht verfehlen konnte, ihn doppelt interessant zu machen.

«Wir müssen etwas ins Reine bringen — wir müssen unser Vorgehen festlegen», erklärte er, wobei er sich mit der Hand durch das Haar fuhr und einen Blick nach dem hohen, schmalen Spiegel warf, der den Platz zwischen den beiden Fenstern schmückte und an dessen Fuß sich eine kleine, von einer dünnen weißen Marmorplatte bedeckte vergoldete Konsole befand, die ihrerseits ein zusammengeklapptes Puffspielbrett in Gestalt zweier Bücher trug — zweier schimmernder Foliobände, welche in grünlichgoldenen Buchstaben mit «History of England» beschriftet waren. Wenn es Morris gefallen hatte, den Hausherrn als herzlosen Spötter zu bezeichnen, so darum, weil er ihn gar zu vorsichtig fand und dies die leichteste Art war, seine Unzufriedenheit zum Ausdruck zu bringen — eine Unzufriedenheit, die er sich wohl gehütet hatte, dem Doktor zu verraten. Dem Leser jedoch wird vorkommen, die Wachsamkeit des Doktors sei keineswegs übertrieben und die beiden jungen Leute hätten genügend freies Spiel. Ihre Vertraulichkeit war bereits beträchtlich, und es mag wohl scheinen, für eine scheue und zurückhaltende Person sei unsere Heldin mit ihren Gunstbezeugungen recht freigebig gewesen. Innerhalb von wenigen Tagen hatte ihr der junge Mann Dinge vortragen dürfen, von denen sie gemeint hatte, sie wäre nicht bereit, sie anzuhören; da er von sehr lebhaften Vorahnungen kommender Schwierigkeiten heimgesucht wurde, ging er dazu über, laufend

so viel wie nur möglich an Boden zu gewinnen. Er erinnerte sich, daß das Glück dem Mutigen hold ist, und auch wenn er es vergessen hätte, so würde sich Mrs Penniman statt seiner daran erinnert haben. Nichts konnte Mrs Penniman mehr entzücken als ein Drama, und sie schmeichelte sich, daß jetzt ein Drama in Szene gehen werde. Sie vereinigte den Eifer der Souffleuse mit der Ungeduld des Zuschauers, und so hatte sie schon längst ihr Äußerstes getan, den Vorhang aufzuziehen. Auch hoffte sie selbst in dem Stücke vorzukommen — als Vertraute, als Chorus, als Sprecherin des Epilogs. Es darf sogar behauptet werden, daß sie über der Betrachtung gewisser großer Auftritte, die sich natürlich zwischen dem Helden und ihr selbst ereignen würden, die bescheidene Heldin des Stücks zu Zeiten gänzlich aus den Augen verlor.
Was Morris schließlich Catherine zu sagen gehabt hatte, war einfach dies gewesen, daß er sie liebe — oder vielmehr anbete. Praktisch hatte er so viel schon zuvor wissen lassen — seine Besuche waren eine Reihe beredter Kundgaben dessen gewesen. Aber nun hatte er es in Liebesschwüren bestätigt, und als ein im Gedächtnis haftendes Zeichen hatte er dem Mädchen den Arm um die Taille gelegt und ihm einen Kuß geraubt. Diese frohe Gewißheit war früher eingetroffen, als Catherine erhofft hatte, und es war nur natürlich, daß sie ihr als eine unschätzbare Kostbarkeit erschien. Es darf sogar bezweifelt werden, ob sie überhaupt je fest gehofft hatte, in ihren Besitz zu gelangen; sie hatte nicht darauf gewartet, und nie hatte sie sich gesagt, daß sie in einem gegebenen Augenblick eintreffen müsse. Wie ich schon auseinanderzusetzen versucht habe, war sie nicht gierig und forderte nichts; sie nahm, was ihr von Tag zu Tag beschert wurde; und wenn die köstliche Gewohnheit der Besuche ihres Liebhabers, die ihr ein Glück schenkten, worin sich Zutraulichkeit und Scheu seltsam mischten, ein jähes Ende gefunden hätte, würde sie nicht nur nicht sich selbst als eine der Verlassenen bezeichnet haben, sondern sie hätte sich noch

nicht einmal für eine Enttäuschte gehalten. Nachdem sie Morris bei ihrem letzten Zusammensein geküßt hatte, als eine reife Versicherung seiner Ergebenheit, bat sie ihn, fortzugehen — sie sich selbst und ihrem Nachdenken zu überlassen. Morris ging fort, nachdem er ihr zuvor noch einen zweiten Kuß geraubt hatte. Aber Catherines Nachdenken hatte es an einer gewissen Folgerichtigkeit gefehlt. Sie fühlte noch lange seine Küsse auf Lippen und Wangen; die Empfindung war der Besinnung eher ein Hindernis als eine Hilfe. Sie hätte ihre Situation gerne klar vor sich gesehen, hätte gerne beschlossen, was zu tun sei, falls ihr der Vater — wie sie fürchtete — mitteilen sollte, daß ihm Morris Townsend mißfalle. Aber alles, was sie mit einiger Lebhaftigkeit einsehen konnte, war, es sei schrecklich seltsam, daß er überhaupt irgendjemandem mißfallen könne; daß in diesem Falle ein Irrtum vorliegen müsse, ein Geheimnis, das nach einer kurzen Weile zur Ruhe kommen werde. Sie schob das Beschließen und Wählen auf; vor der Vision einer Auseinandersetzung mit ihrem Vater senkte sie die Augen, saß reglos da, hielt den Atem an und wartete ab. Es verursachte ihr Herzklopfen; es quälte sie zutiefst. Wenn Morris sie küßte und solche Dinge sagte — auch das verursachte ihr Herzklopfen; aber dies war ärger und machte ihr Angst. Und doch, als der junge Mann heute davon sprach, es müsse etwas ins Reine gebracht, ihr Vorgehen müsse festgelegt werden, da spürte sie, daß es die Wahrheit sei, und sie antwortete sehr schlicht und ohne Zögern.

«Wir müssen unsere Pflicht tun», sagte sie; «wir müssen mit meinem Vater reden. Ich will es heute abend tun; du mußt es morgen tun.»

«Es ist sehr lieb von dir, daß du zuerst mit ihm reden willst», anwortete Morris. «Im allgemeinen ist es am jungen Mann — am glücklichen Liebhaber. Aber ganz wie es dir gefällt.»

Catherine gefiel sich im Gedanken, um seinetwillen mutig zu sein, und in ihrer Genugtuung lächelte sie sogar ein

wenig. «Frauen haben mehr Takt», sagte sie; «sie sollten es immer zuerst tun. Sie sind versöhnlicher; sie können besser überreden.»
«Du wirst all deine Überredungskünste nötig haben. Aber schließlich», fügte Morris hinzu, «bist du ja unwiderstehlich.»
«Bitte, sag nicht solche Dinge — und versprich mir eines: wenn du morgen mit meinem Vater redest, sei artig und höflich.»
«So gut ich kann», versprach Morris. «Es wird zwar nicht viel nützen; aber ich will es versuchen. Es wäre mir gewiß lieber, ich könnte dich gutwillig bekommen, als daß ich um dich kämpfen müßte.»
«Sprich nicht von kämpfen; wir werden nicht streiten.»
«Ah, wir müssen auf alles gefaßt sein», erwiderte Morris; «du besonders, denn dir muß es am schwersten fallen. Weißt du, was dein Vater dir als erstes sagen wird?»
«Nein, Morris; bitte, sag es mir.»
«Er wird dir sagen, ich sei ein Glücksjäger.»
«Ein Glücksjäger!»
«Das hört sich hübsch an, meint aber eine niedere Gesinnung. Er meint, ich sei hinter deinem Gelde her.»
«Oh!» murmelte Catherine leise.
So rührend und Abbitte leistend war dieser Ausruf, daß sich Morris einem weiteren kleinen Zärtlichkeitsbeweise hingab. «Aber er wird es ganz bestimmt sagen», fügte er hinzu.
«Darauf gefaßt zu sein, wird mir nicht schwer fallen», meinte Catherine. «Ich werde ihm ganz einfach sagen, daß er sich täusche — daß andere Männer so sein mögen, aber nicht du.»
«Darauf wirst du großes Gewicht legen müssen, denn er selbst wird großes Gewicht darauf legen.»
Catherine blickte ihren Liebhaber ein Weilchen an, und dann sagte sie: «Ich werde ihn überreden. Aber ich bin froh, daß wir reich sein werden», fügte sie bei.
Morris wandte sich ab und schaute in seinen Hut. «Nein,

es ist ein Unglück», sagte er schließlich. «All unsere Schwierigkeiten werden daraus entstehen.»
«Nun, wenn das unser größtes Unglück ist, wird es uns nicht so schlecht gehen. Viele Leute würden es gar nicht für so übel halten. Ich will ihn überreden, und danach werden wir sehr froh sein, Geld zu haben.»
Morris Townsend lauschte dieser gesunden Logik schweigend. «Ich will meine Verteidigung dir überlassen; es ist eine Anklage, gegen die sich ein Mann verteidigen muß, auch wenn dies eine Demütigung bedeutet.»
Catherine schwieg ihrerseits eine Weile; sie schaute ihn an; er aber schaute mit großer Hartnäckigkeit aus dem Fenster. «Morris», sagte sie jäh, «bist du ganz sicher, daß du mich liebst?»
Er drehte sich um, und augenblicklich hatte er sich über sie geneigt. «Meine Liebste, kannst du daran zweifeln?»
«Erst seit fünf Tagen weiß ich, wie es ist», sagte sie; «aber jetzt dünkt mich, ich könne ohne das nicht leben.»
«Nie wird von dir verlangt werden, es zu versuchen.» Und er lachte ein wenig, zärtlich und vertrauenerweckend. Dann fügte er rasch hinzu: «Auch ich möchte von dir etwas hören.» Nach ihren letzten Worten hatte sie die Augen geschlossen und hielt sie geschlossen; auch jetzt nickte sie nur, ohne sie zu öffnen. «Ich möchte von dir hören», fuhr er fort, «daß du — falls dein Vater unerbittlich gegen mich wäre, falls er uns die Heirat rundweg verbieten sollte — daß du mir auch dann treu bleiben willst.»
Catherine öffnete die Augen, blickte ihn an, und ein besseres Versprechen konnte sie nicht geben, als was er darin las.
«Du wirst zu mir halten?» fragte Morris. «Du weißt, daß du deine eigene Herrin bist? Du bist volljährig.»
«Oh, Morris!» murmelte sie statt aller Antwort; oder genauer, nicht statt aller, denn sie legte ihre Hand in die seine. Er hielt sie eine Weile fest, und es dauerte nicht lange, so küßte er sie wieder. Mehr braucht von ihrem

Gespräch nicht aufgezeichnet zu werden; wäre aber Mrs Penniman zugegen gewesen, so würde sie vermutlich eingeräumt haben, es sei am Ende ganz gut, daß es nicht beim Brunnen auf dem Washington Square stattfand.

XI

CATHERINE HORCHTE AUF, ALS IHR VATER AN JENEM ABEND NACH Hause kam, und hörte ihn in sein Arbeitszimmer gehen. Obwohl ihr Herz rasch schlug, blieb sie ruhig sitzen, fast eine halbe Stunde; dann ging sie und klopfte an seine Türe — ein Zeremoniell, ohne welches sie die Schwelle dieses Gemaches niemals überschritt. Als sie jetzt eintrat, fand sie ihn in seinem Stuhl neben dem Feuer mit einer Zigarre und der Abendzeitung beschäftigt.

«Ich muß Ihnen etwas sagen», begann sie sehr behutsam; und sie setzte sich auf den ersten besten Platz.

«Ich werde dich sehr gerne anhören, Liebling», sagte ihr Vater. Er wartete — wartete und sah sie an, während sie unter langem Schweigen in das Feuer starrte. Er war neugierig und ungeduldig, denn er war sicher, daß sie von Morris Townsend sprechen werde; aber er ließ ihr Zeit, denn er war entschlossen, sehr milde zu sein.

«Ich habe mich verlobt!» verkündete Catherine schließlich, wobei sie noch immer in das Feuer starrte.

Der Doktor war verblüfft; die vollendete Tatsache war mehr, als er erwartet hatte; aber er verriet keine Überraschung. «Du tust gut, mir das mitzuteilen», sagte er einfach. «Und wer ist der glückliche Sterbliche, den du mit deiner Wahl beehrst?»

«Mr Morris Townsend.» Und während sie den Namen ihres Liebhabers aussprach, blickte Catherine ihren Vater an. Was sie sah, war sein ruhiges graues Auge und sein feingeschnittenes, festes Lächeln. Sie betrachtete diese Gegenstände ein Weilchen und blickte dann zum Feuer zurück; es war viel wärmer.

«Wann wurde denn diese Verabredung getroffen?» fragte der Doktor.

«Heute nachmittag — vor zwei Stunden.»

«War Mr Townsend hier?»

«Ja, Vater; vorne im Salon.» Sie war sehr froh, daß sie nicht gezwungen war zu erzählen, die Zeremonie ihrer

Verlobung habe dort draußen unter den kahlen Götterbäumen stattgefunden.
«Ist es dir ernst?» fragte der Doktor.
«Sehr ernst, Vater.»
Ihr Vater schwieg einen Augenblick. «Mr Townsend hätte es mir sagen sollen.»
«Er hat vor, es Ihnen morgen zu sagen.»
«Nachdem ich schon alles von dir erfahren habe? Er hätte es mir vorher sagen sollen. Meint er, es sei mir gleichgültig, weil ich euch so viel Freiheit gelassen habe?»
«Oh nein», sagte Catherine; «er wußte, daß es Ihnen nicht gleichgültig sein würde. Und wir waren Ihnen so dankbar für — für die Freiheit.»
Der Doktor lachte kurz auf. «Du hättest besseren Gebrauch davon machen dürfen, Catherine.»
«Sagen Sie das, bitte, nicht, Vater!» flehte das Mädchen leise und heftete seine faden, sanften Augen auf ihn.
Er zog eine Weile nachdenklich an seiner Zigarre. «Ihr habt es sehr eilig gehabt», sagte er schließlich.
«Ja», antwortete Catherine schlicht; «ich glaube wohl.»
Ihr Vater löste seinen Blick vom Feuer und richtete ihn eine Weile auf sie. «Es wundert mich gar nicht, daß Mr Townsend dich mag; du bist so schlicht und gut.»
«Ich weiß nicht warum; aber er mag mich gut. Das weiß ich sicher.»
«Und hast du Mr Townsend gerne?»
«Natürlich habe ich ihn sehr gerne; sonst würde ich ihn doch nicht heiraten wollen.»
«Aber du kennst ihn ja erst so kurze Zeit, Liebling.»
«Oh», sagte Catherine mit einigem Eifer, «es braucht gar nicht lange, um jemanden gern zu haben — wenn man einmal damit angefangen hat.»
«Du mußt sehr bald damit angefangen haben. War es gleich beim ersten Mal, da du ihn sahst — an jenem Abend im Hause deiner Tante?»
«Ich weiß nicht, Vater», antwortete das Mädchen. «Darüber kann ich Ihnen keine Auskunft geben.»

«Natürlich; das ist deine Sache. Du wirst bemerkt haben, daß ich mich nach diesem Grundsatz verhalten habe. Ich habe mich nicht eingemischt; ich habe dir deine Freiheit gelassen; ich habe berücksichtigt, daß du kein kleines Mädchen mehr bist — daß du die Jahre der Vernunft erreicht hast.»

«Ich komme mir sehr alt vor — und sehr weise», sagte Catherine mit einem leichten Lächeln.

«Ich fürchte nur, daß du dir schon bald noch älter und noch weiser vorkommen wirst. Mir gefällt deine Verlobung nicht.»

«Oh!» rief Catherine leise aus und stand von ihrem Stuhle auf.

«Nein, Liebling. Es tut mir leid, dir weh zu tun; aber sie gefällt mir nicht. Du hättest dich mit mir beraten sollen, ehe du sie eingingst. Ich habe es dir zu leicht gemacht, und mir ist, als hättest du meine Nachsicht ausgenützt. Du hättest ganz entschieden zuerst mit mir reden sollen.»

Catherine zögerte einen Augenblick und dann — «Ich hatte halt Angst», gestand sie, «Sie wären nicht einverstanden.»

«Aha, jetzt ist es heraus! Du hattest ein schlechtes Gewissen.»

«Nein, ich habe kein schlechtes Gewissen, Vater!» stieß das Mädchen mit beträchtlichem Nachdruck heraus. «Bitte, werfen Sie mir doch nicht etwas so Schreckliches vor!» Tatsächlich stellten diese Worte in ihrer Phantasie etwas ganz Furchtbares dar, etwas Niederträchtiges und Grausames, etwas, das sie mit Übeltätern und Zuchthäuslern in Zusammenhang brachte. «Ich hatte einfach Angst — Angst —», fuhr sie fort.

«Wenn du Angst hattest, so darum, weil du töricht warst.»

«Ich hatte Angst, Sie würden Mr Townsend nicht mögen.»

«Da hattest du ganz recht. Ich mag ihn nicht.»

«Lieber Vater, Sie kennen ihn nicht», sagte Catherine mit

einer Stimme, die so schüchtern widersprach, daß sie ihn hätte rühren sollen.

«Sehr wahr; ich kenne ihn nicht näher. Aber ich kenne ihn genügend; ich habe mir ein Bild von ihm gemacht. Du kennst ihn auch nicht besser.»

Sie stand vor dem Feuer, die Hände leicht vor sich verschränkt; und ihr Vater, der zurückgelehnt in seinem Stuhle saß und zu ihr aufblickte, machte diese Bemerkung mit einer Gelassenheit, die sie hätte reizen müssen.

Ich bezweifle aber, ob Catherine gereizt war, wenn sie auch in einen heftigen Protest ausbrach. «Ich soll ihn nicht kennen?» rief sie. «Oh, ich kenne ihn — besser als ich jemals irgendjemanden gekannt habe!»

«Du kennst einen Teil von ihm — jenen Teil, den er dir zu zeigen für gut befunden hat. Aber den Rest kennst du nicht.»

«Den Rest? Was ist der Rest?»

«Was immer er sein mag, jedenfalls ist es eine ganze Menge.»

«Ich weiß, was Sie meinen», sagte Catherine, die sich erinnerte, wie Morris sie gewarnt hatte. «Sie meinen, er sei ein Glücksjäger.»

Ihr Vater sah noch immer zu ihr auf, mit seinen kalten, ruhigen, vernünftigen Augen. «Wenn ich das meinte, Liebling, würde ich es sagen! Aber den einen Fehler möchte ich ganz besonders vermeiden — nämlich den, dir Mr Townsend noch interessanter zu machen, indem ich hart über ihn urteile.»

«Wenn die Urteile wahr sind, werde ich sie nicht hart finden», sagte Catherine.

«Wenn das stimmt, bist du eine bemerkenswert verständige junge Frau!»

«Jedenfalls werden es Ihre Gründe sein, und Ihre Gründe werden Sie mir doch sagen wollen.»

Der Doktor lächelte ein wenig. «Sehr wahr. Du hast ein gutes Recht, nach ihnen zu fragen.» Und er zog einige Augenblicke an seiner Zigarre. «Also gut denn. Ohne Mr

Townsend zu beschuldigen, er sei ausschließlich in dein Vermögen verliebt — und in das Vermögen, welches du zu Recht erwartest —, möchte ich doch behaupten, es bestehe aller Grund zu der Annahme, daß diese Werte in seiner Berechnung eine größere Rolle spielen, als es allein die zärtliche Sorge um euer Glück unbedingt geböte. Selbstverständlich ist es nicht unmöglich, daß ein gescheiter junger Mann eine selbstlose Neigung zu dir empfindet. Du bist ein ehrliches, liebenswürdiges Mädchen, und ein gescheiter junger Mann kann das leicht herausfinden. Aber die Hauptsache, die wir über diesen jungen Mann wissen — der in der Tat sehr gescheit ist —, veranlaßt uns zu der Mutmaßung, daß er — mag er deine persönlichen Vorzüge auch noch so sehr schätzen — dein Geld doch noch höher schätzt. Die Hauptsache, die wir über ihn wissen, ist nämlich dies, daß er ein ausschweifendes Leben geführt und auf diese Weise sein eigenes Vermögen durchgebracht hat. Mir genügt das, mein Liebling. Ich wünsche dir, daß du einmal einen jungen Mann mit anderen Voraussetzungen heiratest — einen jungen Mann, der in der Lage ist, dir positive Gewähr zu bieten. Wenn Morris Townsend sein eigenes Vermögen mit Vergnügen durchgebracht hat, besteht aller Grund anzunehmen, daß er auch das deine durchbringen würde.»

Der Doktor entledigte sich dieser Bemerkungen langsam, wohlüberlegt, mit gelegentlichen Pausen und nachdrücklichen Dehnungen, was der armen Catherine nicht viel Raum ließ, auf seine Schlußfolgerung gespannt zu sein. Schließlich setzte sie sich, den Kopf gesenkt und die Augen noch immer auf ihn gerichtet; und seltsam genug — kaum weiß ich, wie ich es ausdrücken soll —: eben da sie empfand, wie schrecklich alles, was er sagte, ihr zuwiderlief, bewunderte sie die Genauigkeit und den Adel seiner Ausdrucksweise. Es hatte etwas Hoffnungsloses und Bedrückendes, mit ihrem Vater streiten zu müssen; aber auch sie mußte ihrerseits versuchen, klar zu sein. Er war so ruhig; er war überhaupt nicht böse; und auch sie mußte ruhig sein. Aber gerade die Bemühung um Ruhe machte sie zittern.

«Das ist nicht die Hauptsache, die wir über ihn wissen», sagte sie; und eine Andeutung des Zitterns geriet in ihre Stimme. «Es gibt anderes — viel anderes. Er hat große Fähigkeiten — er möchte so gerne etwas leisten. Er ist gütig und großzügig und wahrhaftig», sagte die arme Catherine, die bisher keine Ahnung gehabt hatte, über welche Mittel der Beredsamkeit sie verfügte. «Und sein Vermögen — das Vermögen, welches er durchgebracht hat — war nur sehr klein.»

«Um so mehr hatte er Grund, es nicht zu verschleudern», rief der Doktor und stand mit einem Lachen auf. Und als Catherine, die sich ebenfalls wieder erhoben hatte, in ihrem etwas eckigen Ernst so dastand und so vieles wünschte und so wenig äußerte, da zog er sie an sich und küßte sie. «Du wirst mich doch nicht grausam finden?» sagte er und hielt sie einen Augenblick fest.

Diese Frage war nicht eben beruhigend; sie schien Catherine im Gegenteil Möglichkeiten anzudeuten, die ihr übel machten. Aber sie antwortete sinnvoll genug: «Nein, lieber Vater; denn wenn Sie wüßten, wie mir zumute ist — und Sie müssen es wissen, Sie wissen alles —, dann wären Sie sehr gütig, sehr mild.»

«Ja, ich glaube, ich weiß, wie dir zumute ist», sagte der Doktor. «Ich werde sehr gütig sein — dessen sei gewiß. Und morgen will ich Mr Townsend empfangen. Inzwischen und bis auf weiteres sei so gut, niemandem davon zu sprechen, daß du verlobt bist.»

XII

Am nachmittag des folgenden Tages blieb er zuhause, um Mr Townsends Besuch zu erwarten — ein Vorgehen, wodurch er nach seinem Dafürhalten (vielleicht zu recht, denn er war ein vielbeschäftigter Mann) Catherines Bewerber große Ehre erwies und diesen beiden jungen Leuten umso weniger Anlaß zu Beschwerden gab. Morris stellte sich mit einem hinlänglich heiteren Antlitz ein — er schien jene «Beleidigung» vergessen zu haben, für die er zwei Abende zuvor Catherine um ihr Mitgefühl angegangen hatte —, und Doktor Sloper hatte es eilig, ihm mitzuteilen, daß er auf seinen Besuch vorbereitet sei.

«Catherine hat mir gestern erzählt, was sich zwischen Ihnen getan hat», sagte er. «Sie müssen mir schon die Äußerung erlauben, daß es Ihnen wohl angestanden hätte, mich von Ihren Absichten zu unterrichten, ehe sie so weit gediehen waren.»

«Ich hätte das auch getan», antwortete Morris, «wenn Sie sich nicht so sehr den Anschein gegeben hätten, Ihrer Tochter volle Freiheit zu lassen. Sie dünkt mich ganz ihr eigener Herr und Meister.»

«Das ist sie auch dem Buchstaben nach. Aber sie hat sich doch — so will ich hoffen — moralisch noch nicht ganz so weit emanzipiert, sich einen Gatten zu wählen, ohne mich dabei zu Rate zu ziehen. Ich habe ihr zwar Freiheit gelassen, aber ich bin keineswegs gleichgültig. Um die Wahrheit zu gestehen: Ihre kleine Affäre ist mit einer Plötzlichkeit zu ihrem Höhepunkt gediehen, die mich überrascht. Catherine hat Ihre Bekanntschaft ja erst neulich gemacht.»

«Gewiß, es ist nicht lange her», sagte Morris mit hoher Würde. «Ich gebe zu, daß wir nicht gezögert haben, zu — zu einem Einverständnis zu kommen. Aber das war von dem Augenblick an, da wir unser selbst — und des andern — sicher waren, nur natürlich. Mein Interesse für Miss Sloper erwachte gleich beim ersten Male, da ich sie sah.»

«Es war nicht zufälligerweise schon vor Ihrem ersten Zusammentreffen wach?» fragte der Doktor.
Morris blickte ihn einen Augenblick an. «Ich hatte allerdings bereits gehört, daß sie ein entzückendes Mädchen sei.»
«Ein entzückendes Mädchen — finden Sie?»
«Aber sicher. Sonst säße ich nicht hier.»
Der Doktor sann einen Augenblick nach. «Mein lieber junger Mann», sagte er schließlich, «Sie müssen sehr feinfühlend sein. Als Catherines Vater hege ich über ihre vielen guten Eigenschaften ein — wie ich hoffe — gerechtes und zärtliches Urteil; aber ich stehe nicht an, Ihnen zu verraten, daß ich sie noch nie ein entzückendes Mädchen gefunden habe und so etwas auch von keinem andern erwarte.»
Morris Townsend nahm diese Feststellung mit einem Lächeln auf, das nicht ganz frei von Unterwürfigkeit war. «Ich weiß nicht, was ich von ihr halten würde, wenn ich ihr Vater wäre. Ich kann mich nicht in diese Rolle versetzen. Ich spreche aus meinem eigenen Blickwinkel.»
«Sie sprechen sehr gut», sagte der Doktor; «aber damit ist es nicht getan. Ich habe Catherine gestern mitgeteilt, daß ich ihre Verlobung mißbillige.»
«Das hat sie mich wissen lassen, und es hat mir sehr leid getan, solches hören zu müssen. Ich bin tief enttäuscht.» Und Morris saß eine Weile schweigend da und blickte zu Boden.
«Hatten Sie wirklich von mir erwartet, ich werde begeistert sein und Ihnen meine Tochter in die Arme werfen?»
«Oh nein; mir ahnte, ich sei Ihnen zuwider.»
«Was veranlaßte Sie denn zu dieser Ahnung?»
«Der Umstand, daß ich arm bin.»
«Das hört sich bitter an», sagte der Doktor; aber es entspricht ungefähr der Wahrheit — wenigstens solange und sofern von Ihnen als Schwiegersohn die Rede ist. Daß Sie ohne Mittel, ohne Beruf und ohne sichtbare Ressourcen oder Aussichten sind, ordnet Sie einer Kategorie ein,

aus welcher einen Schwiegersohn zu wählen, sehr unklug von mir wäre, da meine Tochter eine schwache junge Frau mit einem großen Vermögen ist. In jeder andern Eigenschaft sind Sie mir durchaus willkommen. Als Schwiegersohn lehne ich Sie ab.»

Morris Townsend hörte respektvoll zu. «Ich glaube nicht, daß Miss Sloper eine schwache Frau ist», sagte er darauf.

«Sie müssen sie natürlich verteidigen — das ist das mindeste, was Sie tun können. Aber ich kenne mein Kind nun schon zwanzig Jahre, und Sie kennen es erst seit sechs Wochen. Doch wenn es auch nicht schwach wäre: Sie bleiben ein mittelloser Mann.»

«Oh ja; das ist *meine* Schwäche! Und darum meinen Sie, ich sei ein Glücksjäger — es gehe mir nur um das Geld Ihrer Tochter.»

«Das sage ich nicht. Ich bin nicht gezwungen, es zu sagen; und es zu sagen, ohne unter einem Zwang zu stehen, würde die Form arg verletzen. Ich sage einfach, daß Sie zur falschen Kategorie gehören.»

«Aber Ihre Tochter heiratet doch keine Kategorie», machte Townsend mit einem hübschen Lächeln geltend. «Sie heiratet ein Individuum — ein Individuum, von dem sie die Güte hat zu sagen, sie liebe es.»

«Ein Individuum, das seinerseits so wenig zu bieten hat.»

«Ist es möglich, mehr zu bieten als die zärtlichste Zuneigung und ein Leben voller Hingabe?» verlangte der junge Mann zu wissen.

«Das hängt davon ab, wie wir es auffassen. Es ist möglich, außerdem noch einiges zu bieten, und es ist nicht nur möglich: es ist üblich. Ein Leben voller Hingabe wird *nach* der Bilanz beurteilt; und es ist in solchen Fällen Brauch, mittlerweile einige materielle Sicherheiten zu stellen. Welches sind nun die Ihren? Ein sehr hübsches Gesicht, eine gute Figur und bestechende Manieren —, soweit ist das alles ausgezeichnet — aber es ist nicht genug.»

«Eines sollten Sie noch beifügen», sagte Morris; «— mein Ehrenwort.»

«Ihr Ehrenwort, daß Sie Catherine immer lieben werden? Ihre Ehre muß viel wert sein, daß Sie sie dafür verpfänden können.»

«Mein Ehrenwort, daß es mir nicht um das Geld geht; daß meine Zuneigung zu Miss Sloper ein so reines und selbstloses Gefühl ist, wie es nur je in eines Mannes Brust gewohnt hat. Ihr Vermögen ist mir so gleichgültig wie die Asche dort in der Herdstelle.»

«Ich nehme das zur Kenntnis — ich nehme das zur Kenntnis», sagte der Doktor. «Aber danach komme ich auf unsere Kategorie zurück. Sogar mit diesem feierlichen Schwur auf den Lippen gehören Sie noch immer dort hinein. Es spricht nichts gegen Sie — außer einem Zufall, wenn Sie wollen; aber in meiner dreißigjährigen ärztlichen Praxis habe ich immer wieder erfahren, daß Zufälle weitreichende Folgen haben können.»

Morris glättete seinen Hut — dieser glänzte schon beträchtlich — und fuhr fort, eine Selbstbeherrschung an den Tag zu legen, die — wie der Doktor einräumen mußte — sehr zu seinen Gunsten sprach. Aber seine Enttäuschung war offensichtlich und schmerzlich.

«Kann ich denn nichts tun, um Ihr Vertrauen zu gewinnen?»

«Falls es etwas gäbe, würde ich es ungern nennen, denn — verstehen Sie denn nicht? — ich will Ihnen gar nicht trauen», sagte der Doktor lächelnd.

«Ich wäre bereit, hinzugehen und Landarbeit zu leisten.»

«Das wäre sehr töricht.»

«Ich bin bereit, die erste beste Arbeit anzunehmen, die sich morgen bietet.»

«Tun Sie das, unter allen Umständen — aber um Ihretwillen, nicht für mich.»

«Ich verstehe; Sie halten mich für einen Müßiggänger!» rief Morris aus, ein bißchen zu sehr im Tone eines Mannes, der soeben eine Entdeckung gemacht hat. Aber er sah seinen Irrtum sofort ein und wurde rot.

«Es ist ganz gleichgültig, was ich sonst noch von Ihnen

halte, wenn ich Ihnen doch einmal gesagt habe, daß ich Sie jedenfalls nicht für einen geeigneten Schwiegersohn halte.»

Aber Morris beharrte: «Sie glauben, ich würde ihr Geld verschleudern?»

Der Doktor lächelte. «Es spielt — wie schon gesagt — gar keine Rolle; aber dessen bekenne ich mich in der Tat schuldig.»

«Wahrscheinlich, weil ich mein eigenes vertan habe», sagte Morris. «Ich gestehe das freimütig. Ich war ungebärdig; ich war töricht. Wenn Sie es wünschen, will ich Ihnen jede meiner begangenen Dummheiten einzeln erzählen. Es finden sich darunter einige große Torheiten — daraus mache ich kein Hehl. Aber ich habe mir die Hörner abgelaufen. Gibt es nicht irgendein Sprichwort über einen bekehrten Wüstling? Ein Wüstling war ich zwar nicht, aber ich versichere Sie, ich bin bekehrt. Es ist besser, sich eine Weile zu amüsieren und die Sache dann hinter sich zu bringen. Ihre Tochter würde nie ein Muttersöhnchen mögen; und ich nehme mir die Freiheit zu behaupten: Sie würden sich ebensowenig aus ihm machen. Übrigens ist zwischen meinem Geld und ihrem ein großer Unterschied. Meines habe ich ausgegeben, eben weil es mir gehörte. Und Schulden habe ich keine gemacht; als ich nichts mehr hatte, habe ich aufgehört. Ich schulde niemandem auf der Welt einen Pfennig.»

«Gestatten Sie mir zu fragen, wovon Sie jetzt leben — obwohl ich zugebe», fügte der Doktor bei, «daß diese Frage meinerseits inkonsequent ist.»

«Ich lebe von dem, was von meinem Besitz übriggeblieben ist», sagte Morris Townsend.

«Danke», erwiderte der Doktor ernsthaft.

Ja gewiß, Morris verfügte über eine lobenswerte Selbstbeherrschung. «Auch angenommen, ich mäße Miss Slopers Vermögen eine ungebührliche Bedeutung bei», so fuhr er fort, «— böte nicht dies allein schon Sicherheit, daß ich gut dafür sorgen würde?»

«Es wäre genau so schlimm, wenn Sie zu gut dafür sorgten, als wenn Sie es zu wenig täten. Catherine könnte durch Ihre Sparsamkeit genau so zu Schaden kommen wie durch Ihre Verschwendung.»

«Ich finde Sie sehr ungerecht!» Der junge Mann gab diese Erklärung anständig, höflich und ohne Heftigkeit ab.

«Es ist Ihr gutes Recht, so zu denken, und ich lege meinen guten Ruf in Ihre Hände. Ich schmeichle mir gewiß nicht, Ihnen gefällig zu sein.»

«Möchten Sie nicht Ihrer Tochter ein wenig gefällig sein? Befriedigt Sie die Vorstellung, sie unglücklich zu machen?»

«Ich habe mich damit abgefunden, daß sie mich ein Jahr lang für einen Tyrannen halten wird.»

«Ein Jahr lang!» rief Morris mit einem Auflachen aus.

«Dann also ihr Leben lang. Es kommt nicht darauf an, ob sie auf diese Weise unglücklich wird oder auf jene andere.»

Hier endlich verlor Morris die Beherrschung. «Ah, Sie sind nicht höflich, mein Herr!» rief er.

«Sie drängen mich dazu — Sie argumentieren zu viel.»

«Es steht für mich viel auf dem Spiel.»

«Nun, was immer es sein mag», sagte der Doktor, «Sie haben es verloren.»

«Sind Sie dessen so sicher?» fragte Morris; «sind Sie so sicher, daß mich Ihre Tochter aufgeben wird?»

«Ich meine natürlich, Sie haben es verloren, soweit es mich betrifft. Ob Catherine Sie aufgeben wird — nein, dessen bin ich nicht sicher. Aber da ich es ihr dringend empfehlen werde, da ich auf ein beträchtliches Kapital an Achtung und Zuneigung bei meiner Tochter zählen darf und da sie ein hochgradig entwickeltes Pflichtgefühl hat, halte ich es für sehr wohl möglich!»

Morris Townsend begann wieder seinen Hut zu glätten. «Auch ich darf mit einem Kapital an Zuneigung rechnen», bemerkte er schließlich.

An diesem Punkte verriet der Doktor selbst die ersten Symptome einer Gereiztheit. «Gedenken Sie, mir zu trotzen?»
«Nennen Sie es, wie Sie wollen, mein Herr. Ich gedenke nicht, auf Ihre Tochter zu verzichten.»
Der Doktor schüttelte den Kopf. «Ich habe nicht die mindeste Angst, Sie könnten sich vor Gram verzehren. Sie sind dafür geschaffen, das Leben zu genießen.»
Morris lachte auf. «Dann ist Ihr Widerstand gegen meine Verheiratung nur umso grausamer. Beabsichtigen Sie, Ihrer Tochter ein Wiedersehen mit mir zu verbieten?»
«Sie ist über das Alter hinaus, wo man den Leuten etwas verbietet, und ich bin nicht ein Vater aus einem altmodischen Roman. Aber ich werde sie drängen, mit Ihnen zu brechen.»
«Ich glaube nicht, daß sie es tun wird», sagte Morris Townsend.
«Vielleicht nicht; aber ich werde tun, was ich kann.»
«Sie ist schon zu weit gegangen —» fuhr Morris fort.
«Um sich noch zurückzuziehen? Dann soll sie stehen bleiben, wo sie ist.»
«Ich meine, zu weit um stehenzubleiben.»
Der Doktor sah ihn einen Augenblick an; Morris hatte die Hand auf dem Türknauf. «Daß Sie es sagen, bedeutet eine große Unverfrorenheit.»
«Ich sage nichts mehr, mein Herr», antwortete Morris; er machte seine Verbeugung und verließ das Zimmer.

XIII

Man mag finden, der Doktor sei zu selbstsicher gewesen, und Mrs Almond gab das auch zu verstehen. Aber er hatte sich, wie er sagte, ein Bild gemacht, es schien ihm vollauf zu genügen, und er empfand nicht den Wunsch, etwas daran zu ändern. Er hatte seiner Lebtag Leute beurteilt — das gehörte zu seinem ärztlichen Beruf —, und in neunzehn von zwanzig Fällen hatte er recht.

«Vielleicht ist Mr Townsend der zwanzigste Fall», sagte Mrs Almond.

«Vielleicht — obwohl er mir gar nicht nach einem zwanzigsten Fall aussieht. Aber ich will einen Zweifel für ihn sprechen lassen, und um mich zu vergewissern, will ich mich mit Mrs Montgomery unterhalten. So gut wie sicher wird sie mir bestätigen, daß ich recht getan habe; aber es besteht eine winzige Möglichkeit, daß sie mir beweisen wird, ich habe den größten Fehler meines Lebens begangen. Wird sie das tun, dann bin ich bereit, Mr Townsend um Vergebung zu bitten. Du brauchst sie nicht einzuladen, damit ich sie treffen kann, wie du so freundlich vorgeschlagen hast; ich werde ihr einen freimütigen Brief schreiben, ihr mitteilen, wie die Sache steht, und sie bitten, mich zu empfangen.»

«Ich fürchte, der Freimut wird hauptsächlich auf deiner Seite sein. Die gute Frau wird sich — was immer er sein mag — für ihren Bruder einsetzen.»

«Was immer er sein mag! Das bezweifle ich. Nicht immer lieben die Leute ihre Brüder so sehr.»

«Oh», sagte Mrs Almond, «wenn es darum geht, daß der Familie jährlich dreißigtausend zufließen —»

«Wenn sie sich um des Geldes willen für ihn einsetzt, wird sie schwindeln. Wenn sie eine Schwindlerin ist, werde ich es merken. Wenn ich es merke, werde ich keine Zeit mehr mit ihr verlieren.»

«Sie ist keine Schwindlerin — sie ist eine vorbildliche

Frau. Sie wird ihrem Bruder keinen Streich spielen wollen, bloß weil er eigennützig ist.»

«Wenn sie überhaupt einer Unterredung wert ist, wird sie lieber ihm einen Streich spielen, als daß er Catherine einen spielt. Hat sie Catherine übrigens gesehen — hat sie sie kennengelernt?»

«Nicht, daß ich wüßte. Mr Townsend kann kein besonderes Interesse daran gehabt haben, die beiden zusammenzubringen.»

«Allerdings nicht, wenn sie eine vorbildliche Frau ist. Aber wir werden ja sehen, in welchem Ausmaß sie deiner Beschreibung entspricht.»

«Ich bin gespannt, aus ihrem Munde deine Beschreibung zu hören», sagte Mrs Almond mit einem Lachen. «Und wie hat es denn mittlerweile Catherine aufgenommen?»

«Wie sie alles aufnimmt — als selbstverständlich.»

«Schlägt sie denn nicht Lärm? Hat sie keine Szene gemacht?»

«Sie ist nicht jemand, der Szenen macht.»

«Ich dachte, einem verlassenen Mädchen sei immer nach Szenen zumute.»

«Eher einer lächerlichen Witwe. Lavinia hat mir eine Rede gehalten; sie hält mich für sehr selbstherrlich.»

«Sie hat ein Talent dafür, unrecht zu haben», sagte Mrs Almond. «Aber Catherine tut mir doch sehr leid.»

«Mir auch. Aber sie wird darüber wegkommen.»

«Du meinst, sie werde ihn preisgeben?»

«Ich zähle darauf. Sie empfindet ja so große Bewunderung für ihren Vater.»

«Oh, das ist uns allen bekannt. Aber sie tut mir nur um so mehr leid. Es macht das Dilemma für sie nur noch schmerzlicher und die Qual der Wahl zwischen dir und ihrem Liebhaber fast unerträglich.»

«Wenn sie nicht wählen kann: umso besser.»

«Schon; aber er wird dastehen und sie anflehen zu wählen, und Lavinia wird auf seine Seite ziehen.»

«Ich bin froh, daß sie nicht auf meiner Seite ist; sie ist

imstande, die hervorragendste Sache zu verderben. Sobald Lavinia mit dir am gleichen Strick zieht, reißt er. Aber sie soll sich in acht nehmen», sagte der Doktor. «Ich dulde in meinem Hause keinen Verrat.»

«Mich dünkt, sie wird sich wohl in acht nehmen; denn im Grunde hat sie große Angst vor dir.»

«Sie haben beide Angst vor mir, so harmlos ich bin», antwortete der Doktor. «Und darauf baue ich — auf den heilsamen Schrecken, den ich einflöße.»

XIV

Er schrieb seinen freimütigen Brief an Mrs Montgomery, die ihn pünktlich beantwortete und eine Stunde angab, zu welcher er sich in der Second Avenue einstellen möge. Sie wohnte in einem schmucken, frisch gestrichenen Häuschen aus roten Backsteinen, deren Kanten sehr scharf in Weiß umrissen waren. Jetzt ist es samt seinen Gefährten verschwunden, um einer majestätischeren Reihe von Bauten Platz zu machen. An den Fenstern hatte es grüne Läden, nicht mit Latten, sondern von gruppenweise verteilten Löchern durchbohrte; und vor dem Hause lag ein winziges Vorgärtchen, geziert mit einem Busch geheimnisvoller Artung und umgeben von einem niederen hölzernen Staket, das im gleichen Grün wie die Läden gestrichen war. Der Ort glich einem vergrößerten Puppenhaus und hätte von einem Brett im Spielwarengeschäft heruntergeholt sein können. Als Doktor Sloper seinen Besuch machte und auf die Gegenstände, die ich aufgezählt habe, seinen Blick warf, sagte er sich, daß Mrs Montgomery offenbar eine sparsame und sich selber achtende kleine Person sein müsse — die bescheidenen Ausmaße ihrer Behausung schienen darauf hinzuweisen, daß sie von kleinem Wuchse sei —, die eine tugendhafte Genugtuung darin fand, sich reinlich zu halten, und entschlossen war, da sie nun einmal nicht glänzen könne, doch wenigstens makellos zu sein. Sie empfing ihn in einem Wohnzimmerchen, welches ganz das Wohnzimmer war, das er erwartet hatte: eine kleine, fleckenlose Kemenate, verziert mit einem launischen Blattwerk von Seidenpapier und mit Trauben von Glashängern, inmitten welcher — um die Analogie zu Ende zu führen — die Temperatur der belaubten Jahreszeit mit Hilfe eines gußeisernen Ofens aufrechterhalten wurde, der eine trockene, blaue Flamme hervorstieß und stark nach Firnis roch. Die Wände verschönten mit rosa Tüll drapierte Stiche, und die Tische zierten Bände ausgezogener Poeten, welche zumeist in schwarzes, mit blumigen Dessins in gelbsüchtigem Gold bepreßtes Leinen gebunden waren. Der Doktor hatte Zeit, diese Einzelheiten zur Kenntnis zu nehmen, denn Mrs Montgomery, deren Betragen er unter diesen Umständen für unentschuldbar erklärte, ließ ihn etwa zehn Minuten warten, ehe sie erschien. Endlich jedoch kam sie mit leicht vor Ängstlichkeit geröteten, anmutig rundlichen Wangen hereingeraschelt, während sie noch ein steifes Popelinekleid glattstrich.

Sie war eine kleine, dralle, blonde Frau mit hellen, klaren Augen und einem ungewöhnlich adretten und munteren Auftreten. Doch waren diese Eigenschaften offensichtlich mit echter Bescheidenheit gepaart, und der Doktor schenkte ihr seine Achtung schon auf den ersten Blick. Eine tapfere kleine Person mit lebhafter Auffassungsgabe, welche trotzdem ihrer eigenen Begabung für Dinge des gesellschaftlichen, im Gegensatz zu solchen des praktischen Lebens mißtraute: dies war sein rasches geistiges Résumé von Mrs Montgomery, die, wie er wohl merkte, von seinem Besuch, den sie als eine Ehre empfand, geschmeichelt war. Mrs Montgomery in ihrem roten Häuschen in der Second Avenue war eine Person, für die Dr. Sloper einer der Großen war — einer von den feinen Herren New Yorks, und während sie ihm ihre aufgeregten Augen zuwandte, während sie in ihrem glänzenden Popeline-Schoß die in Halbhandschuhen steckenden Hände ineinanderkrampfte, schien sie sich zu sagen, daß er ganz ihrer Vorstellung davon, wie ein vornehmer Gast natürlich auszusehen habe, entsprach. Sie entschuldigte sich für ihre Verspätung; aber er unterbrach sie.

«Das macht nichts», sagte er; «denn während ich hier saß, hatte ich Zeit, nochmals zu überdenken, was ich Ihnen gerne sagen möchte, und zu überlegen, wie ich am besten anfange.»

«Oh, fangen Sie doch bitte an!» murmelte Mrs Montgomery.

«Es ist nicht so leicht», sagte der Doktor und lächelte.

«Sie werden meinem Brief entnommen haben, daß ich Ihnen einige Fragen stellen möchte, und Sie werden es vielleicht nicht sehr angenehm finden, darauf zu antworten.»
«Ja; ich habe darüber nachgedacht, was ich wohl sagen solle. Es ist nicht sehr leicht.»
«Aber Sie müssen meine Lage verstehen — meine innere Verfassung. Ihr Bruder wünscht, meine Tochter zu heiraten, und ich möchte gerne herausbringen, wie der junge Mann geartet ist. Dabei schien es nützlich, Sie zu befragen, und dazu bin ich denn auch hergekommen.»
Mrs Montgomery nahm die Situation offensichtlich sehr ernst; sie befand sich in einem Zustand äußerster moralischer Konzentration. Sie heftete ihre hübschen Augen, welche eine Art leuchtender Bescheidenheit erhellte, unablässig auf sein Antlitz und schenkte offensichtlich jedem seiner Worte die ernsthafteste Aufmerksamkeit. Ihr Ausdruck bezeugte, daß sie seinen Einfall, ihr einen Besuch zu machen, für einen sehr überlegenen Plan hielt, daß sie aber eigentlich davor zurückscheue, über ihr fremde Gegenstände Meinungen zu haben.
«Ich bin sehr erfreut über Ihren Besuch», sagte sie in einem Ton, der gleichzeitig einzuräumen schien, daß dies nichts mit der Sache zu tun habe.
Der Doktor machte sich diese Einräumung zunutze. «Ich suche Sie nicht zu Ihrem Vergnügen auf; ich bin gekommen, um Sie zu veranlassen, unangenehme Dinge zu sagen — und das kann Ihnen nicht lieb sein. Was für ein Herr ist Ihr Bruder?»
Mrs Montgomerys erhellter Blick wurde unsicher und begann zu wandern. Sie lächelte ein wenig, und eine Weile gab sie keine Antwort, so daß der Doktor schließlich ungeduldig wurde. Und als die Antwort endlich kam, war sie ungenügend. «Es ist schwer, über seinen Bruder zu sprechen.»
«Nicht, wenn man ihn gern hat und wenn es viel Gutes über ihn zu sagen gibt.»

«Doch, sogar dann — wenn viel davon abhängt», sagte Mrs Montgomery.
«Für Sie hängt doch nichts davon ab.»
«Ich meine, für — für —», und sie stockte.
«Für Ihren Bruder. Ich verstehe.»
«Ich meine, für Miss Sloper», sagte Mrs Montgomery.
Das gefiel dem Doktor; es hörte sich aufrichtig an. «Eben; darum geht es ja. Falls meine arme Tochter Ihren Bruder heiraten sollte, würde alles davon abhangen — alles, was ihr Glück ausmacht —, daß er ein anständiger Bursche ist. Sie ist das beste Geschöpf auf Erden, und sie könnte ihm nie auch nur im geringsten weh tun. Er hingegen, falls er nicht ganz nach unseren Wünschen sein sollte, könnte sie sehr elend machen. Und deshalb, wissen Sie, möchte ich, daß Sie etwas Licht auf seinen Charakter werfen. Selbstverständlich sind Sie dazu nicht verpflichtet. Meine Tochter, die Sie nie gesehen haben, bedeutet Ihnen nichts; und ich bin möglicherweise nur ein unverschämter und zudringlicher Alter. Es steht Ihnen vollkommen frei, mir zu sagen, daß mein Besuch sehr taktlos sei und daß ich mich lieber um meine eigenen Dinge kümmern solle. Aber ich glaube nicht, daß Sie das tun werden, denn ich glaube, wir werden Sie interessieren — meine arme Tochter und ich. Ich bin sicher, daß Sie Catherine sogar sehr interessieren würde, wenn Sie sie sähen. Ich meine nicht, weil sie im üblichen Wortsinn interessant wäre, aber weil sie Ihnen leid täte. Sie ist so weichherzig, so arglos, sie wäre so leicht zu hintergehen! Ein schlechter Gatte hätte nur zu leichtes Spiel, sie unglücklich zu machen; denn es würde ihr sowohl an Intelligenz wie an Entschlossenheit fehlen, sich ihm gegenüber durchzusetzen, und sie hätte erst noch eine übergroße Fähigkeit zum Dulden. Ich sehe», fügte der Doktor mit seinem einschmeichelndsten, seinem berufstüchtigsten Lachen hinzu, «Sie sind bereits interessiert.»
«Ich war von dem Augenblick an interessiert, als er mir erzählte, er habe sich verlobt», sagte Mrs Montgomery.

«Soso! das sagt er also — er nennt es eine Verlobung?»
«Oh, er hat mir auch gesagt, daß es Ihnen mißfällt.»
«Hat er auch gesagt, daß *er* mir mißfällt?»
«Ja, auch das hat er mir erzählt. Ich sagte, daran könne ich nichts ändern», fügte Mrs Montgomery hinzu.
«Natürlich können Sie das nicht. Aber eines können Sie: Sie können mir sagen, daß ich recht habe — Sie können mir gewissermaßen ein Attest ausstellen.» Und der Doktor begleitete diese Bemerkung mit einem weiteren berufstüchtigen Lächeln.
Mrs Montgomery dagegen lächelte nicht im mindesten; es war klar, daß sie seinem Appell eine humorvolle Seite nicht abgewinnen konnte. «Das ist viel verlangt», sagte sie schließlich.
«Das läßt sich nicht bestreiten, und ich muß Sie im Gewissen daran erinnern, welche Vorteile ein junger Mann, der meine Tochter heiratet, genießen würde. Sie verfügt rechtlich über ein Einkommen von zehntausend Dollar, welches ihr von ihrer Mutter hinterlassen wurde; wenn sie einen Gatten heiratet, mit dem ich einverstanden bin, wird sie bei meinem Tode fast das Doppelte hinzubekommen.»
Mrs Montgomery lauschte dieser glanzvollen finanziellen Aufstellung mit tiefem Ernst; sie hatte noch nie so selbstverständlich über Tausende von Dollar reden hören. Vor Aufregung stieg ihr das Blut ein wenig zu Kopf. «Ihre Tochter wird unermeßlich reich sein», sagte sie leise.
«Genau das ist es — das macht alles so lästig.»
«Und wenn Morris sie heiraten sollte, würde er — würde er —» Und sie stockte schüchtern.
«Würde er Herr über all das Geld? Keineswegs. Er würde Herr über die jährlichen Zehntausend, die sie von ihrer Mutter hat; aber ich würde jeden Pfennig meines eigenen Vermögens, das ich in der mühseligen Ausübung meines Berufes erworben habe, meinen Neffen und Nichten hinterlassen.»
Darob senkte Mrs Montgomery die Augen, und einige

Zeit saß sie da und schaute auf die Strohmatte, welche den Flur bedeckte.

«Ich nehme an, es dünkt Sie», sagte der Doktor lachend, «daß ich mit solchem Verhalten Ihrem Bruder einen sehr schäbigen Streich spiele.»

«Durchaus nicht. Das ist zu viel Geld, als daß man einfach durch Heiraten so leicht in seinen Besitz kommen dürfte. Ich glaube, das wäre nicht recht.»

«Es ist recht, zu nehmen, soviel man kann. Aber in diesem Falle würde Ihr Bruder nicht können. Wenn Catherine ohne meine Einwilligung heiratet, bekommt sie aus meiner eigenen Tasche keinen Pfennig.»

«Ist das wahr?» fragte Mrs Montgomery und schaute auf.

«So wahr ich hier sitze.»

«Auch wenn sie sich vor Gram verzehren sollte?»

«Auch wenn sie sich zum Schatten verzehren sollte, was nicht sehr wahrscheinlich ist.»

«Weiß das Morris?»

«Ich werde überglücklich sein, ihn zu informieren», rief der Doktor.

Mrs Montgomery nahm ihre Betrachtungen wieder auf; und ihr Besucher, der durchaus bereit war, der Sache Zeit zu lassen, fragte sich, ob sie nicht bei all ihrem gewissenhaften Getue ihrem Bruder in die Hand spiele. Gleichzeitig schämte er sich halb der Feuerprobe, der er sie unterzogen hatte, und war gerührt von der Sanftmut, mit der sie es trug. «Wenn sie eine Schwindlerin wäre», sagte er sich, «würde sie wütend; es sei denn, sie wäre ein sehr tiefes Wasser. Es ist nicht wahrscheinlich, daß sie so tief ist.»

«Warum ist Ihnen Morris eigentlich so zuwider?» fragte sie plötzlich, indem sie aus ihrem Nachdenken auftauchte.

«Als Freund, als Gesellschafter ist er mir durchaus nicht zuwider. Er scheint mir ein reizender Mensch, und ich möchte meinen, er wäre ein hervorragender Gesellschafter. Zuwider ist er mir ausschließlich als Schwiegersohn.

Wenn ein Schwiegersohn keine anderen Aufgaben hätte, als am väterlichen Tische zu speisen, würde ich auf Ihren Bruder großen Wert legen: er speist vortrefflich. Aber das ist nur ein kleiner Teil seines Amtes, das im allgemeinen darin besteht, Beschützer und Versorger meines Kindes zu sein, das ganz besonders ungeschickt ist, für sich selbst zu sorgen. Das ist der Punkt, worin er mich nicht befriedigt. Ich gestehe, daß ich mich dabei nur an meinen Eindruck halten kann; aber ich bin es gewohnt, mich auf meine Eindrücke zu verlassen. Natürlich steht es Ihnen frei, mir glatt zu widersprechen. Er kommt mir selbstsüchtig und flach vor».
Mrs Montgomerys Augen weiteten sich ein wenig, und der Doktor bildete sich ein, er sähe darin das Licht der Bewunderung. «Wie haben Sie nur herausgebracht, daß er selbstsüchtig ist!»
«Finden Sie denn, daß er es so gut verbirgt?»
«Sehr gut sogar», sagte Mrs Montgomery. «Und ich glaube, wir sind wohl alle recht selbstsüchtig», setzte sie hinzu.
«Das glaube ich auch; aber ich habe schon Leute kennengelernt, die es besser verbergen konnten als er. Sehen Sie, es kommt mir zugute, daß ich eine Gewohnheit daraus gemacht habe, die Leute in Klassen, in Typen einzuteilen. Ich mag mich leicht täuschen, was Ihren Bruder als Individuum betrifft; aber sein Typus ist ihm ins Gesicht geschrieben.»
«Er sieht sehr gut aus», sagte Mrs Montgomery.
Der Doktor beäugte sie kurz. «Ihr Frauen seid doch alle gleich! Aber der Typ, zu welchem Ihr Bruder gehört, ist zu eurem Untergang geschaffen, und ihr seid geschaffen zu seinen Mägden und Opfern. Das Kennzeichen des in Frage stehenden Typs ist seine Entschlossenheit — die manchmal in ihrer ruhigen Bestimmtheit schrecklich sein kann —, vom Leben nur die Freuden anzunehmen und sich diese Freuden hauptsächlich mit der Hilfe eures willigen Geschlechts zu sichern. Junge Männer dieser Kate-

gorie tun nie selbst etwas, was sie von andern Leuten für sich getan bekommen können, und sie werden gefördert durch anderer Leute Vernarrtheit, Hingabe und Aberglauben. Diese anderen sind in neunundneunzig von hundert Fällen Frauen. Unsere jungen Freunde bestehen hauptsächlich darauf, daß jemand anders für sie zu leiden habe; und wie sie wissen müssen, besorgen Frauen so etwas ganz wunderbar.» Der Doktor machte eine kurze Pause, und dann fügte er unvermittelt hinzu: «Sie haben für Ihren Bruder unsäglich gelitten!»

Dieser Ausruf kam, wie ich sagte, unvermittelt, war aber trefflich berechnet. Der Doktor war recht enttäuscht gewesen, seine handfeste, gemütliche, kleine Gastgeberin nicht von deutlich sichtbaren Verheerungen durch Morris Townsends Immoralität umgeben zu finden; aber er hatte sich gesagt, dies habe seinen Grund nicht etwa darin, daß der junge Mann sie verschont hätte, sondern darin, daß sie es verstanden habe, die Wunden zu überpflastern. Aber noch schmerzten sie dort hinter dem gefirnißten Ofen, den drapierten Stichen, ja unter ihrem adretten kleinen Popeline-Busen; und wenn es ihm nur gelänge, den empfindlichen Punkt zu berühren, würde sie sich mit einem Zucken verraten. Die Worte, die ich vorhin zitiert habe, stellten einen Versuch dar, den Finger plötzlich auf die Stelle zu legen, und sie brachten etwas von dem Erfolg, den er gesucht hatte. Für einen Augenblick traten Tränen in Mrs Montgomerys Augen, und sie ließ sich soweit gehen, stolz ihren Kopf ein wenig hochzuwerfen.

«Ich weiß gar nicht, wie Sie das herausgebracht haben!» rief sie aus.

«Mit Hilfe eines philosophischen Tricks — was man so Induktion zu nennen pflegt. Sie wissen ja, es steht Ihnen jederzeit frei, mir zu widersprechen. Aber beantworten Sie mir, bitte, eine Frage: Geben Sie Ihrem Bruder denn nicht Geld? Ich glaube, darauf sollten Sie antworten.»

«Ja, ich habe ihm schon Geld gegeben», sagte Mrs Montgomery.

«Und es war nicht viel, was Sie ihm geben konnten?» Sie schwieg einen Augenblick. «Wenn Sie mich um ein Geständnis der Armut bitten, so kann ich Ihnen damit gerne dienen. Ich bin sehr arm.»
«Das würde man nie denken, nach Ihrem — Ihrem reizenden Hause zu schließen», sagte der Doktor. «Ich habe von meiner Schwester erfahren, daß Ihr Einkommen bescheiden ist und Ihre Familie zahlreich.»
«Ich habe fünf Kinder», bemerkte Mrs Montgomery; «aber ich darf glücklicherweise sagen, daß ich sie anständig erziehen kann.»
«Selbstverständlich können Sie das — bei Ihrer Tüchtigkeit und Hingabe. Aber Ihr Bruder hat sie ja wohl alle gezählt, nehme ich an?»
«Er hat sie gezählt?»
«Ich meine, er weiß, daß ihrer fünf sind. Er hat mir erzählt, daß er ihr Erzieher ist.»
Mrs Montgomery blickte einen Augenblick verständnislos und sagte dann rasch: «Oh ja, er lehrt sie — Spanisch.»
Der Doktor lachte auf. «Damit nimmt er Ihnen wirklich eine große Last ab! Ihr Bruder weiß natürlich auch, daß Sie sehr wenig Geld haben?»
«Das habe ich ihm oft genug gesagt», rief Mrs Montgomery aus, mit weniger Zurückhaltung als sie bisher geübt hatte. Es war zu spüren, daß ihr die Hellsicht des Doktors einigen Trost spendete.
«Was bedeutet, daß er Ihnen oft Anlaß dazu gibt und daß er sie oft melkt. Entschuldigen Sie meine rauhe Sprache; ich gebe lediglich einer Tatsache Ausdruck. Ich frage nicht, wieviel von Ihrem Gelde er bekommen hat; das geht mich nichts an. Ich habe bestätigt gefunden, was ich argwöhnte — was ich wünschte.» Und der Doktor erhob sich, wobei er liebevoll seinen Hut glättete. «Ihr Bruder lebt auf Ihre Kosten», sagte er, wie er so dastand.
Mrs Montgomery erhob sich rasch von ihrem Stuhle, während sie mit gebanntem Blick den Bewegungen ihres Besuchers folgte. Dann aber, mit einer gewissen Inkonse-

quenz — «Ich habe mich nie über ihn beklagt», so sagte sie.

«Sie brauchen nichts zu beteuern — Sie haben ihn nicht verraten. Aber ich gebe Ihnen den guten Rat: geben Sie ihm kein Geld mehr.»

«Verstehen Sie denn nicht, daß es in meinem Interesse liegt, wenn er eine reiche Person heiratet?» fragte sie. «Wenn er, wie Sie sagen, auf meine Kosten lebt, kann ich nur wünschen, ihn loszuwerden; und ihm Hindernisse gegen eine Heirat in den Weg zu legen, bedeutet für mich nur eine Vermehrung meiner Schwierigkeiten.»

«Ich wünschte sehr, Sie würden mit Ihren Schwierigkeiten zu mir kommen», sagte der Doktor. «Wenn ich ihn schon weiterhin Ihnen zur Last lege, dann ist doch wohl das wenigste, was ich tun kann, daß ich Ihnen die Bürde tragen helfe. Wenn Sie mir also die Äußerung gestatten wollen, so werde ich so frei sein, Ihnen zunächst eine gewisse Summe für den Unterhalt Ihres Bruders anzuvertrauen.»

Mrs Montgomery riß die Augen auf; sie glaubte offensichtlich, er scherze; aber sie sah sofort, daß ihm ernst war, und die Verwirrung ihrer Gefühle wurde schmerzhaft. «Mir scheint, ich sollte sehr beleidigt sein», murmelte sie.

«Weil ich Ihnen Geld anbiete? Das ist ein Aberglaube», sagte der Doktor. «Sie müssen mir gestatten, Sie wieder aufzusuchen, und wir werden diese Dinge bereden. Ich nehme an, einige Ihrer Kinder sind Mädchen?»

«Ich habe zwei Mädelchen», sagte Mrs Montgomery.

«Nun gut; wenn sie erst einmal erwachsen sind und daran denken, sich Gatten zu wählen, dann werden Sie schon sehen, wie Sie sich um den moralischen Charakter dieser Gatten sorgen. Dann werden Sie meinen heutigen Besuch verstehen.»

«Oh, Sie dürfen nicht glauben, Morris habe einen schlechten moralischen Charakter.»

Der Doktor betrachtete sie ein wenig mit verschränkten

Armen. «Etwas wünschte ich mir sehr — als moralische Genugtuung. Ich möchte Sie gerne sagen hören, ‚Er ist abscheulich selbstsüchtig'.»

Die Worte kamen mit der gewichtigen Deutlichkeit seiner Stimme heraus, und eine Weile schienen sie vor der armen Mrs Montgomery getrübtem Blicke ein stoffliches Bild zu schaffen. Sie betrachtete es eine Weile, dann wandte sie sich ab. «Sie quälen mich, mein Herr!» rief sie aus. «Schließlich ist er mein Bruder; und seine Talente, seine Talente —» Auf diesen letzten Worten zitterte ihre Stimme, und bevor er wußte, was geschah, war sie in Tränen ausgebrochen.

«Seine Talente sind erstklassig», sagte der Doktor. «Wir müssen ihnen ein geeignetes Betätigungsfeld finden.» Und er versicherte sie respektvoll seines Bedauerns darüber, daß er sie so sehr verwirrt habe. «Es geschieht alles nur für meine arme Catherine», fuhr er fort. «Sie müssen sie kennenlernen, und Sie werden verstehen.»

Mrs Montgomery wischte sich die Tränen ab und wurde rot, weil sie welche vergossen hatte. «Ich würde Ihre Tochter gern kennenlernen», antwortte sie; und nach einem kurzen Augenblick — «Lassen Sie nicht zu, daß sie ihn heiratet!»

Doktor Sloper entfernte sich mit dem freundlichen Summen der Worte im Ohr: «Lassen Sie nicht zu, daß sie ihn heiratet!» Sie gaben ihm jene moralische Genugtuung, von der er soeben gesprochen hatte, und ihr Wert war umso größer, als sie dem Familienstolz der armen kleinen Mrs Montgomery offensichtlich einen Stich versetzt hatten.

XV

Catherines betragen war ihm ein Rätsel; ihre Haltung in dieser Gefühlskrise schien ihm unnatürlich passiv. Nach jener Szene in der Bibliothek, am Tage vor seiner Unterredung mit Morris, hatte sie nicht wieder mit ihm gesprochen; und eine Woche war vergangen, ohne eine Veränderung in ihrem Benehmen zu zeitigen. Nichts daran wandte sich an das Mitleid, und er war sogar ein wenig enttäuscht darüber, daß sie ihm keine Gelegenheit bot, seine Härte durch einen Erweis von Freigebigkeit, der als Entschädigung dienen konnte, wettzumachen. Er dachte ein wenig an das Angebot, sie auf eine Europareise mitzunehmen; aber er war entschlossen, dies nur in dem Falle vorzubringen, daß sie ihm stumme Vorwürfe machen sollte. Er hatte sich vorgestellt, daß sie ein Talent für stumme Vorwürfe beweisen würde, und er war überrascht, sich einer solchen lautlosen Kanonade nicht ausgesetzt zu finden. Sie sagte nichts, weder schweigend noch ausdrücklich, und da sie nie sehr gesprächig gewesen war, hatte auch jetzt ihre Zurückhaltung nichts sonderlich Beredtes an sich. Auch schmollte die arme Catherine nicht — ein Stil des Gehabens, für den sie zu wenig schauspielerisches Talent besaß —; sie war einfach sehr geduldig. Natürlich dachte sie über ihre Lage nach, und anscheinend tat sie es auf gelenkte und leidenschaftslose Weise, in der Absicht, das beste daraus zu machen.

«Sie wird tun, wie ich ihr befohlen habe», sagte der Doktor; und er stellte die weitere Überlegung an, daß seine Tochter keine Frau bedeutenden Geistes sei.

Ich weiß nicht, ob er sich ein wenig mehr Widerstand um ein wenig mehr Unterhaltung willen erhofft hatte; aber er sagte sich, wie er sich schon oft gesagt hatte, daß Vaterschaft — mochte sie auch vorübergehende Beunruhigungen bringen — eben doch kein aufregender Beruf sei.

Catherine hatte unterdessen eine Entdeckung sehr anderer Art gemacht; es war ihr lebhaft bewußt geworden, daß der Versuch, eine brave Tochter zu sein, etwas sehr Aufregendes an sich habe. Sie hatte ein völlig neues Gefühl, welches sich als ein Zustand erwartungsvoller Spannung auf ihre eigenen Taten beschreiben läßt. Sie beobachtete sich selbst, wie sie eine andere Person würde beobachtet haben, und fragte sich, was sie wohl tun werde. Es war, als sei diese andere Person, welche sie selbst und zugleich auch wieder nicht sie selbst war, plötzlich ins Dasein getreten und erfülle sie nun mit einer — nur natürlichen — Neugier auf die Darstellung eines bisher unerprobten Verhaltens.

«Ich freue mich, eine so brave Tochter zu haben», sagte ihr Vater, nachdem mehrere Tage verstrichen waren, und küßte sie.

«Ich versuche, brav zu sein», antwortete sie und wandte sich ab, mit einem nicht ganz reinen Gewissen.

«Wenn du mir irgendetwas zu sagen hast, dann weißt du, daß du es ohne Zögern tun darfst. Du mußt nicht meinen, es sei deine Pflicht, so still zu sein. Ich lege keinen Wert darauf, daß Mr Townsend ein häufiger Gesprächsgegenstand wird, aber wann immer du irgendetwas Besonderes über ihn mitzuteilen hast, werde ich es mir gerne anhören.»

«Danke schön», sagte Catherine; «im Augenblick gibt es nichts Besonderes.»

Er fragte sie nie, ob sie Morris wiedergesehen habe, weil er sicher war, daß sie es ihm erzählen würde, wenn dies der Fall wäre. Sie hatte ihn auch tatsächlich nicht gesehen; sie hatte ihm nur einen langen Brief geschrieben. Wenigstens für ihre Verhältnisse war es ein langer Brief gewesen; und es mag hinzugefügt werden, daß er auch für Morris lang war; er bestand aus fünf Seiten in einer bemerkenswert sauberen und wohlgeformten Hand. Catherines Handschrift war schön, und sie war sogar ein wenig stolz darauf: sie schrieb äußerst gerne ab und besaß ganze Bände von Auszügen, welche von dieser Fertigkeit Zeugnis ablegten; Bände, die sie eines Tages ihrem Liebhaber vorgelegt hatte, als die Seligkeit des Gefühls, daß sie in seinen Augen von Bedeutung war, außergewöhnlich durchdringend wurde. Sie teilte Morris schriftlich mit, daß ihr Vater den Wunsch geäußert habe, sie solle ihn nicht wiedersehen, und daß sie ihn bitte, das Haus nicht zu betreten, ehe sie «Klarheit gewonnen» habe. Morris antwortete mit einer leidenschaftlichen Epistel, worin er fragte, was für eine Klarheit sie denn in Himmels Namen gewinnen wolle. Habe sie denn nicht schon vor zwei Wochen klar gesehen und sollte es denn möglich sein, daß sie sich mit der Absicht trage, ihn über Bord zu werfen? Wolle sie denn schon gleich zu Anfang ihrer Prüfung zusammenbrechen, nach all den Treueversprechen, die sie sowohl gegeben wie ihm abgerungen habe? Und er gab eine Darstellung seiner eigenen Unterredung mit ihrem Vater — eine Darstellung, die sich nicht in allen Punkten mit der auf diesen Seiten gegebenen deckt. «Er wurde schrecklich heftig», schrieb Morris, «aber Du kennst ja meine Selbstbeherrschung. Ich bedarf ihrer voll und ganz, wenn ich bedenke, daß es in meiner Gewalt liegt, in Deine grausame Gefangenschaft einzubrechen.» Catherine sandte ihm als Antwort drei Zeilen. «Ich bin in großer Unruhe; zweifle nicht an meiner Zuneigung; aber laß mich ein wenig zuwarten und nachdenken.» Die Vorstellung einer Auseinandersetzung mit ihrem Vater — ihren Willen gegen den seinen setzen zu müssen — lastete schwer auf ihrer Seele und machte, daß sie sich still hielt, so wie uns ein großes körperliches Gewicht reglos festhält. Es kam ihr nie in den Sinn, ihren Liebhaber «über Bord zu werfen»; aber von Anfang an versuchte sie, sich selber zu versichern, daß sich ein friedlicher Weg aus ihren Schwierigkeiten schon zeigen werde. Es war eine unbestimmte Versicherung, denn sie enthielt keinerlei Ansatz zu der positiven Überzeugung, ihr Vater werde seine Meinung ändern. Sie hatte lediglich die Vorstellung, daß sich die Lage schon auf irgendeine geheimnisvolle Weise bessere, wenn sie nur sehr brav wäre. Um brav zu sein, mußte sie Geduld üben, sich äußerlich unterwürfig zeigen und sich jeden zu harten Urteils über ihren Vater und jeder offenen Herausforderung enthalten. Schließlich hatte er vielleicht recht, so zu denken; womit Catherine durchaus nicht etwa meinte, sein Urteil über die Beweggründe, welche Morris veranlaßten, um sie zu werben, bestehe vielleicht zu recht, sondern daß es wahrscheinlich für gewissenhafte Eltern natürlich und angemessen sei, mißtrauisch und sogar ungerecht zu sein. Wahrscheinlich gab es auf der Welt wirklich Leute, die so schlecht waren, wie es ihr Vater von Morris annahm, und wenn auch nur die geringste Möglichkeit bestand, daß Morris zu diesen finstern Existenzen gehörte, so tat der Doktor gut, damit zu rechnen. Natürlich konnte er ja nicht wissen, was sie wußte — wie im Auge des jungen Mannes reinste Liebe und Treue zu lesen waren; aber der Himmel mochte zur rechten Zeit einen Weg wählen, es ihm kundzutun. Catherine erwartete vom Himmel ziemlich viel und überließ, wie die Franzosen sagen, dem Himmel die Initiative, ihr Dilemma zu lösen. Sie konnte sich nicht vorstellen, wie sie ihrem Vater selbst irgendetwas kundtun könnte; sogar in seiner Ungerechtigkeit war etwas Überlegenes und etwas Absolutes in seinen Fehlern. Aber wenigstens brav konnte sie sein, und wenn sie nur brav genug wäre, würde der Himmel schon einen Weg finden, alles zu versöhnen — die Würde in den Irrtümern ihres Vaters mit der Süße ihres eigenen Vertrauens, die peinliche Erfüllung ihrer Tochterpflichten mit dem Genuß von Morris Townsends Zuneigung.

Die arme Catherine wäre gerne bereit gewesen, in Mrs Penniman ein Werkzeug der Klärung zu sehen, eine Rolle, welche diese Dame selbst allerdings nur unzulänglich zu spielen bereit war. Mrs Penniman zog aus den sentimentalen Schatten dieses kleinen Dramas zu tiefe Befriedigung, als daß sie im Augenblick schon ein großes Interesse gehabt hätte, sie zu zerstreuen. Sie wünschte, der Knoten möchte sich verfestigen, und der Rat, den sie ihrer Nichte gab, war zufolge ihrer Phantasie geeignet, dieses Ergebnis zu zeitigen. Es waren recht unzusammenhängende Ratschläge, die sich von einem Tag auf den andern widersprachen; aber alle durchlief das ernsthafte Begehren, Catherine möge etwas Spektakuläres unternehmen. «Du mußt *handeln,* Liebling; in deiner Lage kommt es nur darauf an zu handeln», sagte Mrs Penniman, die fand, daß ihre Nichte den großartigen Gelegenheiten bei weitem nicht gerecht werde. Mrs Pennimans wirkliche Hoffnung ging dahin, daß sich das Mädchen heimlich verheirate, wobei sie selbst als Brautführerin oder Duenja amten würde. Als Schauplatz dieser Zeremonie sah sie im Geiste eine unterirdische Kapelle; nun waren zwar in New York unterirdische Kapellen nicht eben zahlreich; aber Mrs Pennimans Einbildungskraft ließ sich durch Kleinigkeiten nicht abschrecken; darauf würde das schuldige Paar — sie liebte es, die arme Catherine und ihren Verehrer in Gedanken «das schuldige Paar» zu nennen — in einem rasch dahinwirbelnden Fahrzeug nach irgendeiner düsteren Vorstadtbehausung wegpraktiziert, wo sie ihm (in einen dichten Schleier gehüllt) heimliche Besuche bringen würde und wo es einige Zeit romantischer Entbehrungen zu erdulden hätte; dann endlich, nachdem sie seine irdische Vorsehung, seine Mittlerin, seine Fürsprecherin und seine Botin zur Welt gewesen wäre, würde es zur Versöhnung mit ihrem Bruder kommen, in einem künstlerischen Gruppenbild, worin sie selbst irgendwie den Mittelpunkt bildete. Noch zögerte sie, dieses Vorgehen Catherine zu empfehlen, aber Morris Townsend schilderte sie ein sehr anziehendes Bild davon. Sie stand in täglicher Fühlung mit dem jungen Manne, den sie brieflich über den Stand der Dinge am Washington Square auf dem laufenden hielt. Da er, wie sie sich ausdrückte, aus dem Hause verbannt war, sah sie ihn nicht mehr; aber schließlich schrieb sie ihm, daß sie sich nach einer Unterredung sehne. Diese Unterredung konnte nur auf neutralem Boden stattfinden, und sie besann sich gründlich, bevor sie einen Treffpunkt wählte. Sie hatte eine Schwäche für den Greenwood-Friedhof; doch verzichtete sie auf ihn wegen der allzu großen Entfernung; sie konnte, wie sie sagte, nicht so lange ausbleiben, ohne Verdacht zu erregen. Dann erwog sie die Battery; aber dort war es recht kalt und windig, ganz abgesehen davon, daß man der Einmischung irischer Emigranten ausgesetzt wäre, die an dieser Stelle die Neue Welt mit mächtigem Appetit betreten; und schließlich entschloß sie sich zu einem Austern-Restaurant in der Siebenten Avenue, das von einem Neger betrieben wurde — ein Lokal, worüber ihr nichts weiter bekannt war, als daß sie es im Vorbeigehen bemerkt hatte. Sie verabredete mit Morris Townsend, ihn dort zu treffen, und begab sich zu dem Stelldichein in einen undurchdringlichen Schleier gehüllt und zur Dämmerstunde. Er ließ sie eine halbe Stunde warten — er mußte fast die ganze Breite der Stadt durchqueren —; aber sie wartete gerne; es schien die Situation zu verdichten. Sie bestellte eine Tasse Tee, die sich als ausnehmend schlecht erwies, und dies gab ihr das Gefühl, daß sie um einer romantischen Sache willen leide. Als Morris schließlich anlangte, saßen sie miteinander während einer halben Stunde in der schummerigsten Ecke des hinteren Raumes; und es darf wohl ohne Übertreibung behauptet werden, daß dies die glücklichste halbe Stunde war, die Mrs Penniman seit Jahren erlebt hatte. Die Situation war wirklich aufregend, und es bedeutete für sie keinen Mißton, als ihr Begleiter ein Austerngericht kommen ließ und es vor ihren Augen verzehrte. Morris bedurfte wirklich dringend der Befriedigung, die er gedämpften Austern abgewinnen konnte, denn es darf dem Leser mitgeteilt werden, daß er Mrs Penniman unter dem Bilde eines fünften Rades an seinem Wagen begriff. Er befand sich in jener gereizten Verfassung, die bei einem Herrn aus feiner Umgebung, der bei dem wohlwollenden Versuch, einer jungen Frau ohne hervorragende Eigenschaften eine Auszeichnung widerfahren zu lassen, vor den Kopf gestoßen wird, nur natürlich ist, und die sich anbiedernde Sympathie dieser etwas vertrockneten Matrone schien ihm keine spürbare Erleichterung zu verschaffen. Er hielt sie für eine Schaumschlägerin, und über Schaumschläger urteilte er mit beträchtlicher Selbstsicherheit. Anfänglich hatte er ihr nur zugehört und sich ihr angenehm gemacht, um am Washington Square Fuß zu fassen, und gegenwärtig bedurfte er all seiner Selbstbeherrschung, um halbwegs höflich zu bleiben. Es hätte ihm wohl getan, ihr sagen zu dürfen, daß sie eine verschrobene Alte sei und daß er sie am liebsten in einen Omnibus stecken und nach Hause schicken würde. Wir wissen jedoch, daß Morris die Tugend der Selbstbeherrschung besaß, und überdies hatte er die ständige Gewohnheit, sich angenehm zu machen; sodaß er sie, obwohl Mrs Pennimans Betragen seinen ohnehin strapazierten Nerven nur noch mehr zusetzte, mit einer düsteren Ergebenheit, woran sie viel zu bewundern fand, anhörte.

XVI

NATÜRLICH HATTEN SIE OHNE UMSCHWEIFE VON CATHERINE GEsprochen. «Läßt sie mir eine Botschaft oder — oder sonst irgendetwas zukommen?» fragte Morris. Er schien zu glauben, sie habe vielleicht ein Schmuckstück oder eine Haarlocke für ihn mitgegeben.

Mrs Penniman war leicht verlegen, denn sie hatte ihrer Nichte nichts von der beabsichtigten Expedition verraten.

«Nicht gerade eine Botschaft», sagte sie; «ich habe sie nicht darum gebeten, weil ich fürchtete, sie — sie aufzuregen.»

«Ich fürchte, sie regt sich nicht leicht auf.» Und Morris lächelte ein wenig bitter.

«Mehr als das — sie ist standhaft, sie ist treu.»

«Dann glauben Sie also, sie werde durchhalten?»

«Bis in den Tod!»

«Oh, hoffentlich kommt es nicht so weit», sagte Morris. «Wir müssen auf das Schlimmste gefaßt sein, und darüber möchte ich mit Ihnen sprechen.»

«Was nennen Sie das Schlimmste?»

«Nun», sagte Mrs Penniman, «die unnachgiebige intellektuelle Veranlagung meines Bruders.»

«Oh, der Teufel!»

«Er ist einer Regung des Mitgefühls ganz unzugänglich», fügte Mrs Penniman als eine Art Erklärung bei.

«Wollen Sie damit sagen, er werde nicht nachgeben?»

«Durch Argumente wird er sich nie schlagen lassen. Ich habe ihn studiert. Nur durch die vollendete Tatsache kann er geschlagen werden.»

«Die vollendete Tatsache?»

«Hinterher wird er nachgeben», sagte Mrs Penniman bedeutungsschwer. «Er kümmert sich nur um Tatsachen — er muß vor Tatsachen gestellt werden.»

«Es ist immerhin eine Tatsache», erwiderte Morris, «daß ich seine Tochter zu heiraten wünsche. Vor diese Tatsache

habe ich ihn neulich gestellt; aber er gab sich durchaus nicht geschlagen.»
Mrs Penniman schwieg ein Weilchen, und das Lächeln im Schatten ihrer umfangreichen Haube, an deren Rand der schwarze Schleier in der Art eines Vorhangs angeordnet war, heftete sich mit noch zärtlicherer Leuchtkraft auf Morris' Gesicht. «Heiraten Sie Catherine zuerst, und stellen Sie sich ihm dann!» rief sie aus.
«Empfehlen Sie mir das wirklich?» frage der junge Mann unter starkem Stirnrunzeln.
Sie hatte ein bißchen Angst, fuhr aber mit beträchtlicher Kühnheit fort. «Ich stelle mir die Sache so vor: eine private Hochzeit — eine private Hochzeit.» Sie wiederholte den Ausdruck, weil er ihr so gut gefiel.
«Meinen Sie, ich solle Catherine entführen?»
«Es ist kein Verbrechen, wenn Sie dazu getrieben werden», sagte Mrs Penniman. «Mein Gatte war, wie ich Ihnen schon erzählt habe, ein bekannter Pastor — einer der besten Kanzelredner seiner Zeit. Er hat einmal ein junges Paar, das dem Vaterhaus der jungen Dame entflohen war, zusammengegeben; er nahm an ihrem Schicksal so Anteil. Er hatte keine Bedenken, und alles wandte sich zum Guten. Der Vater söhnte sich später aus und schätzte den jungen Mann über alles. Mr Penniman gab sie abends, etwa um sieben Uhr, zusammen. Die Kirche war so dunkel, daß man fast nichts sah, und Mr Penniman war überaus gerührt — er war so mitfühlend. Ich glaube, daß er es kein zweites Mal hätte tun können.»
«Unglücklicherweise haben Catherine und ich keinen Mr Penniman, der uns zusammengeben könnte», sagte Morris.
«Nein, aber ihr habt mich!» entgegnete Mrs Penniman mit Nachdruck. «Ich kann zwar nicht die Zeremonie vollziehen, aber ich kann euch helfen; ich kann aufpassen!»
«Die Frau ist übergeschnappt!» dachte Morris; doch war er gezwungen, etwas anderes zu sagen. Inhaltlich war es zwar auch nicht höflicher. «War es das, was Sie mir zu sa-

gen hatten, als Sie mich baten, Sie hier zu treffen?»
Mrs Penniman war sich dessen wohl bewußt gewesen, daß ihr Anliegen an einer gewissen Unbestimmtheit krankte und daß sie Morris für seinen langen Marsch keine sehr greifbare Belohnung zu bieten hatte. «Ich dachte mir, Sie würden vielleicht gerne jemanden sprechen, der Catherine so nahe ist», bemerkte sie mit beträchtlicher Erhabenheit; «und auch, daß Sie die Gelegenheit schätzen würden, ihr etwas zukommen zu lassen.»
Morris streckte mit melancholischem Lächeln seine leeren Hände aus. «Ich bin Ihnen sehr verbunden, aber ich habe nichts zu senden.»
«Auch kein *Wort?*» fragte seine Begleiterin, deren vielsagendes Lächeln zurückkehrte.
Morris runzelte wieder die Stirn. «Sagen Sie ihr, sie möge ausharren», sagte er eher barsch.
«Das ist ein gutes Wort — ein edles Wort: es wird sie für viele Tage glücklich machen. Sie ist so rührend, so tapfer», fuhr Mrs Penniman fort, indem sie ihren Umhang zurechtzog und sich zum Aufbruch bereit machte.
Während sie so beschäftigt war, kam ihr eine Erleuchtung; sie fand den Satz, den sie kühn als Rechtfertigung des von ihr unternommenen Schrittes ausgeben konnte. «Wenn Sie Catherine auf jedes Risiko hin heiraten», sagte sie, «liefern Sie meinem Bruder den Beweis, daß Sie das sind, woran er zu zweifeln vorgibt.»
«Woran er zu zweifeln vorgibt?»
«Ja, wissen Sie denn nicht, was das ist?» fragte Mrs Penniman fast schelmisch.
«Ich brauche das gar nicht zu wissen», sagte Morris großartig.
«Es weckt natürlich Ihren Zorn.»
«Meine Verachtung», erklärte Morris.
«Oh, dann wissen Sie also, was es ist?» sagte Mrs Penniman und drohte ihm mit dem Finger. «Er gibt vor, Sie liebten — Sie liebten das Geld.»

Morris stutzte einen Augenblick; und dann, als spreche er mit Überlegung: «Ich *liebe* das Geld!»
«Oh, aber nicht — nicht wie *er* es meint. Sie lieben es doch nicht mehr als Catherine.»
Er stützte die Ellbogen auf den Tisch und barg den Kopf in die Hände. «Sie quälen mich!» murmelte er. Und tatsächlich war das auch beinahe die Wirkung des allzu drängenden Interesses der guten Dame für seine Lage. Aber sie bestand darauf, sich deutlich zu machen. «Wenn Sie Catherine ihm zum Trotz heiraten, wird er es für erwiesen halten, daß Sie nichts von ihm erwarten und bereit sind, ohne das auszukommen; und so wird er einsehen, daß Sie nicht aus Eigennutz handeln.»
Während dieser Argumentation hob Morris ein wenig den Kopf. «Und was gewinne ich dabei?»
«Nun, eben dies, daß er einsehen wird, er habe sich getäuscht, als er meinte, Sie wollten sein Geld haben.»
«Und wenn er einsieht, daß ich ihn mit seinem Geld zum Teufel wünsche, wird er es einem Spital vermachen. Meinen Sie es so?» fragte Morris.
«Nein, so meine ich es nicht— obwohl das sehr großmütig wäre», setzte Mrs Penniman rasch hinzu. «Ich meine, daß er es für seine Pflicht halten wird, nachdem er Ihnen solches Unrecht zugefügt hat, am Ende eine Genugtuung zu leisten.»
Morris schüttelte den Kopf, obwohl zuzugeben ist, daß ihm die Vorstellung ein wenig einleuchtete. «Halten Sie ihn für so sentimental?»
«Sentimental ist er nicht», sagte Mrs Penniman; «aber — um ihm volle Gerechtigkeit widerfahren zu lassen — ich glaube doch, daß er auf seine eigene, engherzige Weise ein Pflichtgefühl besitzt.»
Durch Morris Townsends Geist blitzte ein Abschätzen, was ihm wohl in dem nicht sehr wahrscheinlichen Glücksfall, daß dieser Grundsatz in Doktor Slopers Brust wirksam werden sollte, geschuldet würde; aber die Untersuchung verlief sich in seinem Sinn für das Possierliche.

«Ihr Bruder ist mir zu nichts verpflichtet», sagte er rasch, «und ich ihm auch nicht.»

«Oh, aber Catherine gegenüber hat er Pflichten.»

«Jawohl; aber sehen Sie, nach diesem Grundsatz hat auch Catherine ihm gegenüber Pflichten.»

Mrs Penniman erhob sich mit einem melancholischen Seufzer, als halte sie ihn für sehr wenig phantasiebegabt. «Sie hat sie immer getreulich erfüllt; und glauben Sie denn, sie habe keinerlei Pflichten Ihnen gegenüber?» Mrs Penniman verwendete ihre persönlichen Fürwörter immer in Kursivdruck, sogar im Gespräch.

«Es hörte sich übel an, wollte man das sagen. Ich bin so dankbar für ihre Liebe», setzte Morris hinzu.

«Ich werde ihr erzählen, was Sie da gesagt haben. Und denken Sie daran: wenn Sie mich brauchen, bin ich zur Stelle.» Und Mrs Penniman, der nichts mehr einfiel, was sie noch hätte sagen können, nickte unbestimmt in der Richtung nach dem Washington Square.

Morris schaute einige Augenblicke auf den gesandeten Boden des Restaurants; er schien Lust zu haben, noch ein wenig zu verweilen. Schließlich blickte er etwas unvermittelt auf und fragte: «Wenn sie mich heiratet — glauben Sie, er wird sie enterben?»

Mrs Penniman stutzte und lächelte dann. «Nun, ich habe Ihnen doch erklärt, was nach meiner Meinung geschehen würde — daß es auf die Dauer das beste wäre.»

«Sie meinen, was immer sie tun mag, zuguterletzt wird sie das Geld doch bekommen?»

«Es kommt nicht auf Catherine an, sondern auf Sie. Wagen Sie es, so uneigennützig zu erscheinen, wie Sie es sind,» sagte Mrs Penniman findig. Morris senkte die Augen wieder zu dem gesandeten Boden und erwog dieses, während sie fortfuhr: «Mr Penniman und ich besaßen nichts, und wir waren sehr glücklich. Catherine hat zudem noch das Vermögen ihrer Mutter, das zur Zeit, da meine Schwägerin heiratete, für sehr ansehnlich galt.»

«Ach sprechen Sie doch nicht davon!» sagte Morris; und

in der Tat war es ganz überflüssig, denn er hatte die Tatsache bereits nach all ihren Vorzügen betrachtet.

«Austin hat eine Frau mit Geld geheiratet — warum sollten Sie das nicht auch tun?»

«Oh ja! aber Ihr Bruder war Arzt», bemerkte Morris.

«Nun, schließlich können ja nicht alle jungen Leute Ärzte sein.»

«Mir wäre dieser Beruf äußerst zuwider», sagte Morris mit dem Ausdruck geistiger Unabhängigkeit; dann fuhr er augenblicklich recht unzusammenhängend fort: «Nehmen Sie an, ein Testament zu Catherines Gunsten bestehe bereits?»

«Das nehme ich an — sogar Ärzte müssen sterben. Und vielleicht auch ein wenig zu meinen», fügte Mrs Penniman freimütig bei.

«Und Sie glauben, er werde es bestimmt abändern — was Catherine betrifft?»

«Ja, und es dann wieder zurückändern.»

«Ah, darauf kann man sich aber nicht verlassen», sagte Morris.

«Wollen Sie sich denn darauf *verlassen?*» fragte Mrs Penniman.

Morris wurde ein bißchen rot. «Nun, ich scheue allerdings davor zurück, die Ursache eines Unrechts zu werden, das man Catherine zufügt.»

«Oh, Sie brauchen sich vor nichts zu scheuen. Scheuen Sie nichts, und alles wird gut gehen.»

Und dann bezahlte Mrs Penniman ihre Tasse Tee, und Morris bezahlte seine gedämpften Austern, und sie gingen miteinander hinaus in die nur spärlich erhellte Wildnis der Siebenten Avenue. Die Dämmerung war vollends hereingebrochen, und die Straßenlaternen waren durch weite Zwischenräume einer Pflästerung, in der Löcher und Spalten eine unverhältnismäßig große Rolle spielten, voneinander getrennt. Ein Omnibus, mit seltsamen Bildern blasoniert, kam über das schadhafte Kopfsteinpflaster dahergerumpelt.

«Wie kommen Sie nach Hause?» fragte Morris, indem er dieses Gefährt mit interessiertem Auge verfolgte. Mrs Penniman hatte seinen Arm ergriffen.

Sie zögerte einen Augenblick. «Ich finde, diese Weise wäre angenehm», sagte sie; und sie fuhr fort, ihn den Wert seiner Stütze fühlen zu lassen.

So schritt er denn mit ihr durch die gewundenen Wege im Westen der Stadt und durch das Gewühl der einfallenden Nacht in volkreichen Straßen, hin zu dem stillen Bezirk von Washington Square. Sie verweilten einen Augenblick am Fuße von Doktor Slopers weißen Marmorstufen, über denen eine makellose weiße Türe, geschmückt mit einer glitzernden Silbertafel, für Morris die verschlossene Pforte des Glücks zu bezeichnen schien; und dann ließ Mrs Pennimans Begleiter ein melancholisches Auge auf einem erleuchteten Fenster im oberen Teile des Hauses ruhen.

«Dort ist mein Zimmer — mein liebes kleines Kämmerchen!» bemerkte Mrs Penniman.

Morris fuhr zusammen. «Dann brauche ich ja nicht herkommen und auf dem Square herumspazieren, um dort hinaufzuschauen.»

«Das steht ganz in Ihrem Belieben. Aber Catherines Zimmer schaut nach hinten; zwei stattliche Fenster im zweiten Stockwerk. Ich glaube, Sie können sie von der andern Straße aus sehen.»

«Ich will sie gar nicht sehen, Madame.» Und Morris kehrte dem Hause den Rücken.

«Jedenfalls werde ich ihr erzählen, daß Sie *hier* waren», sagte Mrs Penniman und wies dabei auf die Stelle, wo sie standen; «und ich werde ihr Ihre Botschaft überbringen — sie solle ausharren.»

«Ach ja; natürlich. Sie wissen ja, daß ich ihr das alles schreibe.»

«Gesprochen scheint es mehr zu besagen. Und denken Sie daran: wenn Sie mich brauchen, bin ich zur Stelle», und Mrs Penniman blickte zum dritten Stock.

Damit trennten sie sich, und Morris stand, sich selbst überlassen, einen Augenblick da und betrachtete das Haus, wonach er sich abwandte und einen trübseligen Gang um den Square, auf die gegenüberliegende Seite, nahe dem hölzernen Zaun, unternahm.
Dann kam er zurück und blieb eine Minute vor Doktor Slopers Wohnsitz stehen. Er ließ seine Augen darüber wandern; sie verweilten sogar auf den rötlichen Fenstern von Mrs Pennimans Quartier. Er fand, es sei ein verteufelt behagliches Haus.

XVII

Mrs Penniman erzählte Catherine an jenem Abend — die beiden Damen saßen im hintern Wohnzimmer —, daß sie eine Unterredung mit Morris Townsend gehabt habe; und beim Empfang dieser Nachricht fuhr das Mädchen wie vor Schmerz zusammen. Sie spürte eine Aufwallung von Zorn; es war fast das erste Mal, daß sie Zorn verspürte. Ihre Tante dünkte sie vorwitzig; und daher rührte eine unbestimmte Furcht, sie werde alles verderben.

«Ich sehe nicht ein, weshalb Sie ihn treffen mußten. Ich halte es nicht für richtig», sagte Catherine.

«Er tat mir leid — mir schien, jemand müsse mit ihm reden.»

«Niemand außer mir», sagte Catherine, der es vorkam, sie halte die anmaßendste Rede ihres Lebens, und die doch zu gleicher Zeit spürte, daß sie recht hatte.

«Aber du wolltest ja nicht, Liebling», entgegnete Tante Lavinia; «und ich wußte nicht, was aus ihm hätte werden können.»

«Ich habe ihn nicht gesehen, weil mein Vater es verboten hat», sagte Catherine sehr schlicht.

Es war freilich eine Schlichtheit, die Mrs Penniman nicht wenig reizte. «Ich glaube, wenn dir dein Vater das Schlafen verböte, würdest du eben wach bleiben!» meinte sie. Catherine sah sie an. «Ich verstehe Sie nicht. Sie kommen mir sehr eigenartig vor.»

«Nun, Liebling, eines Tages wirst du mich schon verstehen!» Und Mrs Penniman, die in der Lektüre der Abendzeitung begriffen war, welche sie täglich von der ersten bis zur letzten Zeile durchlas, kehrte zu ihrer Beschäftigung zurück. Sie hüllte sich in Schweigen; sie war entschlossen, Catherine um einen Bericht über ihre Unterredung mit Morris bitten zu lassen. Aber Catherine schwieg so lange, daß sie fast die Geduld verlor; und sie war drauf und dran, ihr große Herzlosigkeit vorzuwerfen, als das Mädchen endlich sprach.

«Was hat er gesagt?» fragte es.

«Er hat gesagt, er sei bereit, dich jederzeit zu heiraten, trotz allem.»

Catherine gab darauf keine Antwort, und ein zweites Mal hätte Mrs Penniman fast die Geduld verloren; dem war es zu verdanken, daß sie schließlich mit der Mitteilung herausrückte, Morris sehe sehr gut, wenn auch schrecklich abgezehrt aus.

«Schien er traurig?» fragte ihre Nichte.

«Er hatte dunkle Schatten unter den Augen», sagte Mrs Penniman. «So ganz anders wie damals, als ich ihn zum ersten Male sah; obwohl ich gar nicht sicher bin, daß er mir nicht noch mehr Eindruck gemacht hätte, hätte ich ihn das erste Mal in diesem Zustand gesehen. Noch in seinem Elend liegt etwas Strahlendes.»

Für Catherines Sinne war das ein lebendiges Bild, und trotz ihrer Mißbilligung merkte sie, wie sie es anstaunte.

«Wo haben Sie ihn getroffen?» fragte sie plötzlich.

«In — in der Bowery; in einer Konditorei», sagte Mrs Penniman, welche ganz im allgemeinen der Vorstellung huldigte, daß sie ein wenig Verstecken spielen müsse.

«Wo ist sie ungefähr?» erkundigte sich Catherine nach einer weiteren Pause.

«Möchtest du gerne hingehen, Liebling?» fragte ihre Tante.

«Oh nein.» Catherine erhob sich von ihrem Sessel und ging zum Feuer, wo sie eine Weile stehen blieb und auf die glühenden Kohlen sah.

«Warum bist du denn so trocken, Catherine?» sagte Mrs Penniman schließlich.

«So trocken?»

«So kalt — so teilnahmlos.»

Das Mädchen kehrte sich sehr rasch um. «Hat *er* das gesagt?»

Mrs Penniman zögerte einen Augenblick. «Ich will dir erzählen, was er gesagt hat. Er sagte, er fürchte nur eines — daß du Angst habest.»

«Angst wovor?»
«Angst vor deinem Vater.»
Catherine wandte sich wieder dem Feuer zu und sagte dann nach einer Pause: «Ich *habe* vor meinem Vater Angst.»
Mrs Penniman stand rasch von ihrem Stuhle auf und ging auf ihre Nichte zu. «Dann hast du also im Sinn, ihn preiszugeben?»
Eine Zeitlang rührte sich Catherine nicht; sie hielt ihre Augen auf die Kohlen geheftet. Schließlich hob sie den Kopf und sah ihre Tante an. «Warum drängen Sie mich so?» fragte sie.
«Ich dränge dich doch nicht. Wann habe ich denn je mit dir gesprochen?»
«Es will mir scheinen, daß Sie schon verschiedentlich mit mir gesprochen haben.»
«Dann war es eben leider nötig, Catherine», sagte Mrs Penniman mit gehöriger Feierlichkeit. «Leider hast du kein Gefühl dafür, wie wichtig es ist» — sie machte eine kleine Pause; Catherine sah sie noch immer an — «wie wichtig es ist, dieses ritterliche junge Herz nicht zu enttäuschen!» Mrs Penniman kehrte zu ihrem Stuhl bei der Lampe zurück und nahm sich mit einem Ruck die Abendzeitung wieder vor.
Catherine stand da, vor dem Feuer, die Hände auf dem Rücken, und sah ihre Tante an, der es vorkam, noch nie habe das Mädchen diese düstere Festigkeit in seinem Blick gehabt. «Ich glaube, Sie verstehen mich nicht und kennen mich nicht», sagte es.
«Sollte das wirklich der Fall sein, so wäre es kein Wunder; du vertraust mir ja so wenig.»
Catherine machte keinen Versuch, diesen Vorwurf abzuweisen, und eine ganze Weile wurde nichts gesprochen. Aber Mrs Pennimans Phantasie arbeitete ruhelos, und für einmal vermochte sie die Abendzeitung nicht zu fesseln.
«Wenn du der Furcht vor deines Vaters Grimm erliegst», sagte sie, «weiß ich nicht, was aus uns werden soll.»

«Hat *er* Sie beauftragt, mir diese Dinge zu sagen?»
«Er hat mich beauftragt, meinen Einfluß geltend zu machen.»
«Sie müssen sich täuschen», sagte Catherine. «Er vertraut mir.»
«Hoffentlich hat er es nie zu bereuen!» Und Mrs Penniman gab ihrer Abendzeitung einen heftigen kleinen Hieb. Sie wußte nicht, was sie von ihrer Nichte halten sollte, die plötzlich hart und widerspenstig geworden war.
Diese neue Entwicklung Catherines wurde sogleich noch deutlicher. «Es wäre besser, Sie würden keine weiteren Verabredungen mit Mr Townsend mehr treffen», sagte sie. «Ich halte das nicht für recht.»
Mrs Penniman erhob sich mit beträchtlicher Würde. «Mein liebes Kind, bist du etwa eifersüchtig?» erkundigte sie sich.
«Oh, Tante Lavinia!» murmelte Catherine und wurde rot.
«Ich glaube nicht, daß es dir ansteht, mich zu lehren, was recht ist.»
In diesem Punkte blieb Catherine fest. «Es kann unmöglich recht sein, jemanden zu hintergehen.»
«*Dich* habe ich gewiß nicht hintergangen.»
«Nein; aber ich habe meinem Vater das Versprechen gegeben —»
«Ich zweifle nicht, daß *du* deinem Vater ein Versprechen gegeben hast. Aber *ich* habe ihm nichts versprochen.»
Das mußte Catherine zugeben, und sie tat es stillschweigend. «Ich glaube nicht, daß Mr Townsend selbst es schätzt», sagte sie schließlich.
«Es nicht schätzt, mich zu treffen?»
«Nicht im Geheimen.»
«Es war nicht im Geheimen; der Laden war voller Leute.»
«Aber es war an einem geheimen Ort — dort hinten in der Bowery.»
Mrs Penniman zuckte ein wenig zusammen. «Herren gefällt so etwas», bemerkte sie rasch. «Ich weiß, was den Herren gefällt.»

«Meinem Vater würde es nicht gefallen, wenn er es wüßte.»
«Ach! Am Ende hast du gar im Sinn, mich ihm zu verraten?» erkundigte sich Mrs Penniman.
«Nein, Tante Lavinia. Aber tun Sie es, bitte, nicht wieder.»
«Wenn ich es noch einmal tue, wirst du mich ihm verraten — meinst du es so? Nun, ich teile deine Furcht vor meinem Bruder nicht; ich habe immer meinen eigenen Standpunkt zu wahren gewußt. Aber ich werde bestimmt nie mehr einen Schritt in deinem Interesse unternehmen; du bist viel zu undankbar. Ich habe immer gewußt, daß du keine freimütige Natur bist, aber ich hielt dich für charakterfest, und ich habe deinem Vater auch gesagt, er werde das erfahren. Ich bin enttäuscht, aber dein Vater wird es gar nicht sein.» Und damit entbot Mrs Penniman ihrer Nichte einen kurzen Gute-Nacht-Gruß und zog sich in ihre eigenen Gemächer zurück.

XVIII

Catherine sass allein beim Wohnzimmerfeuer — sass über eine Stunde da, gedankenverloren. Ihre Tante dünkte sie gehässig und närrisch; und dies so klar zu sehen — ein so bestimmtes Urteil über Mrs Penniman zu fällen — machte, daß sie sich alt und gesetzt fühlte. Sie nahm die Unterschiebung von Schwäche nicht übel; es machte ihr keinen Eindruck, denn sie hatte nicht das Gefühl der Schwäche, und daß man sie nicht schätzte, verletzte sie nicht. Sie achtete ihren Vater schrankenlos und empfand, daß ihm zu mißfallen ein Verstoß wäre, vergleichbar der Entweihung eines herrlichen Tempels; aber ihr Entschluß war langsam gereift und sie glaubte, daß ihre Gebete ihn von aller Gewaltsamkeit gereinigt hätten. Der Abend rückte vor, und ohne daß sie es bemerkte, brannte die Lampe bereits trüb; ihre Augen waren auf das schreckliche Vorhaben geheftet. Sie wußte, daß sich ihr Vater in seinem Arbeitszimmer aufhielt — daß er schon den ganzen Abend dort gewesen war; von Zeit zu Zeit erwartete sie, er müsse sich rühren. Sie dachte, er werde vielleicht, wie er es manchmal tat, in das Wohnzimmer kommen.

Schließlich schlug die Uhr elf, und das Haus lag in tiefer Stille; die Dienstboten waren zu Bett gegangen. Catherine stand auf und ging langsam zur Türe des Bibliothekzimmers, wo sie einen Augenblick wartete, unbeweglich. Dann klopfte sie an, und dann wartete sie wieder. Ihr Vater hatte ihr geantwortet, aber sie fand nicht den Mut, den Knauf zu drehen. Was sie zu ihrer Tante gesagt hatte, war nur zu wahr — sie hatte Angst vor ihm; und wenn sie sagte, sie habe nicht das Gefühl, schwach zu sein, meinte sie, sie habe keine Angst vor sich selbst. Sie hörte ihn sich drinnen regen, und er kam und öffnete ihr die Türe.

«Was ist los?» fragte der Doktor. «Du stehst ja da wie ein Gespenst!»

Sie betrat das Zimmer, aber es verstrich einige Zeit, ehe ihr zu sagen gelang, was zu sagen sie gekommen war. Ihr Vater, in Morgenrock und Pantoffeln, war am Schreibtisch beschäftigt gewesen, und nachdem er sie einige Augenblicke angeschaut und darauf gewartet hatte, daß sie zu sprechen begänne, ging er und setzte sich wieder hinter seine Papiere. Er drehte ihr den Rücken zu — sie hörte die Feder kratzen. Sie blieb in der Nähe der Türe; ihr Herz klopfte unter dem Mieder; und sie war sehr froh, daß er ihr den Rücken drehte, denn es dünkte sie, es falle ihr leichter, diesen Teil seiner Person anzureden als sein Gesicht. Sie ließ ihn nicht aus den Augen, während sie endlich anhob:

«Sie haben mir gesagt, wenn ich noch etwas über Mr Townsend mitzuteilen habe, wären Sie bereit, es sich anzuhören.»

«Ganz richtig, Liebling», sagte der Doktor ohne sich umzudrehen, aber mit der Feder einhaltend.

Catherine wäre es zwar lieber gewesen, er hätte nicht aufgehört; doch fuhr sie jetzt selber fort: «Ich habe mir gedacht, ich möchte Ihnen mitteilen, daß ich ihn nicht wieder gesehen habe, daß ich es aber gerne tun würde.»

«Um Abschied zu nehmen?» fragte der Doktor.

Das Mädchen zögerte einen Augenblick. «Er verreist nicht.»

Der Doktor schob sich langsam in seinem Stuhle herum, mit einem Lächeln, das sie eines Epigramms zu zeihen schien; aber Extreme berühren sich, und Catherine hatte keines beabsichtigt. «Also nicht, um Abschied zu nehmen», sagte ihr Vater.

«Nein, Vater, das nicht; wenigstens nicht für immer. Ich habe ihn nicht wiedergesehen, aber ich möchte ihn gerne sehen», wiederholte Catherine.

Der Doktor streichelte mit der Fahne der Schreibfeder langsam die Unterlippe.

«Hast du ihm geschrieben?»

«Ja, viermal.»

«Dann hast du ihn also nicht abgewiesen. Dafür hätte einmal genügt.»
«Nein», sagte Catherine; «ich habe ihn gebeten — gebeten zu warten.»
Ihr Vater saß da und sah sie an, und sie hatte Angst, er werde in Zorn ausbrechen, so schneidend und kalt waren seine Augen.
«Du bist ein liebes, anhängliches Kind», sagte er schließlich. «Komm her zu deinem Vater.» Und er stand auf und streckte ihr die Hände entgegen.
Die Worte überraschten sie und weckten in ihr eine köstliche Freude. Sie ging zu ihm, und er legte seinen Arm um sie, zärtlich, tröstend; und dann küßte er sie. Danach sagte er:
«Willst du mich sehr glücklich machen?»
«Ich möchte schon — aber ich fürchte, ich kann nicht», antwortete Catherine.
«Du kannst, wenn du willst. Es kommt nur auf dein Wollen an.»
«Indem ich ihn aufgebe?»
«Ja, indem du ihn aufgibst.»
Und er hielt sie noch immer fest, mit der gleichen Zärtlichkeit, blickte ihr ins Gesicht und ließ seine Augen auf ihren abgewandten Augen ruhen. Lange herrschte Schweigen; sie wollte, er ließe sie los.
«Sie sind glücklicher als ich es bin, Vater», sagte sie schließlich.
«Ich zweifle nicht daran, daß du eben jetzt unglücklich bist. Aber es ist besser, drei Monate unglücklich zu sein und darüber wegzukommen, als viele Jahre und nie darüber wegzukommen.»
«Ja, wenn es so wäre», sagte Catherine.
«Es wäre so; dessen bin ich sicher.» Sie gab keine Antwort, und er fuhr fort: «Hast du denn gar kein Vertrauen in meine Weisheit, meine Zärtlichkeit, meine Sorge um deine Zukunft?»
«Oh, Vater!» murmelte das Mädchen.

«Glaubst du nicht, ich kenne die Menschen ein wenig — ihre Laster, ihre Torheiten, ihre Falschheit?»
Sie wand sich los und kehrte sich gegen ihn. «Er ist nicht lasterhaft — er ist nicht falsch!»
Ihr Vater fuhr fort, sie mit seinen scharfen, reinen Augen anzusehen. «Dann hältst du also nichts von meinem Urteil?»
«Das kann ich nicht glauben!»
«Ich verlange nicht von dir, daß du es glaubst, sondern daß du mir vertraust.»
Catherine war weit davon entfernt, sich zu sagen, das sei ein schlauer Sophismus; doch darum begegnete sie der Aufforderung nicht weniger aufrecht. «Was hat er denn getan — was wissen Sie über ihn?»
«Nichts hat er getan — er ist ein selbstsüchtiger Müssiggänger.»
«Oh, Vater, Sie dürfen ihn nicht beschimpfen!» rief sie flehentlich aus.
«Ich habe nicht die Absicht, ihn zu beschimpfen; das wäre ein großer Fehler. Du kannst tun, was du willst», setzte er hinzu, indem er sich abwandte.
«Ich darf ihn wiedersehen?»
«Ganz wie du willst.»
«Sie werden mir verzeihen?»
«Keineswegs.»
«Nur ein einziges Mal.»
«Ich weiß nicht was das soll: ‚ein einziges Mal'. Entweder mußt du ihn aufgeben oder die Bekanntschaft fortsetzen.»
«Ich möchte ihm gerne erklären — sagen, er solle warten.»
«Worauf warten?»
«Daß Sie ihn besser kennenlernen — bis Sie Ihre Zustimmung geben.»
«Sag ihm bloß keinen solchen Unsinn. Ich kenne ihn zur Genüge und werde nie meine Zustimmung geben.»
«Aber wir haben ja so viel Zeit zu warten», sagte die arme Catherine in einem Ton, der die demütigste Versöhnlich-

keit ausdrücken sollte, aber auf die Nerven ihres Vaters die Wirkung einer Wiederholung hatte, die sich nicht eben durch Takt auszeichnete.
Doch antwortete der Doktor nur zu ruhig: «Selbstverständlich; wenn ihr wollt, könnt ihr warten, bis ich sterbe.»
Catherine stieß einen Schrei natürlichen Entsetzens aus.
«*Eine* entzückende Wirkung wird deine Verlobung auf dich haben; sie wird zur Folge haben, daß du diesem Ereignis äußerst ungeduldig entgegensiehst.»
Catherine stand da und starrte ihn an, und der Doktor genoß seine Pointe. Sie traf Catherine mit der Gewalt — oder vielmehr mit der unbestimmten Eindrücklichkeit — seines logischen Axioms, das zu widerlegen nicht im Bereiche ihrer Möglichkeiten lag; und doch, obwohl es eine wissenschaftliche Wahrheit darstellte, fühlte sie sich außerstande, es sich zu eigen zu machen.
«Lieber wollte ich nicht heiraten, wenn das wahr wäre», sagte sie.
«Dann gib mir einen Beweis dafür; denn es steht außer Frage, daß du durch deine Verlobung mit Morris Townsend einfach auf meinen Tod wartest.»
Sie wandte sich ab — ihr war übel und schwach; und der Doktor fuhr fort: «Und wenn schon du mit Ungeduld darauf wartest, kannst du ja wohl abschätzen, wie groß erst seine Begier sein wird.»
Catherine erwog dies — ihres Vaters Worte hatten solche Autorität über sie, daß sogar ihre Gedanken imstande waren, ihm zu gehorchen. Eine fürchterliche Häßlichkeit lag in ihnen, die sie durch das dazwischengeschaltete Medium ihres eigenen, schwächeren Verstandes anzuglotzen schien. Doch plötzlich kam ihr eine Erleuchtung — sie wußte bestimmt, es sei eine Erleuchtung.
«Wenn ich vor Ihrem Tode nicht heirate, will ich es auch nachher nicht tun», sagte sie.
Ich muß zugeben, daß ihrem Vater dies lediglich wie ein weiteres Epigramm vorkam; und da sich in ungeschulten

Geistern Eigensinn in der Regel nicht dieser Ausdrucksweise zu bedienen pflegt, war er nur um so mehr überrascht ob dieses mutwilligen Spiels einer fixen Idee.
«Soll das eine Unverschämtheit sein?» erkundigte er sich; eine Erkundigung, deren Ungeheuerlichkeit er, noch während er sie äußerte, klar erkannte.
«Eine Unverschämtheit? Oh, Vater, was für schreckliche Dinge Sie sagen!»
«Wenn du meinen Tod nicht erwarten kannst, magst du ebensogut sofort heiraten; etwas anderes hast du nicht zu erwarten.»
Eine Zeitlang gab Catherine keine Antwort; aber endlich sagte sie:
«Ich glaube, Morris könnte Sie — ganz allmählich — überreden.»
«Ich werde ihm nie mehr eine Unterredung gewähren. Meine Abneigung gegen ihn ist zu groß.»
Catherine stieß einen langen, leisen Seufzer aus; sie bemühte sich, ihn zu unterdrücken, denn sie hatte entschieden, es sei falsch, ihre Not zur Schau zu tragen und zu versuchen, durch das kitschige Mittel der Rührung auf ihren Vater einzuwirken. Ja, sie hielt jeden Versuch, auf seine Gefühle einzuwirken, sogar für ein Unrecht — im Sinne einer Rücksichtslosigkeit; ihr fiel es zu, einen leisen, allmählichen Wandel seines geistigen Bildes von des armen Morris' Charakter zu bewirken. Aber die Mittel, die einen solchen Wandel bewirken würden, waren zurzeit in Geheimnis gehüllt, und sie fühlte sich elend, hilflos und ohne Hoffnung. Sie hatte alle Argumente, alle Entgegnungen erschöpft. Sie hätte ihrem Vater leid tun können, und sie tat es auch; aber er war sicher, daß er recht hatte.
«Eines magst du Mr. Townsend mitteilen, wenn du ihn wiedersiehst», sagte er; «daß ich dir nämlich, falls du ohne meine Zustimmung heiratest, keinen roten Pfennig hinterlasse. Das wird ihn mehr als alles andere, was du ihm sonst noch sagen könntest, interessieren.»
«Das wäre nur recht», antwortete Catherine. «Selbstver-

ständlich sollte ich in diesem Falle keinen roten Pfennig Ihres Geldes bekommen.»

«Mein liebes Kind», bemerkte der Doktor lachend, «deine Einfalt ist wirklich rührend. Tu doch diese Äußerung im gleichen Ton und mit gleichem Gesichtsausdruck Mr Townsend gegenüber und gib gut acht auf seine Antwort. Sie wird nicht sehr höflich sein — sie wird eine gewisse Gereiztheit ausdrücken; und ich werde mich darüber freuen, da sie mir recht geben wird; es sei denn, er gefalle dir — was durchaus möglich ist — erst recht, wenn er grob zu dir ist.»

«Er wird niemals grob zu mir sein», sagte Catherine sanft.

«Immerhin, teile ihm mit, was ich dir gesagt habe.»

Sie sah ihren Vater an, und ihre stillen Augen füllten sich mit Tränen.

«Dann will ich ihn also treffen», murmelte sie mit ihrer schüchternen Stimme.

«Ganz wie du willst.» Und er ging zur Türe und öffnete sie für ihren Abgang. Die Bewegung gab ihr das schreckliche Gefühl, fortgewiesen zu werden.

«Es wird nur einmal geschehen, vorläufig», setzte sie hinzu und zögerte einen Augenblick.

«Ganz wie du willst», wiederholte er und stand da mit der Hand an der Tür. «Ich habe dir meine Ansicht mitgeteilt. Wenn du ihn triffst, bist du ein undankbares, herzloses Kind; du fügst deinem alten Vater den größten Schmerz seines Lebens zu.»

Das war mehr, als das arme Kind ertragen konnte; seine Tränen flossen über, und mit einem Erbarmen heischenden Aufschrei machte es eine Bewegung auf seinen grimmig konsequenten Vater zu. Seine Arme hatte es flehentlich erhoben, aber hart wich er diesem Anruf aus. Statt es sein Elend an seiner Schulter ausschluchzen zu lassen, faßte er es einfach am Arm, lenkte seinen Gang über die Schwelle und schloß hinter ihm leise aber fest die Tür. Nachdem er das bewerkstelligt hatte, blieb er lauschend stehen. Lange Zeit war kein Laut zu hören; er wußte, daß sie draußen stand. Sie tat ihm leid, wie ich schon sagte; aber er war so sicher, daß er recht hatte. Schließlich hörte er, wie sie fortging, und dann knarrten ihre Tritte kaum vernehmbar auf der Treppe.

Der Doktor umkreiste mehrmals sein Arbeitszimmer, die Hände in den Taschen und ein leises Funkeln, vielleicht der Gereizheit, aber teilweise auch von so etwas wie Humor im Auge. «Donnerwetter», sprach er zu sich selbst, «ich glaube, sie bleibt fest — ich glaube, sie bleibt fest!» Und die Vorstellung, daß Catherine fest bleiben könnte, schien eine komische Seite zu haben und die Aussicht auf ein unterhaltendes Schauspiel zu bieten. Er beschloß, wie er sich sagte, es durchzustehen.

XIX

Aus Gründen, welche mit diesem Beschluss zusammenhingen, wünschte er am folgenden Morgen mit Mrs Penniman in privater Unterhaltung einige Worte zu wechseln. Er ließ sie in das Bibliothekzimmer rufen, und dort teilte er ihr mit, er wolle hoffen, daß sie ihm in der Catherine betreffenden Angelegenheit nicht ein X für ein U vormache.

«Ich weiß nicht, was du mit diesem Ausdruck meinst», sagte seine Schwester. «Du sprichst, als beherrsche ich das Alphabet noch nicht.»

«Das Alphabet des gesunden Menschenverstandes ist etwas, was du nie beherrschen wirst», erlaubte sich der Doktor zu erwidern.

«Hast du mich hierher kommen lassen, um mich zu beleidigen?» erkundigte sich Mrs Penniman.

«Durchaus nicht. Einzig, um dir gut zu raten. Du hast dich des jungen Townsend angenommen; das ist deine eigene Sache. Ich habe nichts mit deinen Gefühlen, deinen Phantasien, deinen Neigungen, deinen Selbsttäuschungen zu schaffen; ich verlange aber von dir, daß du diese Dinge für dich behältst. Ich habe Catherine meine Ansicht auseinandergesetzt; sie ist vollkommen im Bilde, und alles, was sie weiterhin noch unternimmt, um Mr Townsends Aufmerksamkeiten zu ermuntern, wird in bewußtem Widerspruch zu meinen Wünschen stehen. Alles, was du ihr an Hilfe und Trost etwa anbieten solltest, wird — erlaube mir den Ausdruck — ausgesprochener Verrat sein. Du weißt, daß Hochverrat ein Kapitalverbrechen ist: nimm dich in acht, daß du dir nicht die Strafe zuziehst.»

Mrs Penniman warf — wie sie es gelegentlich zu tun pflegte — zugleich mit einer Weitung der Augen den Kopf zurück. «Es will mir scheinen, du sprichst wie ein großer Autokrat.»

«Ich spreche wie der Vater meiner Tochter.»

«Nicht wie der Bruder deiner Schwester», rief Lavinia.

«Meine liebe Lavinia», sagte der Doktor. «Manchmal frage ich mich, ob ich wirklich dein Bruder bin, so äußerst verschieden sind wir voneinander. Doch trotz Verschiedenheiten können wir einander zur Not verstehen; und darauf kommt es im Augenblick an. Keine krummen Wege, was Mr Townsend betrifft; das ist alles, was ich von dir verlange. Höchst wahrscheinlich hast du in den vergangenen drei Wochen mit ihm korrespondiert — ihn vielleicht sogar getroffen. Ich frage dich nicht — du brauchst mir nichts zu sagen.» Er hatte die moralische Gewißheit, daß sie es fertigbrächte, ihm in dieser Sache etwas vorzuflunkern, und es ekelte ihn davor, das anhören zu müssen. «Was immer du getan hast — hör damit auf; das ist alles, was ich wünsche.»
«Du wünschest zufälligerweise nicht auch, dein Kind umzubringen?» erkundigte sich Mrs Penniman.
«Im Gegenteil; ich wünsche, daß es am Leben bleibt und glücklich wird.»
«Du wirst sie töten: sie hat eine fürchterliche Nacht hinter sich.»
«Wegen einer einzigen fürchterlichen Nacht wird sie nicht sterben, und auch nicht wegen eines Dutzends. Denke daran, daß ich ein angesehener Arzt bin.»
Mrs Penniman zögerte einen Augenblick; dann wagte sie ihre Entgegnung. «Dein Ansehen als Arzt hat nicht verhindert, daß du bereits zwei Mitglieder deiner Familie verloren hast.»
Sie hatte es gewagt; aber ihr Bruder warf ihr einen so schrecklich schneidenden Blick zu — einen Blick wie die Lanzette des Chirurgen —, daß sie sich vor ihrem eigenen Mut fürchtete.
Und er antwortete ihr mit Worten, die dem Blick entsprachen: «Es wird vielleicht auch nicht hindern, daß ich die Gesellschaft eines weiteren verliere.»
Mit so viel Haltung eines verkannten Helfers, wie sie nur aufbieten konnte, verfügte sich Mrs Penniman hinweg und suchte Catherines Zimmer auf, wo sich das arme Mäd-

chen eingeschlossen hatte. Sie wußte über dessen fürchterliche Nacht genau Bescheid, denn die beiden waren am Abend zuvor, nachdem Catherine ihren Vater verlassen hatte, noch einmal zusammengekommen. Mrs Penniman befand sich auf dem Treppenabsatz im zweiten Stock, als ihre Nichte hinaufkam; es war nicht weiter verwunderlich, daß eine Person mit so viel Spürsinn herausgefunden hatte, Catherine habe mit dem Doktor zwischen vier Wänden gesprochen. Noch weniger verwunderlich war es, daß sie die quälendste Neugier empfand, das Ergebnis dieser Unterhaltung zu erfahren, und daß dieses Gefühl, verbunden mit ihrer Liebenswürdigkeit und ihrem Großmut, sie bewog, die scharfen Worte, die jüngst zwischen ihrer Nichte und ihr gewechselt worden waren, zu vergessen. Als das unglückselige Mädchen in dem dämmrigen Flur auftauchte, erging sie sich in einer lebhaften Bezeugung des Mitgefühls. Catherines brechendes Herz war ebenso vergeßlich; es wußte nur, daß ihre Tante sie in die Arme schloß. Mrs Penniman zog sie mit sich in Catherines eigenes Zimmer, und die beiden Frauen saßen dort bis weit in die frühen Morgenstunden; die jüngere hatte den Kopf in der andern Schoß gelegt, zuerst immerzu schluchzend, lautlos und erstickt, und dann endlich vollkommen still. Es verschaffte Mrs Penniman eine Genugtuung, vor ihrem Gewissen das Gefühl haben zu dürfen, daß diese Szene jenes Interdikt, welches ihr Catherine auferlegt hatte und das ihr jede weitere Pflege der Gemeinschaft mit Morris verbot, praktisch aufhob. Gar keine Genugtuung empfand sie dagegen, als sie vor dem Frühstück in das Zimmer ihrer Nichte zurückkehrte und fand, daß Catherine aufgestanden war und sich zu dieser Mahlzeit rüstete.

«Du solltest nicht zum Frühstück kommen», sagte sie; «du fühlst dich nicht genügend wohl, nach deiner schrecklichen Nacht.»

«Doch, ich fühle mich sehr wohl, und ich fürchte nur, mich zu verspäten.»

«Ich verstehe dich nicht», rief Mrs Penniman. «Du solltest drei Tage im Bett bleiben.»
«Oh, das brächte ich nie fertig», sagte Catherine, der diese Vorstellung nichts Anziehendes bot.
Mrs Penniman war verzweifelt; und zu ihrem größten Ärger stellte sie fest, daß die Spuren der nächtlichen Tränen vollständig aus Catherines Augen verschwunden waren. Sie hatte wirklich eine ganz untaugliche Konstitution.
«Welchen Eindruck soll denn dein Vater von dir bekommen», stellte sie ihre Nichte zur Rede, «wenn du gleich heruntergepoltert kommst, ohne die geringste Andeutung irgendeines Gefühls, als sei in der lieben Welt nichts geschehen?»
«Er sähe es nicht gerne, wenn ich im Bett bliebe», sagte Catherine schlicht.
«Um so mehr Grund für dich, es zu tun. Wie anders willst du ihn denn umstimmen?»
Catherine dachte ein wenig nach. «Ich weiß nicht, wie; aber so jedenfalls nicht. Ich möchte ganz wie sonst sein.» Und sie kleidete sich fertig an — und polterte, nach dem Ausdruck ihrer Tante, in die väterliche Anwesenheit hinunter. Sie war wirklich zu bescheiden für anhaltendes Pathos.
Und doch traf es vollkommen zu, daß sie eine fürchterliche Nacht hinter sich hatte. Auch nachdem Mrs Penniman sie verlassen hatte, fand sie keinen Schlaf; sie lag da und starrte in das trostlose Düster, Augen und Ohren noch voll von der Bewegung, mit welcher ihr Vater sie aus dem Zimmer gewiesen, und von den Worten, mit welchen er ihr gesagt hatte, sie sei eine herzlose Tochter. Ihr Herz brach; dafür hatte sie Herz genug. Es gab Augenblicke, da ihr schien, sie gebe ihm recht, und daß ein Mädchen wirklich schlecht sein müsse, um das zu tun, was sie tat. Sie *war* schlecht; aber sie konnte es nicht ändern. Sie würde versuchen, gut zu scheinen, auch wenn es ihr das Herz umdrehte; und von Zeit zu Zeit bildete sie sich ein, daß sie vielleicht etwas erreichen könne, indem sie auf ge-

schickte Weise der Form genüge, auch wenn sie dabei in ihrer Neigung zu Morris verharre. Catherines Einfälle waren unbestimmt, und wir fühlen uns nicht berufen, ihre Hohlheit aufzuweisen. Vielleicht verriet sich der beste von ihnen in jenem frischen Aussehen, wodurch Mrs Penniman so entmutigt worden war; sie konnte es einfach nicht fassen, daß eine junge Frau, die eine ganze Nacht unter einem väterlichen Fluche zitternd dagelegen hatte, keinerlei Anzeichen von Verstörtheit aufwies. Die arme Catherine war sich ihrer Frische bewußt; die Tatsache flößte ihr hinsichtlich der Zukunft Gefühle ein, welche die Last auf ihrer Seele eher noch vergrößerten. Sie bot ihr den Beweis, daß sie kräftig, stark und unempfindlich sei und ein hohes Alter erreichen werde — ein höheres als vielleicht im allgemeinen angenehm war; und diese Vorstellung bedrückte sie, denn sie schien ihr ausgerechnet in dem Augenblick einen weiteren Anspruch zu verleihen, da das Aufrechterhalten irgendeines Anspruchs mit Rechttun unvereinbar war. Noch am gleichen Tage schrieb sie an Morris Townsend und bat ihn, sie am folgenden Nachmittag zu besuchen, wobei sie sich sehr kurz faßte und keine Erklärung gab. Sie würde alles mündlich erklären.

XX

Am nachmittag des folgenden Tages hörte sie seine Stimme an der Türe und seinen Schritt in der Halle. Sie empfing ihn in dem großen, hellen vorderen Salon und gab für den Fall, daß irgendjemand vorsprechen sollte, die Weisung, sie sei unabkömmlich. Nicht daß sie fürchtete, ihr Vater könne eintreten; denn um diese Zeit pflegte er seine Stadtbesuche zu machen. Als Morris nun so vor ihr stand, war das erste, dessen sie sich bewußt wurde, daß er sogar noch schöner aussehe als ihn liebende Erinnerung ihr gemalt hatte; das nächste war, daß er sie in seinen Armen halte. Als sie wieder frei war, schien ihr, sie habe sich jetzt vollends in den Strom des Trotzes geworfen, und für einen Augenblick sogar, sie habe sich ihm vermählt.

Er sagte, daß sie sehr grausam gewesen sei und ihn sehr unglücklich gemacht habe; und Catherine spürte empfindlich die Schwere ihres Geschicks, das sie zwang, so entgegengesetzten Lagern Schmerz zu bereiten. Aber sie wünschte, er liehe ihr — statt noch so zärtlicher Vorwürfe — seine Hilfe; sicherlich war er weise und geschickt genug, einen Ausweg aus ihren Wirrnissen zu finden. Sie gab diesem Glauben Ausdruck, und Morris nahm ihre Gewißheit auf, als halte er sie nur für natürlich; aber zunächst verhörte er sie — was ebenfalls nur natürlich war —, ehe er sich herbeiließ, einen Plan zu entwerfen.

«Du hättest mich nicht so lange warten lassen dürfen», sagte er. «Ich weiß nicht, wie ich das überlebt habe; jede Stunde schien wie Jahre. Du hättest früher entscheiden sollen.»

«Entscheiden?» fragte Catherine.

«Entscheiden, ob du mich behalten oder mich aufgeben willst.»

«Oh, Morris», rief sie mit einem langen, zärtlichen Gemurmel, «ich habe nie daran gedacht, dich aufzugeben!»

«Worauf hast du dann gewartet?» Der junge Mann dachte mit sengender Logik.

«Ich dachte halt, mein Vater werde — werde vielleicht —» und sie stockte.
«Werde vielleicht sehen, wie unglücklich du seist?»
«Oh, nein. Aber daß er unsere Sache vielleicht anders ansehen werde.»
«Und jetzt hast du mich kommen lassen, um mir mitzuteilen, daß es endlich so weit ist. Stimmt's?»
Dieser hypothetische Optimismus versetzte dem armen Mädchen einen Stich. «Nein, Morris», sagte es ernst, «er sieht sie noch immer gleich an.»
«Warum hast du mich dann kommen lassen?»
«Weil ich dich sehen wollte», rief Catherine kläglich.
«Das ist ein vorzüglicher Grund, gewiß. Aber wolltest du mich einfach anschauen? Hast du mir denn nichts zu sagen?»
Seine schönen, gewinnenden Augen ruhten auf ihrem Gesicht, und sie fragte sich, welche Antwort wohl edel genug wäre, ein solches Angeschautwerden zu würdigen. Eine Weile tranken es ihre eigenen Augen in sich hinein, und dann, ganz leise — «Ich habe so sehr verlangt, dich anzuschauen», war, was sie sagte. Aber nach diesen Worten und im Widerspruch zu ihnen verbarg sie ihr Gesicht.
Einen Augenblick beobachtete sie Morris aufmerksam.
«Willst du mich morgen heiraten?» fragte er plötzlich.
«Morgen?»
«Dann also nächste Woche — irgendwann vor Ablauf eines Monats?»
«Ist es nicht besser zu warten?» sagte Catherine.
«Worauf willst du denn noch warten?»
Sie wußte es kaum; aber dieser ungeheuerliche Sprung erschreckte sie. «Bis wir ein bißchen mehr darüber nachgedacht haben.»
Er schüttelte traurig und vorwurfsvoll den Kopf. «Ich dächte, du hast nun schon drei Wochen darüber nachgedacht. Willst du es dir denn fünf Jahre überlegen? Mir hast du mehr als genug Zeit gegeben. Mein gutes Mädel»,

setzte er einen Augenblick später hinzu, «du bist nicht aufrichtig.»

Catherines Gesicht verdunkelte sich von Stirn zu Kinn, und ihre Augen füllten sich mit Tränen. «Oh, wie kannst du so etwas sagen!» murmelte sie.

«Nun, entweder nimmst du mich, oder du läßt es bleiben», sagte Morris sehr logisch. «Du kannst nicht deinem Vater und mir zugleich gefallen; du hast zwischen uns zu wählen.»

«Ich habe dich gewählt», sagte sie leidenschaftlich.

«Dann heirate mich nächste Woche!»

Sie stand da und schaute ihn an. «Gibt es keinen andern Weg?»

«Ich wüßte keinen, der zum gleichen Ziele führt. Gibt es einen, so werde ich gern davon hören.»

Catherine kam nichts dergleichen in den Sinn, und Morris' Hellsicht schien fast erbarmungslos, Das einzige, was ihr einfiel, war, daß ihr Vater vielleicht schließlich doch noch einwilligen werde; und sie formulierte einen Wunsch — wobei sie sich zugleich ihrer Hilflosigkeit peinlich bewußt war —, daß dieses Wunder geschehen möge.

«Hältst du das auch nur im mindesten für wahrscheinlich?» fragte Morris.

«Das wäre es, wenn er dich nur kennenlernen könnte.»

«Wenn er will, kann er mich kennenlernen. Was sollte ihn daran hindern?»

«Seine Vorstellungen, seine Gründe», sagte Catherine. «Die sind so — so schrecklich stark.» Noch zitterte sie bei der bloßen Erinnerung daran.

«Stark!» rief Morris. «Mir wäre lieber, du fändest sie schwach.»

«Oh, an meinem Vater ist nichts schwach», sagte das Mädchen.

Morris wandte sich ab und ging zum Fenster, wo er stehen blieb und hinausblickte. «Du fürchtest ihn entsetzlich», bemerkte er schließlich.

Sie fühlte keinen Grund, das zu bestreiten, weil sie sich dessen nicht schämte; denn wenn es sie selbst nicht ehrte, so ehrte es doch mindestens ihn. «Das muß wohl so sein», sagte sie schlicht.

«Dann liebst du mich nicht — nicht so, wie ich dich liebe. Wenn du deinen Vater mehr fürchtest, als du mich liebst, dann ist deine Liebe nicht, was ich von ihr hoffte.»

«Oh, mein Freund!» sagte sie und ging auf ihn zu.

«Fürchte *ich* denn irgendetwas?» Er stellte die Frage, während er sich ihr zukehrte. «Wozu wäre ich um deinetwillen nicht bereit?»

«Du bist edel — du bist tapfer!» antwortete sie und blieb in einem fast respektvollen Abstand vor ihm stehen.

«Das hilft mir wenig, wenn du so furchtsam bist.»

«Ich glaube nicht, daß ich das bin — nicht *wirklich*», sagte Catherine.

«Ich weiß nicht, was du mit ‚wirklich' meinst. Es ist wirklich genug, um uns beide unglücklich zu machen.»

«Ich wäre stark genug, um zu warten — eine lange Zeit zu warten.»

«Und angenommen, nach dieser langen Zeit haßte mich dein Vater mehr denn je?»

«Das täte er nicht — das könnte er nicht.»

«Meine Treue würde ihn rühren; meinst du? Wenn er doch so leicht zu rühren ist, warum fürchtest du ihn dann?»

Dagegen ließ sich wenig einwenden, und Catherine war betroffen. «Ich will versuchen, es nicht zu tun», sagte sie. Und sie stand unterwürfig da, schon im voraus das Bild einer pflichtgetreuen und verantwortungsbewußten Gattin. Dieses Bild konnte nicht verfehlen, Morris Townsend angenehm aufzufallen, und er gab denn auch weiterhin Beweise der Hochschätzung, die er für sie empfand. Nur die Einflüsterung eines solchen Gefühls kann es gewesen sein, die ihn kurz darauf erwähnen ließ, das von Mrs Penniman empfohlene Vorgehen sei unverzügliche Vereinigung, ohne Rücksicht auf die Folgen.

«Ja, Tante Penniman sähe das gerne», sagte Catherine schlicht und doch auch mit einer gewissen Schärfe. Mit reiner Sachlichkeit dagegen und aus Beweggründen, die von keinem Sarkasmus berührt waren, muß sie einige Augenblicke später die Mitteilung an Morris angefügt haben, ihr Vater lasse ihm etwas ausrichten. Die Erledigung dieses Auftrags war ihr Gewissenssache, und wäre er auch zehnmal peinlicher gewesen, sie hätte ihn dennoch auf das genaueste ausgeführt. «Er hat mir aufgetragen, dir zu sagen — dir sehr deutlich und unmittelbar aus seinem Munde zu sagen, daß ich keinen Pfennig seines Vermögens erbe, wenn ich ohne seine Zustimmung heirate. Er legte großes Gewicht darauf. Er schien zu meinen — er schien zu meinen —»

Morris stieg das Blut zu Kopf, wie es jedem feurigen jungen Mann bei der Bezichtigung niedriger Denkungsart wohl angestanden hätte. «Was schien er zu meinen?»

«Daß es der Sache ein anderes Gesicht gebe.»

«Allerdings gibt es der Sache ein anderes Gesicht — in mancher Beziehung. Wir werden um viele tausend Dollar ärmer sein; und das verändert die Sache beträchtlich. Es ändert aber nichts an meiner Zuneigung.»

«Wir werden das Geld gar nicht nötig haben», sagte Catherine; «denn du weißt ja, daß ich selbst ziemlich viel besitze.»

«Jawohl, mein liebes Kind, ich weiß, daß du etwas besitzest. Und daran kann er nicht rühren.»

«Das würde er nie tun», sagte Catherine. «Meine Mutter hat es mir vermacht.»

Morris schwieg eine Weile. «Er war seiner Sache wohl sehr sicher?» fragte er schließlich. «Er dachte, eine solche Nachricht würde mich schrecklich ärgern und bewirken, daß ich die Maske abwerfe, was?»

«Ich weiß nicht, was er sich gedacht hat», sagte Catherine traurig.

«Teile ihm bitte mit, daß mich seine Nachricht nicht so viel kümmert!» und Morris schnippte geräuschvoll mit den Fingern.

«Ich glaube nicht, daß ich ihm das sagen könnte.»
«Weißt du, manchmal enttäuschest du mich», sagte Morris.
«Das will ich gerne glauben. Ich enttäusche alle — Vater und Tante Penniman.»
«Nun, bei mir macht es nichts aus, weil ich dich lieber habe als diese beiden.»
«Ja, Morris», sagte das Mädchen, und ihre Phantasie — soviel sie davon besaß — schwamm in dieser glückhaften Wahrheit, die doch schließlich niemandem etwas zuleide tat.
«Wird er nach deiner Ansicht dabei bleiben — für immer dabei bleiben — bei diesem Plan, dich zu enterben? Wird deine Güte und Geduld seine Grausamkeit nie erweichen?»
«Das ist ja eben die Schwierigkeit: wenn ich dich heirate, wird er finden, ich sei nicht gut. Für ihn wird das der Beweis sein.»
«Oh, dann wird er dir nie verzeihen!»
Diese Vorstellung, von Morris' hübschen Lippen so scharf ausgesprochen, gewann im vorübergehend friedlichen Gewissen des armen Mädchens im Augenblick ihre ganze schreckliche Lebhaftigkeit zurück. «Oh, du mußt mich sehr lieb haben!» rief es aus.
«Darüber besteht gar kein Zweifel, Liebling», erwiderte ihr Liebhaber. «Du hörst das Wort ‚enterbt' nicht gerne», fügte er einen Augenblick später hinzu.
«Es ist nicht das Geld; aber daß er — daß er es so empfindet.»
«Ich nehme an, es kommt dir als eine Art Fluch vor?» sagte Morris. «Es muß sehr niederdrückend sein. Aber glaubst du nicht», fuhr er rasch fort, «wenn du versuchen würdest, es sehr klug und geschickt anzustellen, dann könntest du ihn abwenden? Glaubst du nicht», fuhr er in einem Ton mitfühlender Spekulation fort, «daß eine wirklich kluge Frau ihn an deiner Stelle schließlich doch für sich gewinnen könnte? Glaubst du nicht—»

Hier wurde Morris plötzlich unterbrochen; diese scharfsinnigen Fragen hatten Catherines Ohr gar nicht erreicht. Das schreckliche Wort «enterbt» mit all der eindrücklichen moralischen Verurteilung, die es enthielt, klang dort noch immer nach — ja, schien im Verweilen noch an Kraft zu gewinnen. Der tödliche Frost ihrer Lage drang tiefer in ihr kindliches Herz und überwältigte sie mit einem Gefühl der Verlassenheit und der Gefährdung. Aber ihre Zuflucht war da, dicht bei ihr, und sie streckte ihre Hände aus, danach zu greifen. «Oh, Morris», sagte sie mit einem Schauder, «ich will dich heiraten, sobald es dir gefällt!» und sie lieferte sich ihm aus und lehnte ihren Kopf an seine Schulter.
«Mein liebes, gutes Mädchen!» rief er aus und blickte auf seine Beute herab. Dann blickte er wieder auf, etwas unsicher, mit geöffneten Lippen und erhobenen Brauen.

XXI

DOKTOR SLOPER LIESS SEINE ÜBERZEUGUNG SEHR BALD MRS ALmond wissen, und zwar mit den gleichen Worten, in denen er sie sich selbst verkündet hatte. «Sie bleibt fest! Donnerwetter, sie bleibt fest!»

«Meinst du damit, sie werde ihn heiraten?» erkundigte sich Mrs Almond.

«Das weiß ich nicht; aber sie wird nicht nachgeben. Sie wird die Verlobung in die Länge ziehen, in der Hoffnung, ich werde mich erweichen lassen.»

«Und wirst du dich denn nicht erweichen lassen?»

«Wird sich ein Satz der Geometrie erweichen lassen? Ich bin nicht oberflächlich.»

«Handelt die Geometrie nicht von Oberflächen?» fragte Mrs Almond lächelnd, die, wie wir wissen, gescheit war.

«Jawohl, aber sie handelt von ihnen tiefschürfend. Meine Oberflächen sind Catherine und der junge Mann; ich habe sie vermessen.»

«Du sagst das, als habe dich das Ergebnis überrascht.»

«Es ist unermeßlich; es wird eine Menge zu beobachten geben.»

«Du bist empörend kaltblütig!» sagte Mrs Almond.

«Das ist auch nötig, bei all dem heißen Blut um mich her. Der junge Townsend freilich ist kühl; dieses Verdienst muß ich ihm einräumen.»

«Ihn kann ich nicht beurteilen», antwortete Mrs Almond; «aber Catherine überrascht mich gar nicht.»

«Ich muß gestehen, daß ich ein wenig überrascht bin; sie muß so verteufelt zerspalten und hin- und hergerissen worden sein.»

«Sag es doch gerade heraus, daß es dich amüsiert. Ich sehe nicht ein, was daran so witzig sein soll, wenn deine Tochter dich vergöttert.»

«Den Punkt zu bestimmen, wo die Vergötterung aufhört: das finde ich interessant.»

«Sie hört auf, wo das andere Gefühl anfängt.»

«Durchaus nicht; das wäre einfach genug. Die beiden Dinge sind äußerst vermischt, und die Mischung ist äußerst seltsam. Aus ihr wird ein Drittes hervorgehen, und darauf warte ich. Ich erwarte es mit Spannung — ja mit Aufregung; und das ist eine Art von Emotion, die ich mir von Catherine nie erwartet hätte. Ich bin ihr wirklich sehr verbunden.»

«Sie wird sich festklammern», sagte Mrs Almond; «gewiß wird sie sich festklammern.»

«Ja, wie ich schon sagte, sie wird fest bleiben.»

«Sich festklammern ist hübscher. Das tun diese ganz schlichten Naturen immer, und etwas Schlichteres als Catherine kann es gar nicht geben. Sie läßt nicht viele Eindrücke auf sich wirken; aber die wenigen bleiben ihr. Sie ist wie ein Kupferkessel, der eine Schramme bekommt: man mag den Kessel so viel polieren, wie man will, das Mal läßt sich nicht mehr tilgen.»

«Wir müssen versuchen, Catherine aufzupolieren», sagte der Doktor. «Ich nehme sie mit nach Europa!»

«Auch in Europa wird sie ihn nicht vergessen.»

«Dann wird er eben sie vergessen.»

Mrs Almond blickte ernst. «Möchtest du das wirklich?»

«Ganz außerordentlich gern», sagte der Doktor.

Mittlerweile beeilte sich Mrs Penniman, ihre Verbindung mit Morris Townsend wieder aufzunehmen. Sie ersuchte ihn, ihr eine weitere Unterredung zu gewähren; aber diesmal wählte sie zum Schauplatz ihres Zusammentreffens kein Austernrestaurant. Sie schlug vor, er möge sich ihr nach dem Sonntagnachmittagsgottesdienst am Portal einer gewissen Kirche anschließen; und sie bezeichnete mit Bedacht nicht jene Andachtsstätte, welche sie gewöhnlich aufsuchte und wo ihr die Gemeinde, wie sie sagte, auflauern würde. Ihre Wahl fiel auf einen weniger eleganten Versammlungsort, und als sie zur festgesetzten Stunde aus dem Portale trat, sah sie abseits den jungen Mann stehen. Sie verriet mit keinem Zeichen, daß sie ihn erkannte, ehe sie nicht die Straße überquert hatte und er ihr ein Stück weit gefolgt war. Dort sagte sie mit einem Lächeln: «Entschuldigen Sie meinen scheinbaren Mangel an Herzlichkeit. Sie wissen, was Sie davon zu halten haben. An erster Stelle Klugheit.» Und auf seine Frage, welche Richtung sie einschlagen sollten, murmelte sie: «Wo man uns am wenigsten beachtet.»

Morris war nicht in der strahlendsten Laune, und seine Erwiderung auf diese Rede war nicht besonders galant. «Ich schmeichle mir nicht, daß man uns, gleichgültig wo, stark beachten wird.» Und er wandte sich unbekümmert dem Stadtmittelpunkt zu. «Ich hoffe, Sie sind hergekommen, um mir mitzuteilen, daß er zu Kreuz gekrochen ist», fuhr er fort.

«Leider bin ich nicht so ganz eine Vorbotin des Glücks; und doch bin ich in gewissem Maße auch wieder eine Friedensbotin. Ich habe viel nachgedacht, Mr Townsend», sagte Mrs Penniman.

«Sie denken zu viel.»

«Da mögen Sie recht haben; aber ich kann es nicht hindern; mein Geist ist so schrecklich rege. Wenn ich mich einsetze, dann setze ich mich ganz ein. Ich bezahle dafür mit meinen Kopfschmerzen, meinen berühmten Kopfschmerzen — einem wahren Stirnreif aus Pein. Aber ich trage ihn, wie eine Königin ihre Krone trägt. Wollen Sie mir glauben, daß ich eben jetzt daran leide? Aber um nichts in der Welt wollte ich unser Stelldichein verpaßt haben. Ich habe Ihnen etwas sehr Wichtiges zu sagen.»

«Und das wäre?» sagte Morris.

«Vielleicht war ich neulich etwas voreilig, als ich Ihnen riet, sofort zu heiraten. Ich habe es mir überlegt, und jetzt sehe ich die Sache ein ganz klein wenig anders an.»

«Sie scheinen die gleiche Sache auf sehr viele verschiedene Weisen anzusehen.»

«Deren Zahl ist unendlich!» sagte Mrs Penniman, in einem Ton, der anzudeuten schien, daß diese praktische Fähigkeit eine ihrer glänzendsten Eigenschaften darstelle.

«Ich empfehle Ihnen, sich für eine zu entscheiden und daran festzuhalten», erwiderte Morris.

«Oh, aber es ist nicht leicht, sich zu entscheiden. Meine Phantasie kommt nie zur Ruhe, ist nie zufrieden. Vielleicht macht mich das zu einer schlechten Ratgeberin; aber es macht mich sicher zu einer köstlichen Freundin.»

«Eine köstliche Freundin, die schlechte Ratschläge gibt!» sagte Morris.

«Nicht absichtlich — und eine, die es um jeden Preis eilig hat, ihre unterwürfigsten Entschuldigungen vorzubringen.»

«Und was raten Sie mir jetzt?»

«Viel Geduld zu üben; abzuwarten und zuzusehen.»

«Und ist das nun ein guter oder ein schlechter Rat?»

«Es ist nicht an mir, das zu sagen», erwiderte Mrs Penniman nicht ohne Würde. «Ich beanspruche nur, daß er aufrichtig ist.»

«Und werden Sie nächste Woche kommen und mir ebenso aufrichtig etwas anderes empfehlen?»

«Es ist möglich, daß ich nächste Woche komme und Ihnen mitteile, daß ich auf der Straße stehe.»

«Auf der Straße?»

«Ich hatte einen schrecklichen Auftritt mit meinem Bruder, und er droht, mich aus dem Hause zu weisen, falls irgendetwas geschehen sollte. Sie wissen, daß ich eine arme Frau bin.»

Morris mutmaßte zwar, daß sie ein wenig Vermögen besitze; aber er legte natürlich kein Gewicht darauf.

«Es täte mir leid, wenn ich mit ansehen müßte, wie Sie um meinetwillen zur Märtyrerin würden», sagte er. «Aber Sie stellen Ihren Bruder ja als einen rechten Heiden hin.»

Mrs Penniman zögerte ein wenig. «Ich halte Austin bestimmt nicht für einen rechtgläubigen Christen.»

«Und soll ich warten, bis er sich bekehrt?»

«Warten Sie jedenfalls, bis er weniger heftig ist. Ihre Zeit wird kommen, Mr Townsend; denken Sie daran: der Preis ist hoch.»

Morris schritt eine Zeitlang schweigend weiter und hieb mit seinem Stock sehr kräftig gegen Zäune und Torpfosten.

«Sie sind wirklich verteufelt wankelmütig!» stieß er schließlich hervor. «Ich habe bereits Catherines Einwilligung zu einer privaten Eheschließung.»

Mrs Penniman war in der Tat wankelmütig, denn bei dieser Nachricht fuhr sie entzückt auf.

«Oh, wann und wo?» rief sie. Und dann blieb sie plötzlich stehen.

Morris äußerte sich ein wenig unbestimmt.

«Das steht noch nicht fest; aber sie ist einverstanden. Es ist verteufelt peinlich, jetzt wieder zu krebsen.»

Mrs Penniman hatte, wie gesagt, plötzlich angehalten; und sie stand da, die Augen strahlend auf ihren Begleiter gerichtet.

«Mr Townsend», fuhr sie fort, «soll ich Ihnen etwas sagen? Catherine liebt Sie so sehr, daß Sie alles wagen können.»

Diese Erklärung war etwas doppeldeutig, und Morris machte große Augen.

«Es freut mich, das zu hören. Aber was meinen Sie mit 'alles'?»

«Sie können aufschieben — Sie dürfen umdisponieren; sie wird darum nicht schlechter von Ihnen denken.»

Morris stand noch immer mit erhobenen Brauen da; dann sagte er einfach und recht trocken: «Aha!» Danach bemerkte er zu Mrs Penniman, daß sie sich auffällig mache, wenn sie so langsam gehe, und es gelang ihm einigermaßen, sie zu einer eiligeren Rückkehr in ihr so ungewiß gewordenes Domizil anzutreiben.

XXII

Er hatte die Sachlage nicht ganz zutreffend dargestellt, wenn er sagte, Catherine habe ihre Einwilligung zu dem großen Schritt gegeben. Wir haben sie vorhin bei der Erklärung verlassen, sie sei bereit, alle Brücken hinter sich abzubrechen; aber nachdem ihr Morris diese Erklärung entlockt hatte, waren ihm gute Gründe eingefallen, keinen Gebrauch davon zu machen. Er vermied es elegant genug, einen Tag festzusetzen, obzwar er bei ihr den Eindruck erweckte, daß er einen ins Auge fasse. Catherine mag ihre Schwierigkeiten gehabt haben; aber auch jene ihres umsichtigen Freiers sind der Beachtung wert. Gewiß stand ein hoher Preis auf dem Spiel; aber er war nur zu gewinnen, wenn es gelang, die glückliche Mitte zwischen Überstürztheit und Vorsicht zu treffen. Es wäre ja schön und recht, den Sprung zu wagen und der Vorsehung zu vertrauen; die Vorsehung stellte sich mit Vorliebe auf die Seite der klugen Leute, und kluge Leute erkannte man an ihrer geringen Neigung, die Knochen zu riskieren.

Der zuguterletzt einmal einzuheimsende Gewinn der Vereinigung mit einer jungen Frau, die sowohl reizlos wie verarmt war, sollte mit den unmittelbar spürbaren Nachteilen durch eine sehr greifbare Kette verbunden sein. Zwischen der Befürchtung, Catherine und ihr allfälliges Vermögen ganz zu verlieren, und der Befürchtung, sie zu rasch zu nehmen und dann festzustellen, daß dieses allfällige Vermögen so bar aller Wirklichkeit sei wie eine Sammlung leerer Flaschen, war für Morris Townsend keine angenehme Wahl — eine Tatsache, welche jene Leser beherzigen sollten, die geneigt sind, hart über einen jungen Mann zu urteilen, von dem sie vielleicht den Eindruck gewonnen haben, er mache von seinen vorzüglichen natürlichen Anlagen nur mit mäßigem Erfolg Gebrauch. Er hatte keineswegs vergessen, daß Catherine auf jeden Fall ihre eigenen jährlichen Zehntausend besaß; er hatte diesem Umstand überreichlich Nachdenken geschenkt. Aber er selbst veranschlagte seine hervorragenden natürlichen Anlagen hoch, und er war seiner Sache vollkommen sicher, wenn er seinen Wert einschätzte und fand, er sei durch die erwähnte Summe nur unzulänglich aufgewogen. Anderseits gab er sich zu bedenken, daß diese Summe immerhin beträchtlich war, daß alles relativ ist und daß ein bescheidenes Einkommen zwar weniger begehrenswert ist als ein großes, das vollständige Fehlen jeglicher Einkünfte aber nirgends für einen Vorteil gehalten wird.

Diese Überlegungen beschäftigten ihn reichlich und machten es notwendig, Segel einzuholen. Doktor Slopers Widerstand stellte in dem zu lösenden Problem die unbekannte Größe dar. Der natürliche Weg zur Lösung wäre die Heirat mit Catherine gewesen; aber in der Mathematik gibt es viele abgekürzte Verfahren, und Morris hatte nicht alle Hoffnung aufgegeben, doch noch eines zu entdecken. Als ihn Catherine beim Wort nahm und in den Verzicht, ihren Vater zu erweichen, einwilligte, da zog er sich geschickt genug zurück, wie ich schon sagte, und ließ die Frage nach dem Hochzeitstag noch offen. Ihr Vertrauen in seine Aufrichtigkeit war so vollkommen, daß sie außerstande war, ihn des bloßen Spiels mit ihr zu verdächtigen; ihr Kummer war in jenem Augenblick ganz anderer Art. Das arme Mädchen hatte ein bewundernswürdiges Ehrgefühl, und sobald es Catherine über sich gebracht hatte, gegen ihres Vaters Wunsch zu verstoßen, da schien es ihr, daß sie kein Recht mehr habe, seinen Schutz zu genießen. Es war ihr Gewissenssache, nur so lange unter seinem Dach zu leben, als sie sich seiner Weisheit beugte. Sie befand sich in gehobener Stellung; aber ihr Gefühl sagte ihr, daß sie den Anspruch darauf verwirkt habe. Sie hatte ihr Los an einen jungen Mann geknüpft, vor dem er sie feierlich gewarnt hatte, und den Vertrag gebrochen, der ihr ein glückliches Heim gewährleistete. Auf den jungen Mann konnte sie nicht verzichten; so mußte sie denn das Heim verlassen, und je rascher ihr der Gegenstand ihrer Wahl ein neues bot, umso rascher würde sich die schmerzliche Verwicklung ihrer Lage lösen. Das war scharf gefolgert; aber es war mit einer unbestimmten Menge bloß instinktiver Bußfertigkeit untermischt. Catherines Tage waren zur Zeit trübselig, und die Last mancher Stunden überstieg fast das ihr Erträgliche. Ihr Vater blickte sie nie an, sprach nie mit ihr. Er wußte genau, was er bezweckte, und dies machte den Teil eines Planes aus. Sie blickte ihn an, so viel sie es wagte (denn es sollte nicht scheinen, als biete sie sich seiner Beobachtung dar), und sie empfand wegen der Sorge, die sie ihm bereitete, Mitleid mit ihm. Sie trug den Kopf hoch, gab ihren Händen zu tun und ging ihren täglichen Geschäften nach; und wenn die Lage der Dinge am Washington Square unerträglich schien, schloß sie die Augen und gab sich einer geistigen Schau jenes Mannes hin, um dessentwillen sie ein heiliges Gesetz gebrochen hatte.

Von den drei Personen am Washington Square trug Mrs Penniman weitaus am ehesten jenes Gehaben zur Schau, das einer bedeutenden Krise ansteht. Wenn Catherine ruhig war, so war sie, wenn ich so sagen darf, auf eine ruhige Art ruhig, und ihre mitleidweckenden Züge, die keine Beachtung fanden, waren so gar nicht einstudiert und ganz unbeabsichtigt. Wenn der Doktor steif und trokken war und völlig unempfindlich für die Gegenwart seiner Hausgenossen, so beherrschte er diese Haltung so selbstverständlich, elegant und mühelos, daß man ihn schon sehr gut hätte kennen müssen, um zu merken, daß er es im großen und ganzen recht genoß, mit Grund so unangenehm sein zu dürfen. Mrs Penniman dagegen war mit Bedacht reserviert und schwieg mit Bedeutung; bei den wohlüberlegten Bewegungen, auf die sie sich beschränkte, war ein satteres Rascheln zu vernehmen, und wenn sie im Zusammenhang mit irgendeinem sehr banalen Ereignis gelegentlich sprach, gab sie sich den Anschein, als meine sie etwas Tieferes als den bloßen Wortsinn. Zwischen Catherine und ihrem Vater war seit jenem Abend, da sie ihn in seinem Arbeitszimmer aufgesucht hatte, nichts ausgetauscht worden. Sie hatte ihm etwas zu sagen — es schien ihr, sie sollte es sagen —; aber sie hielt damit zurück, aus Angst, ihn zu reizen. Auch er hatte etwas zu sagen; aber er war entschlossen, nicht als erster zu sprechen. Wie wir wissen, interessierte es ihn zu erfahren, wie sie, sich selbst überlassen, festbleiben werde. Schließlich erzählte sie ihm, daß sie Morris Townsend wiedergesehen habe und daß ihre Beziehung ganz unverändert bleibe.

«Ich denke, wir werden in nicht allzu ferner Zukunft heiraten. Und wahrscheinlich werde ich ihn unterdessen ziemlich oft sehen; ungefähr einmal die Woche — nicht mehr.»

Der Doktor betrachtete sie kalt von Kopf bis Fuß, als sei sie eine Fremde. Es war das erste Mal seit einer Woche, daß seine Augen auf ihr ruhten — was ein Glück war, wenn ihr Ausdruck kein anderer sein konnte. «Warum nicht dreimal täglich?» fragte er. «Was hindert dich, ihn so oft du willst zu sehen?»

Sie wandte sich einen Augenblick ab; Tränen füllten ihre Augen. Dann sagte sie: «Es ist besser, nur einmal die Woche.»

«Ich sehe nicht ein, weshalb das besser sein soll. Es ist so schlecht wie nur möglich. Falls du dir schmeicheln solltest, daß mir an dergleichen kleinen Milderungen etwas gelegen sei, so täuschest du dich sehr. Ihn einmal die Woche zu sehen, ist von dir genau so unrecht, wie wenn du ihn den ganzen Tag sähest. Aber mir ist das ja gleichgültig.»

Catherine versuchte, diesen Worten zu folgen; aber sie schienen zu einem unbestimmten Grauen zu führen, wovor sie zurückscheute. «Ich denke, wir werden recht bald heiraten», wiederholte sie schließlich.

Ihr Vater warf ihr wieder seinen schrecklichen Blick zu, als sei sie eine andere. «Warum erzählst du mir das? Mich geht das nichts an.»

«Oh, Vater», stieß sie hervor, «kümmert es Sie denn gar nicht, auch wenn Sie nun einmal so denken?»

«Keinen Pfifferling. Wenn du schon heiratest, ist es mir gleichgültig, wann, wo oder warum immer du es tust; und wenn du glaubst, du könntest deine Narrheit dadurch gutmachen, daß du deine Mücke in dieser Weise aufzäumst, dann kannst du dir die Mühe sparen.»

Damit wandte er sich zum Gehen. Aber folgenden Tags sprach er sie von sich aus an, und sein Benehmen war etwas verändert. «Wirst du schon innerhalb der nächsten vier oder fünf Monate heiraten?» fragte er.

«Ich weiß nicht, Vater», sagte Catherine. «Es ist nicht sehr leicht für uns, Entschlüsse zu fassen.»

«Dann schieb es sechs Monate auf, und in der Zwischenzeit nehme ich dich mit nach Europa. Ich wünsche sehr, daß du mitkommst.»

Nach seinen Worten vom Vortage bereitete es ihr solches Entzücken, zu hören, daß er sich etwas von ihr wünschte und daß in seinem Herzen noch immer etwas von der früheren Zärtlichkeit war, — sodaß sie einen kleinen Freudenschrei tat. Aber dann wurde ihr bewußt, daß Morris in diesen Vorschlag nicht einbegriffen war und daß sie — was die weite Reise betraf — sehr viel lieber mit ihm zu Hause geblieben wäre. Aber trotzdem errötete sie getroster als seit langem schon. «Es wäre herrlich, nach Europa zu fahren», bemerkte sie und empfand, daß dieser Einfall nicht eben originell sei und ihr Ton nicht ganz, was man hätte erwarten dürfen.

«Also gut, dann reisen wir. Pack deine Kleider zusammen.»

«Ich muß es wohl Mr Townsend sagen», meinte Catherine.

Ihr Vater heftete seinen kalten Blick auf sie. «Wenn das heißen soll, du müssest ihn um Erlaubnis bitten, dann bleibt mir nur zu hoffen, daß er sie auch gewähre.»

Das Mädchen war tief betroffen von dem schmerzlichen Klang der Worte; es war die berechnetste, die dramatischste kleine Rede, die der Doktor je geäußert hatte. Unter den obwaltenden Umständen empfand sie es als eine große Gunst, daß ihr diese schöne Gelegenheit geboten wurde, ihm ihre Achtung zu beweisen; und doch war da noch etwas anderes, was sie ebenso stark empfand und dem sie sogleich Ausdruck gab. »Manchmal habe ich das Gefühl, wenn ich tue, was Ihnen so sehr mißfällt, sollte ich nicht bei Ihnen bleiben.»

«Nicht bei mir bleiben?»

«Wenn ich bei Ihnen wohne, sollte ich Ihnen gehorchen.»

«Wenn das deine Theorie ist, so teile ich sie allerdings», sagte der Doktor mit einem trockenen Lachen.

«Wenn ich Ihnen aber nicht gehorche, dann sollte ich auch nicht bei Ihnen wohnen — nicht Ihre Güte und Ihren Schutz genießen.»

Dieses bemerkenswerte Argument gab dem Doktor plötzlich das Gefühl, seine Tochter unterschätzt zu haben; es schien einer jungen Frau, welche die Eigenschaft bescheidener Hartnäckigkeit entfaltet hatte, sogar mehr als würdig. Aber es mißfiel ihm — es mißfiel ihm zutiefst, und er gab das auch zu verstehen. «Das ist ein sehr taktloser Gedanke», sagte er. «Hast du den von Mr Townsend?»

«Oh nein; es ist mein eigener», sagte Catherine eifrig.

«Dann behalt ihn für dich», antwortete ihr Vater, mehr denn je entschlossen, sie müsse mit nach Europa.

XXIII

War Morris Townsend nicht in den Reiseplan einbegriffen, so war es Mrs Penniman ebensowenig; sie wäre für eine Einladung dankbar gewesen; doch trug sie ihre Enttäuschung — um ihr Gerechtigkeit widerfahren zu lassen, sei es gesagt — ganz, wie es einer Dame ansteht. «Ich hätte es genossen, die Werke Raphaels zu sehen und die Ruinen — die Ruinen des Pantheons», sagte sie Mrs Almond gegenüber; «aber anderseits wird mir während der nächsten paar Monate das Alleinsein und die Ruhe am Washington Square nicht leid tun. Ich habe Ruhe nötig; in den letzten vier Monaten habe ich so viel durchgemacht.» Mrs Almond fand es recht grausam, daß ihr Bruder die arme Lavinia nicht mit ins Ausland nehmen wollte; aber sie sah leicht ein, daß es nicht in seinem Interesse lag, seiner Tochter diese beste Freundin des jungen Mannes zur Gefährtin zu geben, wenn der Zweck seiner Expedition der war, Catherine ihren Liebhaber vergessen zu lassen. «Wenn Lavinia nicht so töricht gewesen wäre, könnte sie jetzt die Ruinen des Pantheons besuchen», sagte sie sich; und sie fuhr fort, die Narrheit ihrer Schwester zu bedauern, obwohl ihr diese versicherte, daß ihr Mr Penniman die in Frage stehenden Überreste des öftern höchst befriedigend beschrieben habe. Mrs Penniman war sich vollkommen klar darüber, daß der Beweggrund ihres Bruders für das Unternehmen einer Auslandreise der war, Catherines Standhaftigkeit eine Falle zu stellen; und sie teilte ihrer Nichte diese Überzeugung auch ganz offen mit. «Er glaubt, es werde dich Morris vergessen lassen», sagte sie (sie nannte den jungen Mann jetzt immer «Morris»); «‚aus den Augen, aus dem Sinn', weißt du. Er glaubt, daß all die vielen Dinge, die du dort drüben sehen wirst, ihn aus deinen Gedanken verdrängen werden.»

Catherine blickte sehr bestürzt. «Wenn er das glaubt, sollte ich es ihm vorher sagen.»

Mrs Penniman schüttelte den Kopf. «Sag es ihm hinter-

her, Liebling — nachdem er all die Scherereien und Ausgaben gehabt hat. Das ist die richtige Art, ihm heimzuzahlen.» Und in milderer Tonart fügte sie bei, es müsse köstlich sein, zwischen den Ruinen des Pantheons jener zu gedenken, die uns lieben.
Das Mißfallen ihres Vaters hatte das Mädchen — wir wissen es bereits — viel tiefgründigen Kummer gekostet — Kummer der lautersten und selbstlosesten Art, ohne einen Hauch von Übelwollen oder Groll; aber jetzt, nachdem er mit so verächtlicher Kürze seine Entschuldigung dafür, daß es ihm zur Last falle, zurückgewiesen hatte, war zum erstenmal ein Funken Zorns in seinem Schmerz. Catherine hatte seine Verachtung empfunden; sie war von ihr versengt worden; drei Tage lang hatte ihr jenes Wort von der «Taktlosigkeit» in den Ohren gebrannt. Während dieser Zeit war sie weniger rücksichtsvoll; sie hatte die Vorstellung — eine recht unbestimmte, aber eine, die ihrem verletzten Gefühle wohltat —, daß sie jetzt aller Buße enthoben sei und nach ihrem Belieben handeln dürfe. Sie beliebte, an Morris zu schreiben, er möge sie am Square zu einem Spaziergang abholen. Wenn sie schon aus Achtung vor ihrem Vater nach Europa fuhr, dann durfte sie sich wenigstens diese Genugtuung leisten. Sie fühlte sich zur Zeit in jeder Beziehung freier und entschlossener; eine Kraft trieb sie an. Jetzt endlich hatte die Leidenschaft von ihr Besitz ergriffen, ganz und rückhaltlos.
Endlich holte Morris sie ab, und sie begaben sich auf einen langen Spaziergang. Sie erzählte ihm sofort, was geschehen war: daß ihr Vater sie mit sich fortnehmen wolle — sechs Monate würden es sein — nach Europa; sie werde ganz das tun, was Morris für das Beste halte. Sie hoffte unsäglich, er werde es für das Beste halten, wenn sie zu Hause bliebe. Es verging einige Zeit, ehe er seine Meinung kundgab; er stellte im Gehen sehr viele Fragen. Eine fiel ihr besonders auf; sie schien ihr so fehl am Platze.
«Möchtest du gerne all die berühmten Dinge dort drüben sehen?»

«Aber nein, Morris!» sagte Catherine ganz flehentlich.
«Gütiger Himmel, was für ein blödes Frauenzimmer!» rief Morris bei sich aus.
«Er glaubt, ich werde dich vergessen», sagte Catherine; «daß all diese Dinge dich aus meinen Gedanken vertreiben werden.»
«Ja, meine Liebe, vielleicht werden sie das wirklich tun.»
«Bitte, sag doch so etwas nicht», antwortete Catherine leise im Weiterschreiten. «Mein armer Vater wird enttäuscht sein.»
Morris lachte kurz auf. «Ja, das will ich gerne glauben, daß dein armer Vater enttäuscht sein wird. Aber du wirst Europa gesehen haben», fügte er wohlgelaunt hinzu. «Was für ein famoser Streich!»
«Ich mache mir aber gar nichts daraus, Europa zu sehen», sagte Catherine.
«Du solltest dir aber etwas daraus machen, Liebling; und vielleicht besänftigt es deinen Vater.»
Catherine, die sich ihrer Widerspenstigkeit bewußt war, erhoffte sich wenig davon und konnte den Gedanken nicht loswerden, wenn sie ins Ausland fahre und trotzdem festbleibe, spiele sie ihrem Vater einen Streich. «Glaubst du nicht, es wäre eine Art Betrug?» fragte sie .
«Will er dich denn etwa nicht hintergehen?» rief Morris. «Es wird ihm ganz recht geschehen. Ich glaube wirklich, es ist besser, du gehst.»
«Und all die Zeit nicht heiraten?»
»Wir heiraten, wenn du zurückkommst. Du kannst dir dein Hochzeitskleid in Paris kaufen.» Und dann setzte ihr Morris im begütigendsten Tone seine Ansicht der Dinge auseinander. Es wäre gut, wenn sie ginge; das Recht wäre dann ganz auf ihrer Seite. Es werde beweisen, dass sie vernünftig und zu warten bereit seien. Wo sie ihrer gegenseitig doch einmal so sicher seien, könnten sie es sich leisten zu warten — was hätten sie denn zu fürchten? Wenn auch nur ein Krümelchen von Möglichkeit bestände, daß sie durch die Reise ihren Vater günstig beeinflussen könne,

so sollte damit die Frage entschieden sein; denn schließlich wollte Morris sehr ungern an ihrer Enterbung schuld werden. Es ging nicht um ihn, sondern um sie — und um ihre Kinder. Er war bereit, auf sie zu warten; es werde ihm schwer fallen, aber er könne es schaffen. Und dort drüben, inmitten schöner Landschaften und erhabener Denkmäler, ließe sich der alte Herr vielleicht erweichen; solchen Dingen schreibe man einen humanisierenden Einfluß zu. Vielleicht werde ihn ihre Sanftmut, ihre Geduld, ihre Bereitschaft zu jedem Opfer, außer dem einen, rühren; und wenn sie dann eines Tages an einer vielbesungenen Stätte in ihn dringe — sagen wir, an einem Abend in Italien, in Venedig, in einer Gondel, bei Mondschein — wenn sie es nur ein bißchen geschickt anstelle und an die richtige Saite rühre: vielleicht werde er sie dann in seine Arme schließen und ihr verzeihen. Catherine war von dieser Sicht der Angelegenheit, die in hervorragendem Maße des glänzenden Geistes ihres Liebhabers würdig schien, ungeheuer beeindruckt, obwohl sie, soweit deren Ausführung von ihren eigenen Kräften abhing, der Sache mißtraute. Die Vorstellung, in einer Gondel bei Mondschein etwas «geschickt» anzustellen, schien ihr Elemente in sich zu begreifen, deren ihre Fassungskraft nicht mächtig war. Aber es wurde zwischen ihnen verabredet, sie solle ihrem Vater sagen, daß sie bereit sei, ihm überallhin gehorsam zu folgen — mit dem inneren Vorbehalt, daß sie Morris Townsend mehr denn je liebe.

Sie teilte dem Doktor mit, daß sie bereit sei, sich einzuschiffen, und er kehrte rasch das Nötige vor. Catherine hatte vielen Personen Lebewohl zu sagen; aber nur zwei dieser Abschiede haben uns hier zu beschäftigen. Mrs Penniman bewertete die Reise ihrer Nichte mit Umsicht; es schien ihr ganz angemessen, daß Mr Townsends künftige Braut durch eine Reise in die Fremde ihre Seele zu verschönen wünsche.

«Du läßt ihn in guten Händen», sagte sie und preßte ihre Lippen auf Catherines Stirne. (Sie liebte es sehr, anderer

Leute Stirn zu küssen; es war ein unabsichtlicher Ausdruck von Sympathie mit dem Geiste dieses Menschen.)
«Ich werde ihn häufig sehen; ich werde mir wie eine jener Vestalinnen aus alter Zeit vorkommen, welche die heilige Flamme hüteten.»
«Sie tragen es bewundernswert, daß Sie nicht mit uns reisen», antwortete Catherine, die sich nicht herausnahm, diesen Vergleich zu prüfen.
«Mein Stolz hält mich aufrecht», sagte Mrs Penniman und klopfte gegen die Taille ihres Kleides, die immer einen etwas metallischen Ton von sich gab.
Catherines Abschied von ihrem Liebhaber war kurz, und nur wenige Worte wurden gewechselt.
«Werde ich dich bei meiner Rückkehr genau so wiederfinden?» fragte sie — obzwar die Frage nicht die Frucht irgendeiner Skepsis war.
«Genau so — nur noch stärker», sagte Morris lächelnd.
Es gehört nicht in unsern Plan, Doktor Slopers Vorrücken auf der östlichen Halbkugel aufzuzeichnen. Er unternahm die «Grand Tour» durch Europa, reiste mit beträchtlichem Aufwand und fand (was bei einem Manne seiner hohen Bildung zu erwarten war) an Kunst und Altertümern so vieles, was ihn interessierte, daß er nicht sechs Monate im Ausland blieb, sondern deren zwölf. Mrs Penniman am Washington Square schickte sich in seine Abwesenheit. Sie genoß ihre unbestrittene Herrschaft über das leere Haus und schmeichelte sich, daß es dank ihr den gemeinsamen Freunden angenehmer sei, als wenn ihr Bruder zu Hause war. Morris Townsend wollte es wenigstens scheinen, daß sie es ganz besonders angenehm gestaltete. Er war bei weitem ihr häufigster Besucher, und Mrs Penniman liebte es sehr, ihn zum Tee einzuladen. Er hatte seinen Sessel — einen sehr bequemen — beim Kamin im hintern Wohnzimmer (wobei die schweren Mahagoni-Schiebetüren mit ihren silbernen Knäufen und Angeln, welche dieses Zimmer von seinem förmlicheren Nachbar trennten, geschlossen wurden), und Zigarren pflegte er im Arbeitszimmer

des Doktors zu rauchen, wo er öfter eine Stunde damit zubrachte, die merkwürdigen Sammlungen des abwesenden Besitzers zu durchstöbern. Wie wir wissen, hielt er Mrs Penniman für eine Gans; aber er selbst war keine Gans, und als ein junger Mann von luxuriösem Geschmack und dürftigen Mitteln fand er das Haus ein wahres Traumschloß. Es wurde ihm zu einem Klub mit einem einzigen Mitglied. Von ihrer Schwester sah Mrs Penniman viel weniger, als wenn der Doktor zu Hause war; denn Mrs Almond hatte sich veranlaßt gefühlt, ihr zu sagen, daß sie ihre Beziehung zu Mr Townsend mißbillige. Es sei nicht ihre Sache, mit einem jungen Manne, von dem ihrer beider Bruder so gering dachte, so freundschaftlich zu verkehren, und Mrs Almond zeigte sich überrascht ob des Leichtsinns, mit dem sie Catherine eine höchst bedauerliche Verlobung aufhalse.

«Bedauerlich!» rief Lavinia. «Er wird ihr ein entzückender Gatte sein.»

«Ich halte nichts von entzückenden Gatten», sagte Mrs Almond; «nur von guten halte ich etwas. Wenn er sie heiratet und Austins Erbe antritt, mögen sie sich vertragen. Er wird ein müßiger, liebenswürdiger, selbstsüchtiger und zweifellos erträglich gutmütiger Bursche sein. Aber wenn sie das Geld nicht bekommt und er fühlt sich an sie gefesselt, dann gnade ihr Gott! Er wird keine Gnade kennen. Er wird sie um seiner Enttäuschung willen hassen und sich rächen; er wird erbarmungslos und grausam sein. Wehe der armen Catherine! Ich empfehle dir, dich ein wenig mit seiner Schwester zu unterhalten; es ist schade, daß Catherine nicht *sie* heiraten kann!»

Mrs Penniman verspürte keinerlei Appetit nach einer Unterhaltung mit Mrs Montgomery, deren Bekanntschaft zu pflegen sie sich nicht sonderlich Mühe gab; und diese alarmierende Vorhersage über das Schicksal ihrer Nichte veranlaßte sie nur, es wirklich jammerschade zu finden, daß Mr Townsends edelmütige Natur so verbittert werden sollte. Sein natürliches Element war froher Genuß, und wie konnte er sich wohl fühlen, wenn sich herausstellen sollte, daß es nichts zu genießen gab? Es wurde Mrs Penniman zur fixen Idee, daß er doch noch einmal ihres Bruders Vermögen genießen solle, worauf ihr eigener Anspruch — wie sie scharfsinnig genug war einzusehen — nur klein war.

«Wenn er es Catherine nicht vermacht, dann sicher nicht, um es mir zu vermachen», sagte sie.

XXIV

WÄHREND DER ERSTEN SECHS MONATE IHRER AUSLANDREISE sprach der Doktor mit seiner Tochter nie über ihre kleine Meinungsverschiedenheit, teils nach einem Plane und teils, weil er über vieles andere nachzudenken hatte. Ohne eine direkte Erkundigung wäre ein Versuch, den Stand ihrer Gefühle festzustellen, müßig gewesen; denn wenn sie unter den vertrauten Einflüssen zu Hause nicht stark aus sich herausgegangen war, so erfuhr sie auch durch die Schweizer Berge oder die Denkmäler Italiens keine Belebung. Immer war sie ihres Vaters fügsame und verständige Begleiterin — ließ die Besichtigungen mit unterwürfigem Schweigen über sich ergehen, beklagte sich nie über Müdigkeit, war immer bereit, zu der Stunde aufzubrechen, die ihr Vater über Nacht bestimmt hatte, äußerte keine dumme Kritik und erging sich nicht in gebildeten Würdigungen. «Sie ist ungefähr ebenso intelligent wie ein Bündel Reisedecken», sagte der Doktor, wobei ihre Überlegenheit hauptsächlich darin bestand, daß das Bündel Decken manchmal verlorenging oder aus dem Wagen fiel, während Catherine immer auf dem Posten war und einen festen, breiten Sitz hatte. Aber ihr Vater hatte das erwartet, und er war nicht gezwungen, ihre intellektuelle Beschränktheit als Touristin einer Gefühsdepression zuzuschreiben; sie hatte sich aller Merkmale eines Schlachtopfers vollständig begeben, und während der ganzen Dauer ihres Auslandaufenthaltes äußerte sie nie einen hörbaren Seufzer.

Er nahm an, daß sie mit Morris Townsend einen Briefwechsel unterhielt, aber er schwieg darüber, denn die Briefe des jungen Mannes bekam er nie zu Gesicht, und Catherines eigene Episteln wurden immer durch den Laufburschen zur Post gebracht. Sie hörte von ihrem Liebhaber mit beträchtlicher Regelmäßigkeit, aber seine Briefe erreichten sie eingeschlossen in diejenigen von Mrs Penniman, sodaß der Doktor jedesmal, wenn er ihr eine von der

Hand seiner Schwester adressierte Sendung aushändigte, ein unfreiwilliges Werkzeug jener von ihm verurteilten Leidenschaft wurde. Catherine stellte wohl diese Überlegung an, und sechs Monate zuvor hätte sie sich verpflichtet gefühlt, ihn zu warnen; jetzt aber hielt sie sich für dispensiert. In ihrem Herzen gab es eine wunde Stelle, die seine eigenen Worte erzeugt hatten, als sie einmal so zu ihm sprach, wie es nach ihrem Empfinden die Ehre verlangte; sie wollte auch weiterhin versuchen, ihm, soweit sie konnte, zu Gefallen zu sein; aber nie würde sie noch einmal so zu ihm sprechen. Sie las die Briefe ihres Liebhabers im Geheimen.

Eines Tages, am Ende des Sommers, sahen sich die beiden Reisenden in einem verlassenen Alpental. Sie waren in der Überquerung eines Passes begriffen, und bei dem langen Anstieg hatten sie den Wagen verlassen und waren weit voraus gewandert. Nach einer Weile gewahrte der Doktor einen Fußpfad, der durch ein Quertal führte und sie , wie er richtig annahm, an einem viel höher gelegenen Punkte in die Aufstiegsstraße zurückbringen würde. Sie folgten dieser Abzweigung und verloren schließlich den Weg; das Tal erwies sich als sehr wild und rauh, und ihr Marsch wurde eher zur Kletterei. Doch waren sie gut zu Fuß und nahmen ihr Abenteuer leicht; von Zeit zu Zeit hielten sie an, damit Catherine ausruhen konnte; dann setzte sie sich auf einen Stein und schaute sich nach den abweisenden Felsen und dem glutenden Himmel um. Es was spät am Nachmittag, gegen Ende August; die Nacht rückte heran, und als sie eine bedeutende Höhe gewonnen hatten, war die Luft kalt und schneidend. Im Westen lag ein ausgedehnter Erguß kalten roten Lichts, wodurch die Flanken des Tälchens nur noch zerklüfteter und düsterer wirkten. Während eines Marschhalts verließ ihr Vater sie und wanderte weiter, einer etwas entfernten Erhöhung zu, um dort einen Ausblick zu gewinnen. Er geriet außer Sicht; sie saß allein da in der Stille, die irgendwoher von dem unbestimmten Murmeln eines Bergbaches nur eben gemildert wurde. Sie dachte an Morris Townsend, und so verlassen und einsam war der Ort, daß er sehr ferne schien. Ihr Vater blieb lange aus; sie fing an, sich zu fragen, was wohl aus ihm geworden sei. Aber schließlich tauchte er wieder auf und kam im klaren Zwielicht auf sie zu, und sie stand auf, um weiterzugehen. Er jedoch machte keine Anstalten, den Weg fortzusetzen, sondern näherte sich ihr, als habe er etwas zu sagen. Vor ihr machte er Halt, stand da und schaute sie mit Augen an, in denen noch das Licht der geröteten Schneegipfel, auf die sie soeben gerichtet gewesen, lag. Dann, unvermittelt, mit leiser Stimme, stellte er ihr eine unerwartete Frage.

«Hast du ihn aufgegeben?»

Die Frage kam unerwartet, aber nur oberflächlich traf sie Catherine unvorbereitet.

«Nein, Vater», anwortete sie.

Wieder sah er sie ohne zu sprechen einige Augenblicke an.

«Schreibt er dir?» fragte er.

«Ja, ungefähr zweimal im Monat.»

Der Doktor blickte talauf und talab und schwang seinen Stock; dann sagte er mit der gleichen leisen Stimme:

«Ich bin sehr ungehalten.»

Sie fragte sich, was er damit meine — ob er ihr Angst machen wolle. Wenn das seine Absicht war, so hatte er den Ort gut gewählt: diese abweisende, schwermütige Mulde, vom Sommerlicht verlassen, ließ sie ihre Einsamkeit fühlen. Sie sah sich um, und ihr Herz erkaltete; einen Augenblick war ihre Furcht groß. Aber sie wußte nichts anderes zu sagen, als leise zu murmeln: «Es tut mir leid.»

«Du stellst meine Geduld auf eine harte Probe», fuhr ihr Vater fort, «und du solltest mich kennen. Ich bin kein sehr guter Mensch. Obwohl ich äußerlich sehr ruhig erscheine, bin ich im Grunde sehr leidenschaftlich; und ich versichere dir, daß ich sehr hart sein kann.»

Sie konnte sich nicht denken, weshalb er ihr das alles sagte. Hatte er sie absichtlich hierher geführt, und gehörte es zu einem Plan? Was war das für ein Plan? fragte sich

Catherine. Sollte sie plötzlich durch Schrecken zu einem Widerruf bewogen werden — wollte er sie durch Furcht übertölpeln? Furcht wovor? Die Gegend war bedrohlich und verlassen, aber die Gegend konnte ihr nichts anhaben. Um ihren Vater war eine Art stiller Kraft, die ihn gefährlich machte; aber Catherine ging schwerlich so weit, sich zu sagen, daß er plane, seine Hand — die gewandte, feine, geschmeidige Hand eines hervorragenden Arztes — um ihren Hals zu klammern. Immerhin wich sie einen Schritt zurück. «Sicher können Sie alles sein, was Sie wollen», sagte sie; und das war ihre schlichte Überzeugung.

«Ich bin sehr ungehalten», erwiderte er schärfer.

«Warum hat es Sie so plötzlich gepackt?»

«Es hat mich nicht plötzlich gepackt. Schon seit sechs Monaten koche ich innerlich. Aber dies schien jetzt gerade ein geeigneter Ort, mir Luft zu machen. Er ist so ruhig, und wir sind allein.»

«Ja, er ist sehr ruhig», sagte Catherine und blickte sich ziellos um. «Mögen Sie nicht zum Wagen zurückkehren?»

«Sogleich. Willst du damit sagen, daß du in all der Zeit um keinen Zoll zurückgewichen bist?»

«Ich wollte schon, wenn ich könnte, Vater; aber ich kann nicht.»

Auch der Doktor blickte sich um. «Möchtest du gerne an einem solchen Ort dir selbst überlassen werden und verhungern?»

«Was meinen Sie bloß?» rief das Mädchen.

«Das wird dein Schicksal sein — so wird er dich verlassen.»

Sie würde er nicht anrühren, aber er hatte an Morris gerührt. Die Wärme kehrte in ihr Herz zurück. «Das ist nicht wahr, Vater», stieß sie hervor, «und Sie sollten das nicht sagen. Es ist nicht recht, und es ist nicht wahr.»

Er schüttelte langsam den Kopf. «Nein, es ist nicht recht, weil du es nicht glauben willst. Aber wahr ist es. Komm zum Wagen zurück.»

Er wandte sich ab, und sie folgte ihm; er ging rascher und

hatte bald einen großen Vorsprung. Aber von Zeit zu Zeit blieb er stehen, ohne sich umzuwenden, damit sie nicht zurückbleibe, und sie setzte ihren Weg mit Mühe fort, da ihr Herz vor Erregung schlug: zum erstenmal hatte sie zu ihm mit Heftigkeit gesprochen. Inzwischen war es fast dunkel geworden, und sie verlor ihn schließlich aus den Augen. Aber sie schritt weiter, und nach einer Weile, als das Tal eine plötzliche Biegung machte, erreichte sie die Fahrstraße, wo der Wagen wartete. Drinnen saß ihr Vater, steif und schweigend; schweigend nahm auch sie ihren Platz neben ihm ein.

Später, wenn sie an all das zurückdachte, schien es ihr, daß noch Tage danach kein Wort zwischen ihnen getauscht worden sei. Es war eine seltsame Szene gewesen, aber ihre Gefühle dem Vater gegenüber waren davon nicht dauernd beeinträchtigt worden, denn schließlich war es nur natürlich, daß er ihr gelegentlich irgendeine Szene machte, und sechs Monate lang hatte er sie in Ruhe gelassen. Das Seltsamste daran war, daß er gesagt hatte, er sei kein guter Mensch; Catherine fragte sich oft, was er damit gemeint haben könne. Die Feststellung fand bei ihr keinen Glauben, und auch keinerlei Bestätigung durch die Verstimmung, die sie empfand. Sogar in der äußersten Bitterkeit, die sie fühlen mochte, hätte es ihr keine Befriedigung bereitet, ihn für weniger vollkommen zu halten. Ein solcher Ausspruch gehörte zu seinem großen Scharfsinn — Männer, die so klug waren wie er, konnten alles Mögliche sagen und alles Mögliche meinen; und was seine Härte betraf: die war — an einem Manne — doch wohl eine Tugend.

Er ließ sie weitere sechs Monate in Ruhe — sechs Monate, während welcher sie sich ohne Widerspruch in die Verlängerung der Reise schickte. Aber am Ende dieser Zeit redete er noch einmal: es geschah zu allerletzt, am Abend, bevor sie sich nach New York einschifften, in ihrem Hotel in Liverpool. Sie hatten in einem großen, trüben, muffigen Salon gemeinsam zu Nacht gegessen;

und dann war das Tischtuch entfernt worden, und der Doktor ging langsam auf und ab. Schließlich nahm Catherine ihre Kerze, um zu Bett zu gehen, aber ihr Vater winkte ihr zu bleiben.
«Was gedenkst du zu tun, wenn du nach Hause kommst?» fragte er, während sie mit der Kerze in der Hand dastand.
«Meinen Sie, wegen Mr Townsend?»
«Wegen Mr Townsend.»
«Wir werden vermutlich heiraten.»
Der Doktor machte wieder mehrere Runden, während sie wartete. «Hörst du von ihm noch immer mit der gleichen Regelmäßigkeit?»
«Ja, zweimal im Monat», sagte Catherine prompt.
«Und redet er immer vom Heiraten?»
«Oh ja; das heißt, er redet auch von anderen Dingen; aber darüber sagt er immer etwas.»
«Es freut mich zu hören, daß er das Thema etwa wechselt; seine Briefe wären sonst eintönig.»
«Er schreibt schön», sagte Catherine, die sehr froh war, daß sich eine Gelegenheit bot, dies zu sagen.
«Die schreiben immer schön. Doch mindert das im jeweils vorliegenden Falle nicht das Verdienst. Sobald du also ankommst, gehst du mit ihm durch?»
Dies schien eine recht rohe Art, es auszudrücken, und etwas wie Würde lehnte sich in Catherine dagegen auf. «Das kann ich Ihnen erst sagen, wenn wir ankommen.»
«Mehr ist nicht zu erwarten», antwortete ihr Vater. «Das ist alles, worum ich dich bitte — daß du mir Mitteilung machst, daß du mir eine endgültige Kündigung zukommen läßt. Wenn ein armer Mann sein einziges Kind verlieren soll, hat er gerne im voraus eine Ahnung davon.»
«Oh, Vater! Sie werden mich doch nicht verlieren», sagte Catherine und verschüttete ihr Kerzenwachs.
«Drei Tage im voraus genügt», fuhr er fort, «wenn du in der Lage bist, dann schon etwas Bestimmtes zu sagen. Er müßte mir sehr dankbar sein, weißt du. Ich habe ihm einen mächtig guten Dienst geleistet, indem ich dich mit

ins Ausland nahm; dein Wert hat sich verdoppelt, dank all den Kenntnissen und dem Geschmack, die du dir angeeignet hast. Vor einem Jahre warst du vielleicht ein bißchen beschränkt — ein bißchen bäurisch; aber jetzt hast du alles gesehen und alles genossen und wirst eine überaus unterhaltende Gesellschafterin sein. Wir haben ihm das Schaf gemästet, bevor er es schlachtet.» Catherine wandte sich ab und starrte auf die leere Türe. «Geh zu Bett», sagte ihr Vater; «und da wir nicht vor Mittag an Bord gehen, kannst du lange schlafen. Wir werden wahrscheinlich eine sehr ungemütliche Reise haben.»

XXV

DIE REISE WAR IN DER TAT UNGEMÜTLICH, UND CATHERINE wurde bei der Ankunft in New York nicht dadurch für sie entschädigt, daß sie nach ihres Vaters Worten, mit Morris Townsend «durchgegangen» wäre. Sie sah ihn jedoch am Tage nach der Landung, und in der Zwischenzeit bildete er den natürlichen Gesprächsgegenstand zwischen unserer Heldin und ihrer Tante Lavinia, mit welcher sich das Mädchen noch am Abend des Ankunftstages lange einschloß, ehe sich die beiden Damen zur Ruhe begaben.

«Ich habe ihn häufig gesehen», sagte Mrs Penniman. «Man lernt ihn nur schwer kennen. Vermutlich glaubst du, ihn zu kennen; aber du kennst ihn nicht, mein Liebling. Eines Tages wirst du so weit sein; aber erst wenn du mit ihm gelebt hast. Ich darf von mir beinahe behaupten, *ich* habe mit ihm gelebt», fuhr Mrs Penniman fort, während Catherine große Augen machte. «Ich glaube, ihn jetzt zu kennen; mir boten sich so ausgezeichnete Gelegenheiten. Du wirst die gleichen haben — oder vielmehr: du wirst noch bessere haben»; und Tante Lavinia lächelte. «Dann wirst du verstehen, was ich meine. Er hat einen wunderbaren Charakter, voller Leidenschaft und Kraft, und ist nicht minder aufrichtig.»

Catherine hörte mit einer Mischung von Interesse und Beklemmung zu. Tante Lavinia fühlte innig mit, und Catherine hatte sich das ganze verflossene Jahr, während sie durch fremdländische Galerien und Kirchen wandelte, über glatte Landstraßen rollte und bei all dem immer den einen Gedanken hegte, der nie über ihre Lippen kam, nach der Gesellschaft einer verständnisvollen Person ihres eigenen Geschlechts gesehnt. Ihre Geschichte irgendeiner gütigen Frau zu erzählen: es gab Augenblicke, da ihr schien, dies könnte sie trösten, und mehr als einmal war sie nahe daran gewesen, die Wirtin oder die nette junge Person, die von der Schneiderin kam, in ihr Vertrauen zu ziehen. Wäre eine Frau in ihrer Nähe gewesen, so hätte sie einer solchen Gefährtin bei gewissen Gelegenheiten einen Weinkrampf beschert; und sie hatte besorgt, daß bei der Rückkehr dies ihre Antwort auf Tante Lavinias erste Umarmung sein würde. In Tat und Wahrheit waren sich die beiden Damen jedoch am Washington Square ohne Tränen begegnet; und als sie sich allein gegenübersaßen, befiel eine gewisse Trockenheit das Gemüt des Mädchens. Mit größerer Gewalt wurde ihm deutlich, daß Mrs Penniman ein volles Jahr die Gesellschaft seines Liebhabers genossen hatte, und es war für Catherine kein Vergnügen zuzuhören, wie ihre Tante den jungen Mann auseinanderlegte und deutete und über ihn sprach, als sei ihre eigene Kenntnis von ihm unüberbietbar. Nicht, daß Catherine eifersüchtig gewesen wäre; aber ihr Gespür für Mrs Pennimans unschuldige Falschheit, das geschlummert hatte, begann sie wieder heimzusuchen, und sie war froh, wohlbehalten zurückgekehrt zu sein. Bei alldem war es jedoch ein Segen, über Morris reden, seinen Namen aussprechen und mit einem Menschen zusammensein zu dürfen, der ihm nicht unrecht tat.

«Sie waren sehr gut zu ihm», sagte Catherine. «Das hat er mir oft geschrieben. Ich werde Ihnen das nie vergessen, Tante Lavinia.»

«Ich habe getan, was ich konnte; es war wenig genug. Ihn herkommen und sich mit mir unterhalten lassen und ihm eine Tasse Tee anbieten — das war alles. Deine Tante Almond fand es zu viel und pflegte mich schrecklich zu schelten; aber wenigstens hat sie mir versprochen, mich nicht zu verraten.»

«Sie nicht zu verraten?»

«Es deinem Vater nicht zu erzählen. Er pflegte doch im Arbeitszimmer deines Vaters zu sitzen», sagte Mrs Penniman mit einem kleinen Lachen.

Catherine schwieg einen Augenblick. Diese Vorstellung war ihr unangenehm, und wieder wurde sie peinlich an die verstohlenen Gewohnheiten ihrer Tante erinnert. Es kann dem Leser mitgeteilt werden, daß Morris selbst so viel Taktgefühl gehabt hatte, Catherine nichts davon zu erzählen, daß er in ihres Vaters Bibliothek gesessen habe. Er kannte sie erst wenige Monate, während ihre Tante sie schon fünfzehn Jahre kannte, und doch würde er nie den Fehler begangen haben, zu meinen, Catherine vermöchte daran die komische Seite zu sehen. «Ich bedaure, daß Sie ihn in Vaters Zimmer geschickt haben», sagte sie nach einer Weile.

«Ich habe ihn nicht geschickt — er ist selbst gegangen. Er wollte gerne die Bücher und all die Sachen in den Glaskasten anschauen. Er versteht sich darauf; er versteht sich überhaupt auf alles.»

Catherine blieb wieder stumm; dann sagte sie: «Ich wollte, er hätte einen Posten gefunden.»

«Aber er hat ja einen Posten gefunden. Es ist eine glänzende Nachricht, und er hat mich beauftragt, sie dir gleich bei deiner Ankunft mitzuteilen. Er ist Teilhaber eines Kommissionärs geworden. Vor einer Woche ist alles geregelt worden, ganz plötzlich.»

Dies schien Catherine in der Tat eine glänzende Nachricht; es hörte sich vielverheißend an. «Ach, da bin ich aber froh!» sagte sie; und jetzt war sie einen Augenblick geneigt, sich Tante Lavinia an den Hals zu werfen.

«Es ist viel besser, als irgendjemandes Untergebener zu sein; daran war er nie gewöhnt», fuhr Mrs Penniman fort. «Er hat genau die gleichen Rechte wie sein Partner — sie sind vollkommen gleichgestellt. Siehst du, wie recht er hatte zu warten. Ich möchte wohl wissen, was dein Vater jetzt noch einwenden kann! Sie haben ein Kontor in der Duane Street und gedruckte Kärtchen; er hat eines mitgebracht, um es mir zu zeigen. Ich habe es in meinem Zimmer, und morgen sollst du es zu sehen bekommen. Als er zum letzten Male hier war, sagte er mir, ‚Sehen Sie, wie recht ich hatte zu warten.' Er hat andere Leute unter sich, statt selbst ein Untergebener zu sein. Er könnte nie ein Untergebener sein, ich habe ihm oft gesagt, daß ich ihn mir so nicht vorstellen könne.»

Catherine stimmte diesem Satze zu und war sehr glücklich zu wissen, daß Morris sein eigener Herr und Meister sei; aber die Genugtuung, selbst daran zu glauben, daß sie diese Nachricht ihrem Vater im Triumphe mitteilen könne, war ihr versagt. Ihrem Vater wäre es ebenso gleichgültig, ob sich Morris nun im Geschäftsleben etablierte oder ob er auf Lebenszeit deportiert würde. Die Koffer waren in ihr Zimmer geschafft worden, und jede weitere Erwähnung ihres Liebhabers unterblieb für kurze Zeit, während sie jene öffnete und vor ihrer Tante einige der Beutestücke einer Auslandreise ausbreitete. Diese waren reich und kostbar; und Catherine hatte für alle ein Geschenk mitgebracht — für alle außer Morris, dem sie einfach ihr ungeteiltes Herz mitbrachte. Mrs Penniman gegenüber war sie verschwenderisch freigebig gewesen, und Tante Lavinia brachte eine halbe Stunde mit Auseinanderfalten und Wiederzusammenfalten zu, unter kleinen Ausrufen der Dankbarkeit und des guten Geschmacks. Eine Zeitlang stolzierte sie in einem köstlichen Kaschmirschal umher — Catherine hatte sie gebeten, ihn als Geschenk anzunehmen —, legte ihn auf den Schultern zurecht und verdrehte den Kopf, um zu sehen, wie weit hinten die Spitze hinunterreichte.

«Ich werde ihn nur als Leihgabe betrachten», sagte sie. «Wenn ich sterbe, werde ich ihn dir wieder hinterlassen, oder vielmehr», setzte sie hinzu und küßte ihre Nichte noch einmal, «deinem erstgeborenen Mädelchen.» Und in ihren Schal gehüllt stand sie da und lächelte.

«Warten Sie lieber ab, bis es da ist», sagte Catherine.

«Es gefällt mir gar nicht, wie du das sagst», erwiderte Mrs Penniman nach einem Augenblick. «Catherine, hast du dich verändert?»

«Nein, ich bin noch die gleiche.»

«Du bist nicht um Haaresbreite abgewichen?»

«Ich bin noch genau die gleiche», wiederholte Catherine und wünschte, ihre Tante wäre ein bißchen weniger mitfühlend.

«Nun, das freut mich»; und Mrs Penniman betrachtete ihren Kaschmirschal im Spiegel. Einen Augenblick später fragte sie dann: «Wie steht es mit deinem Vater?» wobei sie die Augen auf ihre Nichte richtete. «Deine Briefe waren so mager — ich konnte es nie erraten.»
«Vater geht es sehr gut.»
«Ach, du weißt sehr wohl, was ich meine», sagte Mrs Penniman mit Würde, welcher der Kaschmirschal zusätzliche Wirkung verlieh. «Ist er noch immer unzugänglich?»
«Oh ja!»
«Ganz unverändert?»
«Er ist womöglich noch entschlossener.»
Mrs Penniman legte ihren großartigen Schal ab und faltete ihn langsam zusammen. «Das ist sehr schlimm. Dann hattest du also keinen Erfolg mit deinem kleinen Plan?»
«Mit was für einem kleinen Plan?»
«Morris hat mir alles erzählt. Von dem Vorhaben, in Europa den Spieß umzudrehen, ihn zu beobachten, wenn er von irgendeiner berühmten Sehenswürdigkeit angenehm beeindruckt wäre — wie du weißt, gibt er ja vor, kunstverständig zu sein —, und ihn dann einfach anzugehen und zu überreden.»
«Ich habe es nie versucht. Es war ein Einfall von Morris; aber wenn er bei uns in Europa gewesen wäre, hätte er gemerkt, daß Vater nie auf diese Weise beeindruckt war. Er ist gewiß kunstverständig — ganz furchtbar kunstverständig; aber je mehr berühmte Orte wir besuchten und je mehr er sie bewunderte, umso nutzloser wäre es gewesen, ihn anzugehen. Sie schienen ihn nur immer noch entschlossener zu machen — noch schrecklicher», sagte die arme Catherine. «Ich werde ihn nie überreden, und ich erwarte nichts mehr.»
«Nun, ich muß schon sagen», sagte Mrs Penniman, «ich hätte nie geglaubt, du werdest es aufgeben.»
«Ich habe es aufgegeben. Es ist mir jetzt gleichgültig.»
«Du bist sehr mutig geworden», sagte Mrs Penniman mit

einem kurzen Lachen. «Ich habe dir nicht dazu geraten, dein Vermögen zu opfern.»
«Ja, ich bin mutiger als früher. Sie haben mich gefragt, ob ich mich verändert habe; in dieser Beziehung habe ich mich verändert. Oh», fuhr das Mädchen fort, «ich habe mich sehr verändert. Und es ist ja nicht mein Vermögen. Wenn *ihm* nichts daran gelegen ist, warum sollte mir etwas daran liegen?»
Mrs Penniman zögerte. «Vielleicht ist ihm aber sehr wohl etwas daran gelegen.»
«Ihm liegt um meinetwillen etwas daran, weil er mich nicht verletzen will. Aber er wird erfahren — er weiß es bereits —, wie wenig er sich darum zu sorgen braucht. Übrigens», sagte Catherine, «besitze ich ja genug eigenes Geld. Wir werden sehr wohlhabend sein; und hat er denn jetzt nicht sein Geschäft? Ich bin ja so glücklich über dieses Geschäft.» Sie redete weiter und verriet dabei ziemliche Aufregung. Ihre Tante hatte sie so noch nie gesehen, und Mrs Penniman schrieb, was sie beobachtete, der Auslandreise zu, welche Catherine bestimmter und reifer gemacht habe. Auch fand sie, ihre Nichte habe eine vorteilhaftere Erscheinung gewonnen und sehe recht hübsch aus. Mrs Penniman war neugierig zu erfahren, ob das auch Morris Townsend auffallen werde. Während sie mit solchen Überlegungen beschäftigt war, stieß Catherine mit einer gewissen Schärfe hervor: «Warum sind Sie so widersprüchlich, Tante Penniman? Sie scheinen einmal dies und ein andermal jenes zu glauben. Vor einem Jahr, bevor ich wegfuhr, wollten Sie, ich solle mir doch nichts daraus machen, Vater zu verärgern, und jetzt scheinen Sie mir ein anderes Vorgehen zu empfehlen. Sie schwanken so hin und her.»
Dieser Angriff kam unerwartet, denn Mrs Penniman war es nicht gewohnt, daß in irgendeiner Diskussion der Krieg auf ihrem eigenen Boden ausgetragen wurde — wahrscheinlich deshalb, weil der Feind in der Regel seine Zweifel hatte, ob er dort auch genügend Subsistenz fände. Sie

selbst war sich nicht bewußt, daß die blumigen Gefilde ihres Verstandes häufig durch eine feindliche Macht heimgesucht worden wären. Vielleicht war dies der Grund dafür, daß sie in deren Verteidigung eher majestätisch als beweglich vorging.

«Ich weiß gar nicht, wessen du mich beschuldigst, außer daß ich zu tief an deinem Glück interessiert sei. Es ist das erstemal, daß man mir sagt, ich sei launenhaft. Dieser Fehler wird mir gemeinhin nicht vorgeworfen.»

«Letztes Jahr waren Sie böse, weil ich nicht sofort heiraten wollte, und jetzt sprechen Sie davon, ich solle mir die Zustimmung meines Vaters gewinnen. Sie sagten, es geschehe ihm ganz recht, wenn er mich vergebens nach Europa mitnehme. Schön, jetzt hat er mich vergebens mitgenommen, und Sie sollten zufrieden sein. Nichts hat sich geändert — nichts als meine Gefühle Vater gegenüber. Es macht mir jetzt längst nicht mehr so viel aus. Ich war so brav, wie ich nur konnte; aber ihm ist das gleichgültig. Jetzt ist es mir ebenfalls gleich. Ich weiß nicht, ob ich schlecht geworden bin; vielleicht bin ich es. Aber auch das ist mir gleichgültig. Ich bin nach Hause gekommen, um zu heiraten — mehr weiß ich nicht. Das sollte Ihnen passen — es sei denn, Sie haben einen neuen Plan gefaßt; Sie sind so seltsam. Sie können tun, was Sie wollen, aber reden Sie mir nie mehr davon, ich solle meinen Vater um etwas angehen. Ich werde ihn nie mehr um irgendetwas angehen; das ist jetzt vorbei. Er hat mich abgeschrieben. Ich bin nach Hause gekommen, um zu heiraten.»

Es war die autoritativste Rede, die sie je von den Lippen ihrer Nichte vernommen hatte, und Mrs Penniman war entsprechend erschrocken. Ja, sie war sogar ein wenig eingeschüchtert, und die Kraft der Erregung und Entschlossenheit des Mädchens machte sie um eine Antwort verlegen. Sie war leicht zu erschrecken, und immer trug sie ihr Unbehagen durch ein Zugeständnis ab — ein Zugeständnis, welches, wie im gegenwärtigen Falle, oft von einem kleinen nervösen Lachen begleitet war.

XXVI

HATTE SIE DIE LAUNE IHRER NICHTE GETRÜBT — VON DIESEM Zeitpunkt an begann sie, recht viel von Catherines Laune zu reden, eine Sache, die bisher im Zusammenhang mit unserer Heldin nie erwähnt worden war —, so fand Catherine am folgenden Tage Gelegenheit, ihre Heiterkeit zurückzugewinnen. Mrs Penniman hatte ihr eine Nachricht von Morris Townsend vermittelt, die besagte, daß er sie am Tage nach ihrer Ankunft aufsuchen und willkommen heißen werde. Er erschien am Nachmittag; aber, wie man sich denken kann, wurde ihm diesmal Doktor Slopers Arbeitszimmer nicht zur Verfügung gestellt. Während des vergangenen Jahres war er so gemütlich und selbstverständlich ein- und ausgegangen, daß er sich gewissermaßen zurückgesetzt fühlte, als er daran gemahnt wurde, er habe seinen Radius auf den vorderen Salon, der Catherines eigenstes Gebiet war, zu beschränken.

«Ich bin sehr froh, daß du zurückgekehrt bist», sagte er; «es macht mich sehr glücklich, dich wiederzusehen.» Und er blickte sie lächelnd an von Kopf bis Fuß, obwohl sich später herausstellte, daß er den Eindruck Mrs Pennimans (die nach Frauenart mehr ins Einzelne ging), sie habe sich verschönt, nicht teilte.

Catherine schien er strahlend; es verging einige Zeit, ehe sie wieder glauben konnte, daß dieser schöne junge Mann ihr eigenster, ausschließlicher Besitz sei. Sie führten ein langes typisches Liebesgespräch — ein leises Austauschen von Fragen und Beteuerungen. In solchen Dingen verfügte Morris über eine hervorragende Grazie, die sogar dem Bericht über sein Début im Kommissionsgeschäft ein malerisches Interesse verlieh — einem Gegenstand, worüber ihn seine Gefährtin ernsthaft ausfragte. Von Zeit zu Zeit erhob er sich von dem Sofa, auf dem sie miteinander saßen, und ging im Zimmer umher; wonach er zurückkam, lächelte und sich mit der Hand durch das Haar strich. Er war unruhig, wie es bei einem jungen Manne nur natürlich ist, der eben erst mit seiner lange fern gewesenen Geliebten wiedervereinigt wurde, und Catherine stellte die Überlegung an, daß sie ihn noch nie so aufgeregt gesehen habe. Irgendwie bereitete es ihr Freude, diese Tatsache zu bemerken. Er stellte ihr Fragen über die Reise, von denen sie einige nicht beantworten konnte, denn sie hatte die Ortsnamen und den Reiseplan ihres Vaters vergessen. Aber im Augenblick war sie so glücklich, so getragen von dem Glauben, all ihre Not habe jetzt ein Ende, daß sie ganz vergaß, sich ihrer dürftigen Antworten zu schämen. Es schien ihr jetzt, daß sie ihn ohne das Überbleibsel eines Skrupels heiraten könne und ohne ein einziges Zittern, außer jenem, das zur Freude gehört. Ohne seine Frage abzuwarten, erzählte sie ihm, daß ihr Vater mit genau der gleichen Einstellung zurückgekehrt sei — daß er um keinen Zoll nachgegeben habe.

«Jetzt haben wir es nicht mehr zu erwarten», sagte sie, «und wir müssen darauf verzichten.»

Morris saß da, sah sie an und lächelte. «Mein armes, liebes Mädchen!» rief er aus.

«Du darfst kein Mitleid mit mir haben», sagte Catherine. «Es macht mir jetzt nichts mehr aus; ich habe mich daran gewöhnt.»

Morris fuhr fort zu lächeln; dann stand er auf und ging wieder umher. «Du solltest es mich mit ihm versuchen lassen.»

«Willst du versuchen, ihn zu überreden? Du würdest es nur noch schlimmer machen», antwortete Catherine entschieden.

«Das sagst du, weil ich es früher so ungeschickt angestellt habe. Aber jetzt sollte es mir besser gelingen. Ich bin viel klüger geworden; ich habe ein Jahr Zeit gehabt, darüber nachzudenken. Ich habe jetzt mehr Takt.»

«Hast du darüber ein Jahr lang nachgedacht?»

«Ein gut Teil davon. Siehst du, ich kann den Gedanken einfach nicht schlucken. Ich gebe mich nicht gerne geschlagen.»

«Wieso gibst du dich geschlagen, wenn wir heiraten?»
«In der Hauptsache bin ich natürlich nicht geschlagen; aber ich bin es — siehst du denn das nicht ein — in allen übrigen Punkten — in der Frage meines guten Rufes, meiner Beziehung zu deinem Vater, meiner Beziehung zu meinen eigenen Kindern, wenn wir welche haben sollten.»
«Für unsere Kinder wird es reichen; es wird für alles reichen. Erwartest du denn von deinen Geschäften gar keinen Erfolg?»
«Einen glänzenden Erfolg sogar, und wir werden sicher ein behagliches Leben führen können. Aber ich spreche nicht nur vom materiellen Wohlbefinden; ich spreche vom moralischen Wohlbefinden», sagte Morris, «— von der intellektuellen Genugtuung.»
«Ich befinde mich jetzt moralisch sehr wohl», erklärte Catherine schlicht.
«Natürlich. Aber für mich ist das eine andere Sache. Ich habe meinen Stolz darein gesetzt, deinem Vater zu beweisen, daß er unrecht hat, und jetzt, wo ich einer blühenden Firma vorstehe, kann ich mit ihm auf gleichem Fuß verhandeln. Ich habe einen großartigen Plan — bitte, laß es mich doch mit ihm versuchen.»
Er stand vor ihr mit seinem heiteren Gesicht, seiner kekken Haltung, die Hände in den Taschen; und sie erhob sich, während sie die Augen auf den seinen ruhen ließ. «Bitte, tu es nicht, Morris; bitte, tu's nicht», sagte sie; und in ihrem Ton, den er zum ersten Male hörte, lag eine gewisse milde, traurige Festigkeit. «Wir dürfen ihn um keine Gunst bitten — wir dürfen ihn um nichts mehr bitten. Er wird nicht nachgeben, und es kann nichts Gutes daraus werden. Jetzt weiß ich es — ich habe meinen sehr guten Grund.»
«Und was, wenn ich fragen darf, ist das für ein Grund?»
Es fiel ihr schwer, ihn auszusprechen; aber schließlich kam es heraus. «Er hat mich nicht sehr lieb.»
«Oh, zum Kuckuck!» rief Morris zornig.

«Ich würde so etwas nie sagen, wenn ich nicht sicher wäre. Ich habe es gesehen, ich habe es gefühlt; in England, vor der Abreise. Eines Abends — am letzten Abend — sprach er mit mir, und da wurde es mir klar. Man spürt es, wenn jemand so fühlt. Ich wollte ihm keinen Vorwurf machen, wenn er mir nicht dieses Gefühl gegeben hätte. Ich mache ihm auch keine Vorwürfe; ich sage dir einfach, wie es ist. Er kann nichts dafür; wir sind nicht Herr über unsere Neigungen. Bin ich denn Herr über die meinen? Könnte er mir nicht gerade das entgegenhalten? Der Grund ist der, daß er meine Mutter so liebt, die wir vor langer Zeit verloren haben. Sie war schön, und sehr, sehr gescheit; er denkt immer an sie. Ich gleiche ihr kein bißchen; Tante Penniman hat es mir gesagt. Natürlich ist das nicht mein Fehler; aber es ist auch nicht sein Fehler. Ich meine nur, es ist nun einmal so; und es ist ein noch stärkerer Grund dafür, daß er sich nie aussöhnen wird, als einfach seine Abneigung gegen dich.»

«‚Einfach'?» rief Morris mit einem Auflachen. «Da bin ich aber sehr dankbar.»

«Seine Abneigung gegen dich ist mir jetzt gleichgültig; alles ist mir gleichgültiger geworden. Ich fühle anders; ich fühle mich abgetrennt von meinem Vater.»

«Ich muß schon sagen», meinte Morris, «ihr seid mir eine seltsame Familie.»

«Sag das nicht — sag nichts Liebloses», flehte das Mädchen. «Du mußt jetzt sehr gut zu mir sein, denn, Morris, denn —» und sie stockte einen Augenblick — «denn ich habe sehr viel für dich getan.»

«Oh, das weiß ich, Liebling.»

Bisher hatte sie ohne Heftigkeit oder ein äußeres Zeichen ihrer Erregung gesprochen, sanft, verständnisvoll, um eine Erklärung bemüht. Aber ihre Erregung war nur unwirksam unterdrückt gewesen und verriet sich schließlich im Zittern ihrer Stimme. «Es ist schwer, so von seinem Vater getrennt zu werden, wenn man ihn zuvor verehrt hat. Es hat mich sehr unglücklich gemacht; oder wenigstens hätte es das getan, wenn ich dich nicht liebte. Man spürt es, wenn ein Mensch zu einem redet, als ob — als ob —»

«Als ob was?»

«Als ob er einen verachte!» sagte Catherine leidenschaftlich. «So hat er geredet, am Abend, bevor wir uns einschifften. Es war nicht viel, aber es genügte, und auf der Überfahrt habe ich die ganze Zeit daran gedacht. Dann habe ich mich entschlossen. Ich werde ihn nie wieder um etwas bitten oder irgendetwas von ihm erwarten. Es wäre unnatürlich, danach. Wir müssen miteinander sehr glücklich sein, und es darf nicht so aussehen, als seien wir auf seine Vergebung angewiesen. Und, Morris, Morris, du darfst mich nie verachten!»

Dieses Versprechen war leicht zu geben, und Morris gab es denn auch mit der schönsten Wirkung. Aber etwas Beschwerlicheres unternahm er vorläufig nicht.

XXVII

Der Doktor hatte bei seiner Rückkehr natürlich allerhand mit seinen Schwestern zu bereden. Er gab sich keine große Mühe, Mrs Penniman von seinen Reisen und seinen Eindrücken aus fernen Ländern zu berichten; vielmehr begnügte er sich damit, ihr ein Andenken an seine beneidenswerten Erlebnisse in Gestalt eines Samtkleides zu überreichen. Dagegen unterhielt er sich mit ihr des längeren über Gegenstände der näheren Umgebung und versicherte ihr unverzüglich, daß er noch immer ein unbeugsamer Vater sei.

«Ich zweifle nicht daran, daß du Mr Townsend oft zu Gesicht bekommen und dir alle Mühe gegeben hast, ihn über Catherines Abwesenheit hinwegzutrösten», sagte er. «Ich frage dich nicht danach, und du brauchst es nicht zu leugnen. Nicht um die Welt möchte ich dir diese Frage stellen und dich der Ungelegenheit aussetzen, eine Antwort — äh — ersinnen zu müssen. Niemand hat dich verraten, und niemand hat deinen Umtrieben nachspioniert. Elizabeth hat nicht geplaudert und hat deiner nie Erwähnung getan, außer um dein gutes Aussehen und deine gute Laune zu rühmen. Die Sache ist lediglich meine ganz private Schlußfolgerung — eine Induktion, wie die Philosophen es nennen. Ich halte es für wahrscheinlich, daß du einem interessanten Dulder ein Asyl gewähren würdest. Mr Townsend war oft im Hause; irgendetwas im Hause sagt mir das. Wir Ärzte, weißt du, eignen uns mit der Zeit eine feine Wahrnehmungsgabe an, und es drängt sich meinem Sensorium auf, daß er in diesen Stühlen gesessen hat, in sehr lässiger Haltung, und sich an diesem Feuer wärmte. Ich gönne ihm dieses Behagen; es ist das einzige, das er je auf meine Kosten genießen wird. Es sieht sogar ganz danach aus, als sollte ich auf seine Kosten sparen können. Ich weiß nicht, was du ihm alles gesagt hast oder was du ihm noch sagen wirst; aber ich möchte, daß du dir über folgendes klar bist: solltest du ihm Mut gemacht haben, zu meinen, er werde durch Zähigkeit irgendetwas erreichen oder ich sei auch nur um Haaresbreite von meiner Einstellung, die ich vor einem Jahr eingenommen habe, abgewichen, dann hast du ihm einen Streich gespielt, für den er Wiedergutmachung verlangen kann. Ich bin nicht so sicher, daß er dich nicht einklagen könnte. Natürlich hast du es mit gutem Gewissen getan; du hast dich selbst glauben machen, ich könnte ermatten. Das ist die haltloseste Halluzination, die je das Hirn einer freundlichen Optimistin heimgesucht hat. Ich bin nicht im mindesten ermattet; ich bin so frisch wie bei meiner Abreise; ich halte es noch fünfzig Jahre aus. Auch Catherine scheint um keinen Zoll nachgegeben zu haben; sie ist ebenso frisch; und so sind wir ungefähr dort, wo wir schon vorher waren. Aber das weißt du so gut wie ich. Woran mir liegt, ist lediglich dies, dich mit meiner eigenen Gemütsverfassung bekanntzumachen. Nimm sie dir zu Herzen, Lavinia. Hüte dich vor der gerechten Rache eines enttäuschten Glücksjägers.»

«Ich kann nicht behaupten, daß ich dies erwartet habe», sagte Mrs Penniman. «Und ich hegte eine Art törichter Hoffnung, du möchtest ohne diesen abscheulichen ironischen Ton heimkehren, in welchem du die heiligsten Gegenstände behandelst.»

«Unterschätze mir nicht die Ironie; sie ist oft von großem Nutzen. Doch ist sie nicht immer vonnöten, und ich will dir zeigen, wie elegant ich sie ablegen kann. Ich möchte gerne erfahren, ob du meinst, Morris Townsend werde nicht locker lassen.»

«Ich will dir mit deinen eigenen Waffen begegnen», sagte Mrs Penniman. «Warte ab, und du wirst schon sehen.»

«Nennst du eine solche Antwort eine von meinen Waffen? Noch nie habe ich etwas so Plumpes gesagt.»

«Dann also: er wird so lange nicht locker lassen, bis dir sehr ungemütlich sein wird.»

«Aber meine beste Lavinia», rief der Doktor aus, «das nennst du Ironie? Das nenne ich Faustkampf.»

Aber trotz ihrem Faustkampf bekam es Mrs Penniman mit der Angst, und sie zog ihre Befürchtungen zu Rate. Unterdessen zog ihr Bruder, mit vielen Vorbehalten, Mrs Almond zu Rate, gegenüber welcher er nicht weniger freigebig und bedeutend mitteilsamer als zu Lavinia war. «Ich nehme an, sie hat ihn die ganze Zeit bei sich gehabt», sagte er. «Ich muß einmal den Stand meines Weinkellers untersuchen. Du kannst mir jetzt ruhig alles erzählen; alles, was ich ihr über den Gegenstand zu sagen beabsichtige, habe ich ihr bereits gesagt.»

«Ich glaube, er hielt sich ziemlich oft im Hause auf», antwortete Mrs Almond. «Aber du mußt zugeben, daß es für Lavinia eine große Veränderung bedeutete, von dir plötzlich so ganz allein gelassen zu werden, und daß es nur natürlich war, daß sie sich nach Gesellschaft sehnte.»

«Das gebe ich zu, und darum werde ich wegen des Weines auch keinen Lärm schlagen; ich werde ihn als Schadenersatz für Lavinia buchen. Sie ist imstande, mir zu erzählen, daß sie ihn ganz allein getrunken habe. Bedenke doch die unvorstellbare Taktlosigkeit dieses Burschen, der sich, unter solchen Umständen, im Hause gütlich tut — oder es überhaupt nur betritt. Wenn ihn das nicht kennzeichnet, dann ist er unbeschreiblich.»

«Seine Methode besteht darin, zu nehmen, was er bekommt. Lavinia wird ihn während eines Jahres unterstützt haben», meinte Mrs Almond. «Soviel hat er mindestens bei der Sache gewonnen.»

«Dann wird sie ihn eben für den Rest seines Lebens unterstützen müssen», rief der Doktor; «aber ‚ohne Wein', wie es an der table d'hôte heißt.»

«Catherine hat mir erzählt, er habe ein Geschäft angefangen und verdiene eine Menge Geld.»

Der Doktor saß starr. «Das hat sie mir nicht erzählt — und Lavinia hat sich nicht herbeigelassen. Ah!» rief er, «Catherine hat mich aufgegeben. Das ist freilich ohne Bedeutung, wie die Dinge mit diesem Geschäft nun einmal stehen.»

«Sie hat Mr Townsend nicht aufgegeben», sagte Mrs Almond; «das sah ich schon in der ersten halben Minute. Sie ist ganz unverändert nach Hause gekommen.»

«Ganz unverändert; keinen Deut intelligenter. Sie hat während unserer ganzen Abwesenheit nicht Stock noch Stein beachtet — weder ein Bild noch eine Aussicht, weder eine Statue noch eine Kathedrale.»

«Wie hätte sie auch können? Sie mußte an anderes denken; das geht ihr nicht aus dem Sinn. Sie rührt mich sehr.»

«Sie würde mich rühren, wenn sie mich nicht reizte. Das ist die Wirkung, die sie jetzt auf mich hat. Ich habe alles an ihr versucht; ich war wirklich ganz erbarmungslos. Aber es nützt alles nichts; sie ist förmlich ange*leimt*. Infolgedessen bin ich in das Stadium der Verzweiflung getreten. Anfänglich empfand ich in dieser Sache eine gewisse freundliche Neugier; ich wollte zusehen, ob sie wirklich festbleiben werde. Aber, guter Gott, auch meine Neugier ist einmal gesättigt! Ich sehe ja, daß sie dazu imstande ist, und nun könnte sie doch endlich locker lassen.»

«Sie wird niemals locker lassen», sagte Mrs Almond.

«Paß auf, daß du mich nicht auch noch zur Verzweiflung treibst. Wenn sie nicht locker läßt, wird sie abgeschüttelt — wird sie in den Staub geschleudert werden. Eine nette Lage für meine Tochter. Sie will nicht einsehen, daß es besser ist zu springen, wenn man doch einmal gestoßen wird. Und dann wird sie sich über ihre Beulen beklagen.»

«Sie wird sich nie beklagen», sagte Mrs Almond.

«Das ist mir erst recht zuwider. Aber das Verteufelte daran ist, daß ich nichts verhindern kann.»

«Wenn sie denn fallen muß», sagte Mrs Almond mit einem freundlichen Lachen, «müssen wir möglichst viele Decken ausbreiten.» Und sie führte diesen Vorsatz aus, indem sie dem Mädchen viel mütterliche Güte zukommen ließ.

Mrs Penniman schrieb sofort an Morris Townsend. Die

Vertraulichkeit zwischen diesen beiden war nachgerade vollkommen; aber ich muß mich damit begnügen, nur einige wenige ihrer Äußerungen aufzuzeichnen. Mrs Pennimans eigener Anteil daran war ein einzigartiges Gefühl, das leicht hätte mißverstanden werden können, das aber an sich der armen alten Dame nicht übel anstand. Es war ein romantisches Interesse an diesem anziehenden und unglücklichen jungen Manne, und doch war es kein Interesse, worauf Catherine hätte eifersüchtig sein können. Mrs Penniman empfand ihrerseits keine Spur von Eifersucht auf ihre Nichte. Ihre Gefühle für Morris stellten sich ihr selbst so dar, als sei sie seine Mutter oder seine Schwester — eine Mutter oder Schwester mit einem gefühlvollen Temperament —, und sie hegte ein verzehrendes Verlangen, ihn behaglich und glücklich zu wissen. Während des Jahres, da der Bruder ihr freie Bahn gegeben hatte, war sie bestrebt gewesen, diesem Verlangen zu entsprechen, und ihre Anstrengungen waren von dem bereits hervorgehobenen Erfolg begleitet gewesen. Selbst hatte sie nie ein Kind gehabt, und Catherine, der sie nach bestem Vermögen jene Bedeutung beigemessen hatte, welche einer jungen Penniman natürlicherweise zugekommen wäre, hatte ihren Eifer nur zum Teil belohnt. Als Gegenstand von Zuneigung und Umsorgung hatte Catherine nie jenen malerischen Liebreiz besessen, der (wie ihr schien) eine natürliche Eigenschaft ihrer eigenen Nachkommen gewesen wäre. Sogar mütterliche Leidenschaft wäre bei Mrs Penniman etwas Romantisches und künstlich Gesteigertes gewesen, und Catherine war nicht dafür geschaffen, eine romantische Leidenschaft zu wecken. Mrs Penniman liebte sie unvermindert, aber allmählich war in ihr das Gefühl entstanden, daß ihr Catherine zu wenig Gelegenheiten biete. Gefühlshaft gesprochen hatte sie daher (wenn sie ihre Nichte auch nicht enterbte) Morris Townsend adoptiert, der ihr Gelegenheiten in Hülle und Fülle bot. Sie wäre sehr glücklich darüber gewesen, einen hübschen und tyrannischen Sohn zu haben, und hätte an dessen Liebesaffären lebhaftesten Anteil genommen. In diesem Lichte hatte sie sich angewöhnt, Morris zu sehen, der sich ihr zuerst angenehm gemacht und sie durch seine zarte und berechnete Ergebenheit beeindruckt hatte — eine Art des Benehmens, für die Mrs Penniman besonders empfänglich war. Später hatte er seine Ergebenheit beträchtlich abgeschwächt, denn er ging mit seinen Mitteln sparsam um; aber der Eindruck bestand weiter, und gerade die Frechheit des jungen Mannes erhöhte seinen Sohneswert. Hätte Mrs Penniman einen Sohn gehabt, so hätte sie sich wahrscheinlich vor ihm gefürchtet, und an diesem Punkte unserer Erzählung fürchtete sie sich ganz bestimmt vor Morris Townsend. Dies war eines der Ergebnisse seiner Domestikation am Washington Square. Er tat sich ihretwegen keinen Zwang an — wie er es übrigens sicher auch seiner eigenen Mutter gegenüber gehalten hätte.

XXVIII

Der Brief enthielt eine Warnung; er teilte ihm mit, dass der Doktor verstockter denn je zurückgekehrt sei. Sie hätte sich denken können, daß ihn Catherine mit allen wünschbaren Mitteilungen über diesen Punkt versehen werde; aber wir wissen ja, daß Mrs Pennimans Gedanken selten zutrafen, und überdies hatte sie das Gefühl, es sei nicht an ihr, sich auf Catherine zu verlassen. Sie hatte ihre Pflicht ganz ohne Rücksicht auf Catherine zu erfüllen. Ich habe schon gesagt, daß sich ihr junger Freund ihretwegen keinen Zwang antat, und diese Tatsache wird dadurch illustriert, daß er ihren Brief keiner Antwort würdigte. Er nahm ihn hinreichend zur Kenntnis; aber er steckte sich eine Zigarre damit an und wartete in ruhiger Zuversicht darauf, daß er einen weiteren erhielte. «Sein Gemütszustand läßt mir wirklich das Blut gefrieren», hatte Mrs Penniman an der Stelle geschrieben, wo sie auf ihren Bruder zu sprechen kam; und es mochte scheinen, daß sie diese Feststellung kaum werde übertreffen können. Trotzdem schrieb sie wieder und drückte sich mit Hilfe eines anderen Bildes aus. «Sein Haß gegen Sie brennt mit fahler Flamme — der Flamme, die nie erlischt», schrieb sie. «Aber sie erhellt das Dunkel Ihrer Zukunft nicht. Wenn meine Neigung es vermöchte, so müßten alle Jahre Ihres Lebens unter ewigem Sonnenschein liegen. Aus C. kann ich nichts herausbringen; sie ist so schrecklich verschlossen, wie ihr Vater. Sie scheint die Hochzeit schon sehr bald zu erwarten, und hat in Europa offensichtlich Vorbereitungen getroffen — ganze Berge von Kleidern, zehn Paar Schuhe usw. Mein lieber Freund, man kann die Ehe doch nicht einfach mit einigen Paar Schuhen eingehen, nicht wahr? Sagen Sie mir, was Sie davon halten. Ich brenne darauf, Sie zu sehen, ich habe Ihnen so viel zu sagen. Sie fehlen mir schrecklich; ohne Sie scheint das Haus so leer. Was gibt es Neues in der Stadt? Verbreitert sich das Geschäft? — das liebe kleine Geschäft: ich finde

Sie so tapfer! Könnte ich Sie nicht in Ihrem Kontor aufsuchen? — nur für drei Minuten? Ich könnte ja als Kundin gelten — ist das die richtige Bezeichnung? Ich könnte hereinkommen, um etwas zu kaufen — ein paar Aktien oder ein paar von diesen Eisenbahn-Dingern. *Sagen Sie mir, was Sie von diesem Plane halten.* Ich würde ein kleines Ridikül tragen, wie eine Frau aus dem Volk.»

Trotz dem Ridikül schien Morris nicht viel von dem Plan zu halten, denn er ermunterte Mrs Penniman in keiner Weise, sein Kontor zu besuchen, das er ihr bereits als einen Ort geschildert hatte, der ganz eigentümlich und unnatürlich schwierig zu finden sei. Aber da sie darauf beharrte, eine Unterredung zu verlangen — bis zu allerletzt, noch nach Monaten vertraulicher Plaudereien, nannte sie diese Zusammenkünfte «Unterredungen» —, verstand er sich zu einem gemeinsamen Spaziergang und war sogar so freundlich, für diesen Zweck sein Kontor zu einer Stunde zu verlassen, wo man hätte meinen können, der Betrieb wäre am lebhaftesten. Als sie sich an einer Straßenecke in einer Gegend mit leeren Parzellen und noch nicht ausgeführten Bürgersteigen trafen (Mrs Penniman hatte sich so gut wie möglich als eine «Frau aus dem Volke» gewandet), bereitete es ihm keine Überraschung, feststellen zu müssen, daß sie ihm trotz ihrem Drängen zur Hauptsache lediglich die Versicherung ihrer Sympathie mitzuteilen hatte. Von dergleichen Versicherungen besaß er jedoch bereits eine umfangreiche Sammlung, und es hätte sich für ihn nicht gelohnt, ertragreiche berufliche Obliegenheiten im Stiche zu lassen, einzig um Mrs Penniman zum tausendsten Male sagen zu hören, daß sie seine Sache zu der ihren gemacht habe. Aber Morris hatte selbst etwas zu sagen. Es war nicht leicht zu äußern, und während er es um und um wandte, machte ihn die Schwierigkeit bissig.

«Oh ja, ich bin vollkommen darüber im Bilde, daß er die Eigenschaften eines Eisklumpens und einer rotglühenden Kohle in sich vereinigt», bemerkte er. «Catherine hat mir das gründlich klargemacht, und Sie haben es mir bis zum Überdruß erzählt. Sie brauchen es mir nicht nochmals zu erzählen; ich weiß Bescheid. Er wird uns nie einen roten Pfennig geben; ich betrachte das als mathematisch bewiesen.»

An diesem Punkte überkam Mrs Penniman eine Erleuchtung.

«Könnten Sie ihn nicht vor Gericht ziehen?» Sie wunderte sich, daß ihr dieser simple Ausweg nie zuvor eingefallen war.

«Ich werde *Sie* vor Gericht ziehen», sagte Morris, «wenn Sie mir noch mehr solcher aufreizenden Fragen stellen. Man sollte einsehen, wann man das Spiel verloren hat», fügte er kurz darauf hinzu. «Ich muß sie preisgeben.»

Mrs Penniman nahm diese Erklärung schweigend entgegen, obzwar sie ihr ein klein wenig Herzklopfen machte. Es traf sie durchaus nicht unvorbereitet, denn sie hatte sich an den Gedanken gewöhnt, daß es für Morris nicht tunlich sei — falls er das Geld ihres Bruders ganz bestimmt nicht erhalten sollte —, Catherine ohne es zu heiraten. «Es ist nicht tunlich», war ein etwas unbestimmter Ausdruck; aber Mrs Pennimans natürliche Zuneigung ergänzte die Vorstellung, welche zwar bisher zwischen ihnen nie in der harten Form, deren sich Morris soeben bedient hatte, ausgesprochen, aber doch schon so oft in gewissen lässigen Gesprächspausen, wenn er, die Beine ausstreckend, in des Doktors wohlgepolsterten Lehnstühlen gesessen hatte, stillschweigend bedeutet worden war, daß sie sich zunächst daran gewöhnte, sie mit einer — wie sie sich schmeichelte — philosophischen Empfindung zu betrachten und dann mit geheimer Zärtlichkeit. Die Tatsache, daß sie ihre Zärtlichkeit geheimhielt, beweist natürlich, daß sie sich ihrer schämte; aber sie brachte es fertig, die Augen vor ihrer Scham abzuwenden, indem sie sich daran mahnte, schließlich sei sie die offizielle Wächterin über der Ehe ihrer Nichte. Ihre Logik hätte vor dem Doktor schwerlich standgehalten. In erster Linie mußte

Morris das Geld einfach bekommen; und sie würde ihm dazu verhelfen. In zweiter Linie war es klar, daß es ihm nie zufallen würde, und es wäre jammerschade, wenn er — ein junger Mann, der so leicht etwas Besseres finden könnte — ohne es heiratete. Nachdem sich ihr Bruder bei seiner Rückkehr aus Europa jener bereits zitierten einschneidenden Ansprache entledigt hatte, schien die Sache für Morris so hoffnungslos, daß Mrs Penniman ihre Aufmerksamkeit ausschließlich der letztgenannten Verzweigung ihrer Überlegungen schenkte. Wäre Morris ihr Sohn gewesen, so hätte sie Catherine gewiß einer höheren Planung seiner Zukunft geopfert; und dazu auch bei der bestehenden Sachlage bereit zu sein, bedeutete daher einen sogar noch sublimeren Grad der Hingabe. Immerhin raubte es ihr ein bißchen den Atem, so plötzlich gleichsam das Opfermesser in die Hand gedrückt zu bekommen.

Morris schritt ein Stückchen weiter, und dann wiederholte er rauh:

«Ich muß sie aufgeben!»

«Ich glaube, ich verstehe Sie», sagte Mrs Penniman leise.

«Ich sage es bestimmt deutlich genug — brutal und gemein genug.»

Er schämte sich, und seine Scham war ihm unbequem; und da er äußerst unduldsam gegen jede Unbequemlichkeit war, wurde ihm boshaft und grausam zumute. Er mußte jemanden beschimpfen, und er fing damit vorsichtigerweise — er war immer vorsichtig — bei sich selbst an.

«Könnten Sie sie nicht ein bißchen abkühlen?» fragte er.

«Abkühlen?»

«Sie vorbereiten — versuchen, mich freizubekommen.»

Mrs Penniman blieb stehen und blickte ihn ernst an.

«Mein armer Morris, wissen Sie denn, wie sehr sie Sie liebt?»

«Nein, das weiß ich nicht. Ich will es gar nicht wissen. Ich habe immer versucht, es nie zu erfahren. Es wäre zu peinlich.»

«Sie wird sehr leiden», sagte Mrs Penniman.

«Sie müssen sie trösten. Wenn Sie mir eine so gute Freundin sind, wie Sie es zu sein vorgeben, dann werden Sie das bewerkstelligen.»

Mrs Penniman schüttelte traurig den Kopf.

«Sie sagen, ich ‚gebe vor', Sie gern zu haben; ich kann aber nicht vorgeben, Sie zu hassen. Ich kann ihr nichts anderes sagen, als daß ich sehr groß von Ihnen denke — und wie wird sie das über Ihren Verlust trösten?»

«Der Doktor wird Ihnen helfen. Er wird entzückt sein, daß die Sache in die Brüche geht; und da er ein gerissener Bursche ist, wird ihm schon etwas einfallen, sie zu trösten.»

«Ihm wird nur eine neue Tortur einfallen», rief Mrs Penniman. «Der Himmel verschone sie vor den Tröstungen ihres Vaters! Sie werden darin bestehen, daß er ihr mit seinem Gekrächz in den Ohren liegt: ‚Ich hab's dir ja immer gesagt!'»

Morris' Gesicht lief mit einem höchst unbequemen Rot an.

«Wenn Sie sie nicht besser als mich trösten, werden Sie freilich nicht viel taugen. Es ist eine verdammt unangenehme Notwendigkeit; das spüre ich empfindlich, und Sie sollten es mir erleichtern.»

«Ich werde zeitlebens Ihre Freundin sein», erklärte Mrs Penniman.

«Seien Sie es jetzt!» und Morris ging weiter.

Sie ging mit ihm; sie zitterte fast.

«Möchten Sie, daß ich es ihr mitteile?» fragte sie.

«Sie dürfen es ihr nicht mitteilen, aber Sie können — Sie können —» Und er stockte und versuchte etwas auszudenken, was Mrs Penniman wohl tun könne. «Sie können ihr erklären, warum es geschieht. Es geschieht, weil ich es nicht über mich bringe, zwischen sie und ihren Vater zu treten — ihm den Vorwand zu liefern, nach welchem er so gierig greift (es ist ein widerlicher Anblick!), um sie ihrer Rechte zu berauben.»

Mrs Penniman spürte mit bemerkenswerter Raschheit den Reiz dieser Formulierung.
«Das sind Sie ganz», sagte sie; «es ist so zart empfunden.»
Morris schwang zornig seinen Stock.
«Oh verdammt!» rief er verdrehterweise aus.
Mrs Penniman ließ sich indes nicht entmutigen.
«Es kommt vielleicht besser heraus, als Sie meinen. Catherine ist doch schließlich sehr eigenartig.» Und sie fand, sie könne es wohl auf sich nehmen, ihm zu versichern, daß sich das Mädchen — was immer auch geschehen mochte — sehr ruhig verhalten werde; sie werde keinen Lärm schlagen. Sie setzten ihren Spaziergang fort, und im Weiterschreiten nahm Mrs Penniman überdies noch andere Dinge auf sich und hatte sich am Ende eine beträchtliche Bürde aufgeladen, während Morris — wie man leicht verstehen kann — bereitwillig genug war, alles von sich ab und auf sie zu schieben. Aber keinen einzigen Augenblick ließ er sich von ihrem blinden Übereifer zum besten halten; er wußte, daß sie von allem, was sie versprach, nur einen unbedeutenden Bruchteil zu erfüllen imstande war, und je mehr sie ihre Bereitwilligkeit, ihm zu dienen, gelobte, für eine umso größere Närrin hielt er sie.
«Was werden Sie denn tun, wenn Sie sie nicht heiraten?» wagte sie sich im Verlauf dieser Unterhaltung zu erkundigen.
«Ich werde mich auszeichnen», sagte Morris. «Das würde Ihnen doch gefallen, nicht wahr? wenn ich mich auszeichnete?»
Die Vorstellung gefiel Mrs Penniman überaus.
«Ich werde mir schmählich betrogen vorkommen, wenn Sie es nicht tun.»
«Ich werde wohl müssen, um dies hier wettzumachen. Wissen Sie, damit zeichne ich mich gar nicht aus.»
Mrs Penniman sann ein wenig nach, als ob es vielleicht doch einen Weg gäbe, daran etwas Auszeichnendes zu finden; aber sie mußte den Versuch aufgeben, und um

die Peinlichkeit des Fehlschlages zu übertönen, wagte sie eine weitere Anfrage.

«Beabsichtigen Sie — beabsichtigen Sie eine andere Heirat?»

Morris nahm diese Frage mit einer Überlegung entgegen, die, wenn sie auch unhörbar blieb, darum nicht weniger unverschämt war. «Frauen sind doch grobschlächtiger als Männer!» Und dann antwortete er, hörbar:

«Nie im Leben!»

Mrs Penniman fühlte sich enttäuscht und abgewiesen; und sie verschaffte sich durch einen leisen, leicht sarkastischen Ausruf Erleichterung. Dieser junge Mann war wirklich verdreht.

«Ich gebe sie nicht um einer anderen Frau, sondern um einer steileren Laufbahn willen auf», verkündete Morris. Das tönte sehr großartig; aber noch immer war Mrs Penniman, die spürte, daß sie sich bloßgestellt hatte, ein klein wenig giftig.

«Beabsichtigen Sie denn, sie nie wieder zu besuchen?» fragte sie mit einer gewissen Schärfe.

«Oh doch, ich werde wiederkommen; aber was nützt es denn, die Sache in die Länge zu ziehen? Ich habe sie seit ihrer Rückkehr schon viermal besucht, und es ist eine schrecklich mühsame Arbeit. Ich kann das nicht endlos fortsetzen; sie sollte das nicht von mir erwarten, wissen Sie. Eine Frau sollte einen Mann nie zappeln lassen», setzte er spitz hinzu.

«Oh, aber einen letzten Abschied müßt ihr nehmen!» drängte seine Gefährtin, in deren Phantasie die Vorstellung letzter Abschiede einen Platz einnahm, der an Würde nur demjenigen erster Begegnungen nachstand.

XXIX

Er kam wieder, ohne den letzten Abschied zu bewerkstelligen; und wieder und wieder, ohne feststellen zu können, daß Mrs Penniman bisher viel getan habe, ihm den Pfad des Rückzugs mit Blumen zu pflastern. Es war verteufelt peinlich, wie er sagte, und er empfand eine lebhafte Animosität gegenüber Catherines Tante, welche ihn, wie sich auszudrücken ihm jetzt schon ganz geläufig geworden war, in diese Schweinerei hineingezogen habe und durch die gewöhnlichste Nächstenliebe verpflichtet sei, ihn wieder hinauszuziehen. Mrs Penniman hatte, die Wahrheit zu gestehen, in der Abgeschiedenheit ihrer eigenen Behausung — und, wie ich beifügen darf, inmitten der beredten Umgebung von Catherines Zimmer, das in jenen Tagen den Anblick desjenigen einer jungen Dame bot, die ihre Aussteuer bereitlegt — Mrs Penniman hatte ihre Verantwortung ermessen, und vor deren Größe war ihr Angst geworden. Die Aufgabe, Catherine vorzubereiten und Morris freizubekommen, brachte Schwierigkeiten mit sich, die mit der Ausführung wuchsen und die impulsive Lavinia sogar dazu führten, sich zu fragen, ob die Abweichung vom ursprünglichen Plane des jungen Mannes wohl in einer glücklichen Stunde beschlossen worden sei. Eine glänzende Zukunft, eine steilere Laufbahn, ein Gewissen, das von dem Vorwurf frei war, zwischen eine junge Dame und ihre natürlichen Anrechte getreten zu sein — diese vorzüglichen Werte konnten auch mit zu viel Scherereien erkauft werden. Von Catherine selbst kam Mrs Penniman keinerlei Hilfe; das arme Mädchen ahnte die Gefahr anscheinend nicht. Es schaute seinen Liebhaber mit Augen unverminderter Treue an, und wenn es seiner Tante auch weniger Vertrauen schenkte als einem jungen Manne, mit dem es so viele zärtliche Schwüre getauscht hatte, so lieferte es ihr doch keine Handhabe für Auseinandersetzungen oder Geständnisse. Mrs Penniman erklärte Catherine zaudernd und schwankend für sehr dumm, verschob «die große Szene», wie sie es genannt haben würde, von Tag zu Tag, und wanderte mit großem Unbehagen umher, die nicht explodierte Bombe in den Händen. Morris selbst trat jetzt nur in sehr kleinen Szenen auf; aber sogar diese überstiegen seine Kräfte. Er gestaltete die Besuche so kurz wie möglich, und wenn er so bei seiner Geliebten saß, fiel ihm schrecklich wenig zu sagen ein. Sie wartete darauf, daß er — nach gewöhnlichem Sprachgebrauch — den Tag festsetze, und solange er nicht bereit war, auf diesen Punkt einzugehen, schien jeder Versuch, über abstraktere Gegenstände zu plaudern, ein Hohn. Sie kannte nicht Kniffe noch Künste; sie versuchte nie, ihre Erwartung zu verleugnen. Sie wartete darauf, daß es ihm gefiele, und sie würde bescheiden und geduldig weiter warten; sein Zögern zu dieser höchsten Zeit mochte seltsam scheinen; aber natürlich mußte er seinen guten Grund haben. Catherine wäre eine Gattin nach der sanften, altmodischen Art geworden — welche Begründungen für Gunsterweise und Glücksfälle hielt, sie aber so wenig wie Kamelienbukette jeden Tag erwartete. Aber auch die junge Dame mit den bescheidensten Ansprüchen zählt während ihrer Verlobungszeit auf mehr Bukette als zu andern Zeiten; und im Augenblick herrschte ein Mangel an Duft, der bei dem Mädchen schließlich doch Befürchtungen weckte.

«Bist du krank?» befragte sie Morris. «Du scheinst so unruhig, und du siehst so blaß aus.»

«Ich fühle mich gar nicht wohl», sagte Morris; und es fiel ihm ein, daß er vielleicht aussteigen könne, wenn er nur stark genug ihr Mitleid erregte.

«Ich fürchte, du hast dich übernommen; du solltest nicht so viel arbeiten.»

«Es bleibt mir nichts anderes übrig.» Und dann setzte er mit einer Art berechneter Rohheit hinzu: «Ich will nicht alles dir verdanken.»

«Oh, wie kannst du so etwas sagen!»

«Ich bin zu stolz», sagte Morris.

«Ja — du bist zu stolz.»
«Nun, du mußt mich eben nehmen, wie ich bin», fuhr er fort; «du wirst mich niemals ändern.»
«Ich will dich gar nicht ändern», sagte sie sanft; «ich nehme dich, wie du bist.» Und sie stand da und schaute ihn an.
«Du weißt, was für ein kolossales Geschwätz die Leute machen, wenn ein Mann ein reiches Mädchen heiratet», bemerkte Morris. «Es ist überaus unangenehm.»
«Aber ich bin doch nicht reich», sagte Catherine.
«Du bist reich genug, um mich ins Gerede zu bringen.»
«Natürlich reden die Leute von dir. Das ist eine Ehre.»
«Es ist eine Ehre, auf die ich gerne verzichten würde.»
Sie war schon im Begriffe, ihn zu fragen, ob es denn gar keine Entschädigung für seinen Ärger bedeute, daß das arme Mädchen, welches das Unglück hatte, ihm denselben zuzuziehen, ihn so innig liebte und so treu an ihn glaubte; aber sie zögerte, da sie dachte, das sei vielleicht eine anspruchsvolle Rede, und während sie noch zögerte, verließ er sie plötzlich.
Doch beim nächsten Mal, als er kam, brachte sie es über die Lippen, und wieder sagte sie ihm, er sei zu stolz. Er wiederholte, daß er sich nicht ändern könne, und diesmal fühlte sie genügend Antrieb zu sagen, mit ein klein wenig Mühe könne er sich sehr wohl ändern.
Manchmal hatte er schon gedacht, wenn er nur einen Streit mit ihr vom Zaune reißen könnte, so würde ihm das helfen; aber die Frage war, wie man mit einer jungen Frau, die über solche Schätze des Nachgebens verfügte, streiten konnte. «Du denkst wohl, die ganze Mühe sei auf deiner Seite», brach er los. «Glaubst du nicht, daß ich so meine eigenen Mühen habe?»
«Es liegt jetzt nur noch an dir», sagte sie; «meine Bemühungen sind erschöpft und zu Ende.»
«Nun, die meinen sind es nicht.»
«Wir müssen alles gemeinsam tragen», sagte Catherine.
«Das sollten wir wirklich tun.»

Morris versuchte, natürlich zu lächeln. «Es gibt Dinge, die wir nicht wohl gemeinsam tragen können — zum Beispiel eine Trennung.»
«Weshalb sprichst du nur von Trennung?»
«Aha! Das paßt dir nicht; ich wußte es ja.»
«Wohin gehst du denn, Morris?» fragte sie rasch. Er heftete eine Weile seinen Blick auf sie, und während eines Teiles dieser Weile fürchtete sie sich davor. «Versprichst du mir, keine Szene zu machen?»
«Eine Szene! — mache ich denn Szenen?»
«Alle Frauen tun das!» sagte Morris mit dem Ton großer Erfahrung.
«Ich aber nicht. Wohin gehst du?»
«Wenn ich dir sagte, ich fahre Geschäfte halber weg, würdest du das sehr seltsam finden?»
Sie überlegte sich das einen Augenblick und betrachtete ihn dabei. «Ja — nein. Nicht, wenn du mich mitnimmst.»
«Dich mitnehmen — wenn ich zu tun habe?»
«Was hast du denn zu tun? Was du zu tun hast, ist, bei mir zu sein.»
«Bei dir verdiene ich aber nicht meinen Lebensunterhalt», sagte Morris. «Oder vielmehr», rief er, einer plötzlichen Eingebung folgend, aus, «das tue ich ja gerade — oder wenigstens sagt die Welt, ich tue das!»
Es hätte wohl ein schwerer Schlag sein sollen, aber er verfehlte sein Ziel. «Wohin gehst du?» wiederholte Catherine einfach.
«Nach New Orleans — wegen eines Baumwolleinkaufs.»
«Ich bin durchaus bereit, nach New Orleans zu fahren», sagte Catherine.
«Glaubst du denn, ich werde dich in einen Herd von Gelbfieber mitnehmen?» rief Morris. «Glaubst du denn, ich werde dich ausgerechnet zu einer solchen Zeit einer Gefahr aussetzen?»
«Wenn dort Gelbfieber herrscht, warum solltest du dann hinfahren? Morris, du darfst nicht gehen.»
«Es handelt sich darum, sechstausend Dollar zu verdie-

nen», sagte Morris. «Mißgönnst du mir diese Genugtuung?»

«Wir brauchen gar keine sechstausend Dollar. Du denkst zu viel an Geld.»

«Du kannst es dir leisten, so zu sprechen. Es handelt sich um eine großartige Gelegenheit; erst gestern abend haben wir davon gehört.» Und er erklärte ihr, worin die großartige Gelegenheit bestand; und indem er verschiedene Einzelheiten mehrmals wiederholte, erzählte er ihr eine lange Geschichte von dem bemerkenswerten geschäftlichen Meisterstück, das er und sein Partner unter sich geplant hatten.

Aber Catherines Phantasie ließ sich aus Gründen, die sie selbst am besten kannte, einfach nicht anfeuern. «Wenn du nach New Orleans fahren kannst, dann kann ich es auch», sagte sie. «Warum solltest du nicht genau so gut wie ich das Gelbfieber auflesen? Ich bin kein bißchen weniger kräftig als du und fürchte mich vor irgendwelchen Fiebern überhaupt nicht. Als wir in Europa waren, kamen wir in sehr ungesunde Gegenden; mein Vater gab mir dann immer ein paar Pillen zu schlucken. Ich habe nie etwas aufgelesen, und ich war nie ängstlich. Was werden die sechstausend Dollar schon nützen, wenn du an einem Fieber stirbst? Wenn Leute im Sinn haben zu heiraten, sollten sie nicht so viel an Geschäfte denken. Du solltest nicht an Baumwolle denken; du solltest an mich denken. Du kannst ein andermal nach New Orleans fahren — Baumwolle wird es immer genug geben. Dies ist nicht der geeignete Zeitpunkt: wir haben bereits zu lange gewartet.» Sie sprach eindringlich und geläufiger, als er es je von ihr gehört hatte, und sie hielt seinen Arm mit beiden Händen fest.

«Du versprachst doch, keine Szene zu machen», rief Morris. «Ich nenne das eine Szene.»

«Du machst sie ja. Ich habe dich noch nie um etwas gebeten. Wir haben schon zu lange gewartet.» Und es war ihr ein Trost, wenn sie bedachte, daß sie bisher so wenig

erbeten hatte; es schien ihr ein Recht zu geben, jetzt umso kräftiger zu drängen.
Morris bedachte sich ein wenig. «Nun gut; reden wir nicht mehr davon. Ich werde meine Geschäfte brieflich erledigen.» Und er begann seinen Hut zu glätten, als wolle er sich verabschieden.
«Du gehst also nicht?» und sie sah zu ihm auf.
Er konnte seinen Einfall, einen Streit heraufzubeschwören, noch nicht fallen lassen; es war weitaus der einfachste Weg. Mit dem finstersten Stirnrunzeln, das ihm zu Gebote stand, senkte er die Augen auf ihr ihm zugewandtes Gesicht. «Du bist unbescheiden; du darfst mich nicht herumkommandieren.»
Aber wie üblich gestand sie alles zu. Ich weiß, daß ich zu sehr dränge. Aber ist es denn nicht natürlich? Es geschieht ja nur in diesem Augenblick.»
«In einem Augenblick kannst du viel Schaden stiften. Versuche, wenn ich wieder komme, ruhiger zu sein.»
«Wann kommst du wieder?»
«Willst du mir Bedingungen stellen?» fragte Morris. «Ich komme nächsten Samstag.»
«Komm morgen», bettelte Catherine; «ich will, daß du morgen kommst. Ich werde sehr ruhig sein», fügte sie hinzu, und ihre Erregung war mittlerweile so stark geworden, daß ihr die Versicherung wohl anstand. Eine jähe Furcht war über sie gekommen; es war wie die feste Verbindung eines Dutzends körperloser Zweifel, und ihre Einbildungskraft hatte mit einem Sprung eine ungeheure Entfernung zurückgelegt. Einen Augenblick versammelte sich ihr ganzes Wesen in dem Wunsche, ihn im Zimmer zu behalten.
Morris neigte den Kopf und küßte ihre Stirn. «Wenn du ruhig bist, bist du die Vollkommenheit selbst», sagte er; «aber wenn du heftig wirst, fällst du aus der Rolle.»
Catherine wünschte, es möchte außer dem Klopfen ihres Herzens, woran sie nichts ändern konnte, nichts Heftiges an ihr sein; und so sanft wie möglich fuhr sie fort: «Ver-

sprichst du mir, morgen zu kommen?»
«Am Samstag, habe ich gesagt!» antwortete Morris lächelnd.
«Ja, auch am Samstag», antwortete sie und versuchte zu lächeln. «Aber zunächst morgen.» Er ging auf die Türe zu, und sie folgte ihm. Ihr schien, sie hätte alles tun mögen, um ihn festzuhalten.
«Wenn ich morgen am Kommen verhindert bin, wirst du sagen, ich habe dich betrogen», sagte er.
«Wie kannst du verhindert sein? Wenn du nur willst, kannst du kommen.»
«Ich bin ein vielbeschäftigter Mann — ich bin kein Scharwenzel!» rief Morris streng.
Seine Stimme klang so hart und unnatürlich, daß sie sich, nach einem hilflosen Blick auf ihn, abwandte; und da legte er rasch die Hand auf den Türknauf. Er hatte das Gefühl, ihr regelrecht davonzulaufen. Doch gleich war sie wieder dicht bei ihm und murmelte in einem Ton, der zwar leise, aber darum nicht minder eindringlich war: «Morris, du verläßt mich.»
«Ja, für eine kleine Weile.»
«Für wie lange?»
«Bis du wieder Vernunft angenommen hast.»
«Ich werde nie Vernunft annehmen, nicht in dieser Beziehung.» Und sie versuchte, ihn länger hinzuhalten; es war beinahe ein Kampf. «Bedenke doch, was ich getan habe! Morris, ich habe alles aufgegeben.»
«Du wirst alles zurückerhalten.»
«Das würdest du nicht sagen, wenn du nicht etwas im Schilde führtest. Was ist's? — was ist geschehen? — was habe ich getan? — was hat dich so verändert?»
«Ich werde dir schreiben», stammelte Morris.
«Ach, du wirst nicht wiederkommen!» rief sie und brach in Tränen aus.
«Liebe Catherine», sagte er, «glaube das nicht. Ich verspreche dir, daß du mich wiedersiehst.» Und es gelang ihm, sich davonzumachen.

XXX

Es war fast der letzte Ausbruch von Leidenschaft in ihrem Leben; wenigstens erging sie sich in keinem anderen mehr, von dem die Welt erfahren hätte. Aber dieser war lange und schrecklich; sie warf sich auf das Sofa und ergab sich ihrem Schmerz. Sie wußte kaum, was geschehen war; dem Anscheine nach hatte sie, wie so viele Mädchen vor ihr, nur eine kleine Auseinandersetzung mit ihrem Liebhaber gehabt und die Angelegenheit war nicht nur kein Bruch: Catherine war in keiner Weise gezwungen, sie auch nur als Drohung aufzufassen. Dennoch, sie spürte eine Wunde, auch wenn nicht er sie ihr beigebracht hatte; es war ihr, als sei plötzlich eine Maske von seinem Gesicht gefallen. Er hatte ihr davonlaufen wollen; er war zornig und grausam gewesen und hatte mit seltsamen Blicken seltsame Dinge gesagt. Ihr Sinn war umnebelt und betäubt; sie vergrub den Kopf in die Kissen, schluchzte und sprach mit sich selbst. Aber schließlich erhob sie sich, aus Angst, daß ihr Vater oder Mrs Penniman hereinkommen könnten; und dann saß sie da und starrte vor sich hin, während es im Zimmer immer dunkler wurde. Sie redete sich ein, daß er vielleicht zurückkommen werde, um ihr zu sagen, daß er es nicht so gemeint habe; sie lauschte auf sein Klingelzeichen an der Türe und versuchte, dies für wahrscheinlich zu halten. Eine lange Zeit verstrich, aber Morris blieb aus; die Schatten wuchsen; der Abend senkte sich auf die sparsame Eleganz des lichten, hellfarbigen Zimmers; das Feuer erlosch. Als es dunkel geworden war, trat Catherine ans Fenster und blickte hinaus; so stand sie eine halbe Stunde, auf die bloße Möglichkeit hin, daß er die Stufen heraufkäme. Schließlich wandte sie sich ab, denn sie sah ihren Vater heimkommen. Er hatte gesehen, wie sie aus dem Fenster schaute, blieb am Fuß der weißen Stufen einen Augenblick stehen und lüftete feierlich, mit dem Gehaben übertriebener Höflichkeit den Hut vor ihr. Die

Geste war ihrem Zustand so unangemessen, diese schwungvolle Reverenz vor einem armen verschmähten und verlassenen Mädchen war so fehl am Platze, daß es ihr ein Grausen einjagte, und sie flüchtete auf ihr Zimmer. Es schien ihr, sie habe mit Morris gebrochen.

Eine halbe Stunde später mußte sie sich zeigen, und bei Tische wurde sie von der Unermeßlichkeit des Verlangens, ihr Vater solle nicht merken, daß irgendetwas vorgefallen sei, aufrechtgehalten. Das war ihr auch später eine große Hilfe, und es kam ihr von Anfang an zustatten (wenn auch nie so sehr, wie sie annahm). Bei dieser Gelegenheit war Doktor Sloper recht gesprächig. Er erzählte viele Geschichten von einem erstaunlichen Pudel, den er im Hause einer alten Dame, die er beruflich besuchte, gesehen hatte. Catherine versuchte nicht nur, den Pudelanekdoten scheinbar zuzuhören, sondern sie gab sich Mühe, ihnen ein Interesse abzugewinnen, damit sie nicht an ihre Szene mit Morris dächte. Die bestand vielleicht nur in ihrer Einbildung; er hatte fälschlich gemeint, sie sei eifersüchtig; die Leute änderten sich doch nicht so von einem Tag auf den andern. Dann wußte sie plötzlich, daß sie schon früher ihre Zweifel gehabt hatte — seltsame Verdächtigungen, die zugleich unbestimmt und aufdringlich waren — und daß er schon die ganze Zeit seit ihrer Rückkehr aus Europa ein anderer gewesen war — worauf sie wieder versuchte, ihrem Vater zuzuhören, der es so bemerkenswert gut verstand, eine Geschichte zum besten zu geben. Nachher ging sie stracks auf ihr Zimmer; das Unterfangen, den Abend mit ihrer Tante zu verbringen, überstieg ihre Kraft. Den ganzen Abend, allein, stellte sie sich Fragen. Ihre Unruhe war schrecklich; aber war es denn etwas, das, gezeugt von übertriebener Empfindlichkeit, nur in ihrer Einbildung bestand, oder stellte es eine klare und deutliche Wirklichkeit dar, und war das Schlimmste, was überhaupt möglich war, tatsächlich geschehen? Mrs Penniman verfolgte mit einem ebenso ungewöhnlichen wie empfehlenswerten Maß von Zartgefühl die Politik, sie sich selbst zu überlassen. In Wahrheit hatte sie jetzt, da ihr nichts Gutes schwante, nur den einen Wunsch — der bei einer so scheuen Person nur natürlich war —, die Explosion zu lokalisieren. Solange die Luft noch zitterte, hielt sie sich abseits.

Im Verlauf des Abends kreuzte sie vor Catherines Türe mehrfach auf und ab, als erwarte sie, dahinter ein klagendes Stöhnen zu vernehmen. Aber das Zimmer blieb vollkommen still; und so bat sie als letztes, ehe sie sich auf ihr eigenes Lager zurückzog, um Zulassung. Catherine war noch auf, mit einem Buch, worin sie zu lesen vorgab. Sie spürte kein Verlangen, zu Bett zu gehen, denn sie machte sich keine Hoffnung auf Schlaf. Auch nachdem Mrs Penniman sie verlassen hatte, blieb sie noch die halbe Nacht auf, und sie ermunterte ihren Besuch nicht zum Bleiben. Ihre Tante stahl sich sehr leise herein und näherte sich ihr mit großem Ernst.

«Ich fürchte, du hast Kummer, Liebling. Kann ich dir irgendwie helfen?»

«Ich habe keinerlei Kummer und brauche keine Hilfe», sagte Catherine und schwindelte rundweg, womit sie bewies, daß nicht nur unsere Fehler, sondern sogar unser unfreiwilligstes Unglück die Moral zu untergraben droht.

«Ist dir nichts geschehen?»

«Gar nichts.»

«Bist du ganz sicher, Liebling?»

«Vollkommen sicher.»

«Und kann ich wirklich nichts für dich tun?»

«Nichts, Tante; aber lassen Sie mich, bitte, in Ruhe», sagte Catherine.

Obgleich Mrs Penniman zuvor einen allzu warmen Empfang befürchtet hatte, war sie jetzt über einen so kalten enttäuscht; und wenn sie später die Geschichte von der Auflösung der Verlobung ihrer Nichte erzählte, wie sie es vielen Personen gegenüber und mit beträchtlichen Variationen in den Einzelheiten tat, so war sie gewöhnlich sorgfältig darauf bedacht zu erwähnen, daß die junge

Dame sie bei einer bestimmten Gelegenheit aus dem Zimmer «komplimentiert» habe. Es war für Mrs Penniman bezeichnend, daß sie diese Tatsache durchaus nicht etwa aus Feindseligkeit gegenüber Catherine berichtete, die sie durchaus zur Genüge bemitleidete, sondern einfach aus einer natürlichen Neigung, jeden Gegenstand, den sie berührte, auszuschmücken.

Wie ich schon sagte, blieb Catherine die halbe Nacht in ihrem Stuhle sitzen, als erwarte sie noch immer, an der Türe Morris Townsends Klingelzeichen zu hören. Am folgenden Morgen war diese Erwartung etwas weniger unvernünftig; aber sie wurde nicht durch ein Wiedererscheinen des jungen Mannes belohnt. Auch hatte er nicht geschrieben; kein Wort der Erklärung oder der Beruhigung. Zum Glück für Catherine konnte sie vor ihrer jetzt heftig gewordenen Erregung in der Entschlossenheit Zuflucht finden, daß ihr Vater nichts davon wahrnehmen dürfe. Wie gut sie ihren Vater täuschte, das zu erfahren, werden wir noch Gelegenheit haben; aber ihre unschuldigen Künste fruchteten bei einer Person von dem seltenen Scharfblick Mrs Pennimans wenig. Diese Dame wurde ihrer Aufregung leicht gewahr, und wenn sich irgendwo eine Aufregung zeigte, war Mrs Penniman nicht die Person, sich ihren natürlichen Anteil daran entgehen zu lassen. Sie kehrte am folgenden Abend zu ihrer Schutzbefohlenen zurück und forderte ihre Nichte auf, sich ihr anzuvertrauen — ihr Herz auszuschütten. Vielleicht sei sie imstande, gewisse Dinge, die jetzt noch dunkel schienen und worüber sie mehr wisse, als Catherine annehme, zu erklären. Wenn Catherine am Abend vorher kühl gewesen war, so war sie heute hochnäsig.

«Sie irren sich gründlich, und ich habe nicht die leiseste Ahnung, was Sie meinen. Ich weiß nicht, was Sie mir in die Schuhe schieben wollen, und ich habe in meinem Leben noch nie so wenig Bedarf für irgendjemandes Erklärungen gehabt.»

Auf diese Weise befreite sich das Mädchen und hielt ihre

Tante von Stunde zu Stunde in Schach. Von Stunde zu Stunde wuchs Mrs Pennimans Neugier. Sie hätte ihren kleinen Finger dafür gegeben, zu erfahren, was Morris gesagt und getan hatte, welchen Ton er angeschlagen, welchen Vorwand er gefunden habe. Natürlich schrieb sie ihm, um eine Unterredung zu verlangen; aber ebenso natürlich erhielt sie keine Antwort auf ihr Gesuch. Morris war es offenbar nicht ums Schreiben, denn auch Catherine hatte zwei kurze Billette an ihn gerichtet, deren Empfang nicht bestätigt wurde. Diese Billette waren so kurz gehalten, dass ich sie ganz wiedergeben kann. «Willst Du mir nicht ein Zeichen geben, daß es nicht Deine Absicht war, so grausam zu sein, wie Du am letzten Dienstag schienst?» — dies war das erste; das andere war ein bißchen länger: «Wenn ich am Dienstag unvernünftig oder mißtrauisch war — wenn ich Dich auf irgendeine Weise geärgert oder verstimmt habe — so bitte ich Dich um Vergebung, und ich verspreche, nie mehr so töricht zu sein. Ich bin genug bestraft, und ich verstehe nicht wofür. Lieber Morris, Du tötest mich!» Diese Billette wurden am Freitag und Samstag abgeschickt; aber Samstag und Sonntag vergingen, ohne dem armen Mädchen die gewünschte Genugtuung zu bringen. Ihre Strafe wuchs an; doch trug sie dieselbe auch weiterhin mit viel oberflächlicher Festigkeit. Am Samstagmorgen redete der Doktor, der schweigend zugesehen hatte, mit seiner Schwester Lavinia.

«Es ist so weit — der Schurke hat sich zurückgezogen!»

«Niemals!» rief Mrs Penniman, die sich zwar überlegt hatte, was sie Catherine sagen wolle, aber ihrem Bruder gegenüber keine Verteidigungslinie angelegt hatte, sodaß empörtes Ableugnen die einzige Waffe in ihrer Hand war.

«Dann hat er also ein Begnadigungsgesuch eingereicht, wenn dir das besser gefällt.»

«Es scheint dich sehr froh zu stimmen, daß mit den Gefühlen deiner Tochter gespielt worden ist.»

«Jawohl», sagte der Doktor; «denn ich hatte es vorausgesagt! Recht zu haben, bereitet großes Vergnügen.»

«Deine Vergnügen machen einen schaudern!» rief seine Schwester aus.

Catherine ging stur ihren üblichen Beschäftigungen nach; das heißt, bis zu dem Kirchenbesuch mit ihrer Tante am Sonntagmorgen. Im allgemeinen besuchte sie auch den Nachmittagsgottesdienst; aber diesmal brach ihr Mut zusammen, und sie bat Mrs Penniman, allein zu gehen.

«Sicher hast du ein Geheimnis», sagte Mrs Penniman mit tiefer Bedeutung und sah sie dabei eher grimmig an.

«Falls ich eines habe, werde ich es für mich behalten», antwortete Catherine und drehte sich um.

Mrs Penniman begab sich auf den Weg zur Kirche; aber ehe sie dort ankam, machte sie Halt und kehrte um, und es waren noch keine zwanzig Minuten verstrichen, als sie wieder das Haus betrat, in die leeren Wohnzimmer schaute, dann hinauf ging und an Catherines Türe klopfte. Sie erhielt keine Antwort; Catherine war nicht in ihrem Zimmer, und Mrs Penniman hatte bald festgestellt, daß sie nicht im Hause war. «Sie ist zu ihm gegangen! Sie ist geflohen!» rief Lavinia und verschränkte die Hände vor Bewunderung und Neid. Aber sie bemerkte bald, daß Catherine nichts mitgenommen hatte — all ihr persönliches Eigentum war unberührt im Zimmer — und da schloß sie kurzerhand auf die Hypothese, das Mädchen sei nicht aus Zärtlichkeit, sondern im Zorn ausgegangen. «Sie hat ihn bis vor seine Tür verfolgt! Sie hat ihn in seiner Wohnung überfallen!» Mit solchen Ausdrücken malte sich Mrs Penniman den Gang ihrer Nichte aus, der, in diesem Lichte betrachtet, ihren Sinn für das Malerische nur um ein Geringes weniger als die Vorstellung einer heimlichen Hochzeit befriedigte. Seinen Liebhaber unter Tränen und Vorwürfen in dessen eigener Behausung aufzusuchen, das bot für Mrs Pennimans Gemüt ein so angenehmes Bild, daß sie eine Art ästhetischer Enttäuschung darüber empfand, daß es in diesem Falle an der harmonischen Begleitung durch Dunkelheit und Sturm gebrach. Ein friedlicher Sonntagnachmittag schien dafür ein unangemessener Hintergrund, und Mrs

Penniman befand sich denn auch in schneidendem Mißklang mit den Verhältnissen der Zeit, welche nur sehr langsam verstrich, während sie so in Haube und Kaschmirschal im vordern Salon saß und Catherines Rückkunft erwartete.
Dieses Ereignis traf schließlich ein. Sie sah — vom Fenster aus —, wie das Mädchen die Stufen heraufstieg, und sie ging in die Halle, es dort zu erwarten; sobald es das Haus betrat, stürzte sie auf es zu, zog es in den Salon und schloß feierlich die Türe. Catherines Gesicht war gerötet, und ihre Augen funkelten. Mrs Penniman wußte kaum, was sie davon halten sollte.
«Darf ich es wagen, mich zu erkundigen, wo du gewesen bist?» forschte sie.
«Ich habe einen Spaziergang gemacht», sagte Catherine. «Ich dachte, Sie seien zur Kirche gegangen.»
«Ich war auch in der Kirche; aber der Gottesdienst dauerte kürzer als üblich. Und wo, wenn man fragen darf, hast du spaziert?»
«Ich weiß es nicht!» sagte Catherine.
«Deine Unwissenheit ist höchst ungewöhnlich. Liebe Catherine, du kannst dich mir anvertrauen.»
«Was soll ich Ihnen denn anvertrauen?»
«Dein Geheimnis — deinen Kummer.»
«Ich habe keinen Kummer!» sagte Catherine ungehalten.
«Mein armes Kind», beharrte Mrs Penniman, «mich kannst du nicht täuschen. Ich weiß alles. Ich bin aufgefordert worden — aufgefordert worden, mich mit dir zu unterhalten.»
«Ich mag mich nicht unterhalten.»
«Es wird dir Erleichterung schaffen. Du kennst doch Shakespeares Verse? ‚Der Kummer, der nicht spricht!' Mein liebes Mädchen, es ist besser so!»
«Was ist besser so?» fragte Catherine.
Sie war wirklich zu verstockt. Mit einer gewissen Verstocktheit mußte man sich bei einem Mädchen, dessen Liebhaber es im Stich gelassen hatte, abfinden; aber nicht mit soviel, daß sie dessen Verteidigern unbequem wurde.

«Daß du Vernunft annimmst», sagte Mrs Penniman mit Strenge; «daß du dir einen Rat weltlicher Klugheit zu Herzen nimmst und dich praktischen Erwägungen zugänglich zeigst; daß du in die — äh — Trennung einwilligst.»

Bis zu diesem Augenblick war Catherine eisig gewesen; aber bei diesem Worte flammte sie auf. «Die Trennung? Was wissen Sie von unserer Trennung?»

Mrs Penniman schüttelte den Kopf mit einer Betrübnis, worin fast ein Gefühl des Verletztseins lag. «Dein Stolz ist mein Stolz, und deine Empfindlichkeiten sind auch die meinen. Ich verstehe deinen Gesichtspunkt vollkommen, aber ich verstehe auch —» und sie lächelte wehmütig und vielsagend — «ich verstehe auch die Situation als Ganzes!»

Das Vielsagende fruchtete nichts bei Catherine, die ihre heftige Frage wiederholte. «Wieso sprechen Sie von Trennung; was wissen Sie darüber?»

«Wir müssen uns in Ergebenheit üben», sagte Mrs Penniman auf gut Glück, zögernd aber sentenziös.

«In Ergebenheit worein?»

«In eine Veränderung — eine Veränderung unserer Pläne.»

«Meine Pläne sind unverändert!» sagte Catherine und lachte leise.

«Ah, aber Mr Townsends Pläne haben sich geändert», antwortete ihre Tante sehr freundlich.

«Was meinen Sie damit?»

Im Ton dieser Befragung lag eine herrische Kürze, wogegen sich Mrs Penniman verwahren zu müssen glaubte; schließlich war die Mitteilung, die ihrer Nichte zu unterbreiten sie sich bereitgefunden hatte, ein Gunsterweis. Sie hatte es mit Schärfe und mit Strenge versucht; aber keines fruchtete; die Widerspenstigkeit des Mädchens bestürzte sie. «Nun gut», sagte sie, «wenn er dir nichts gesagt hat! ...» und sie drehte sich um.

Catherine beobachtete sie einen Augenblick schweigend; dann eilte sie ihr nach und hielt sie auf, ehe sie die Türe erreichte. «Nichts wovon gesagt hat? Was meinen Sie da-

mit? Worauf spielen Sie an und womit drohen Sie mir?»
«Hat er sie denn nicht rückgängig gemacht?» fragte Mrs Penniman.
«Meine Verlobung? Durchaus nicht!»
«In diesem Falle muß ich mich entschuldigen. Ich habe zu früh gesprochen!»
«Zu früh? Ob früh oder spät», stieß Catherine hervor, «Sie sprechen töricht und grausam!»
«Was ist denn zwischen euch vorgefallen?» fragte ihre Tante, von der Aufrichtigkeit dieses Ausrufs beeindruckt; «denn etwas ist bestimmt vorgefallen.»
«Nichts ist vorgefallen, als daß ich ihn immer mehr liebe!»
Mrs Penniman schwieg einen Augenblick. «Ich nehme an, das wird der Grund sein, weshalb du ihn heute nachmittag aufgesucht hast.»
Catherine wurde rot, als habe man sie geschlagen. «Ja, ich habe ihn aufgesucht! Aber das ist meine Sache.»
«Nun gut; sprechen wir nicht mehr davon.» Und Mrs Penniman bewegte sich wieder der Türe zu; aber sie wurde von einem plötzlichen, flehentlichen Ruf des Mädchens aufgehalten.
«Tante Lavinia, *wohin* ist er gegangen?»
«Ach, dann gibst du also zu, daß er fort ist! Wußten sie denn bei ihm zu Hause nicht Bescheid?»
«Man sagte mir, er sei verreist. Ich habe nicht weiter gefragt; ich habe mich geschämt», sagte Catherine ganz schlicht.
«Du hättest keinen so kompromittierenden Schritt zu unternehmen brauchen, wenn du mir ein wenig mehr Vertrauen geschenkt hättest», bemerkte Mrs Penniman großartig.
«Ist er nach New Orleans gereist?» fuhr Catherine achtlos fort.
Es war das erstemal, daß Mrs Penniman in diesem Zusammenhang von New Orleans hörte; aber es widerstrebte ihr, Catherine merken zu lassen, daß sie im Dunkeln tappte. Sie versuchte, aus den Weisungen, die sie von

Morris erhalten hatte, Licht in die Sache zu bringen. «Meine liebe Catherine», sagte sie, «wenn man sich einmal auf eine Trennung geeinigt hat, dann ist es umso besser, je weiter er fortgeht.»

«Geeinigt hat? Hat er sich mit Ihnen darauf geeinigt?» Während der letzten fünf Minuten war das Maß ihres Gefühls für die vorwitzige Torheit ihrer Tante voll geworden, und der Gedanke, daß Mrs Penniman sozusagen auf ihr Glück losgelassen worden war, machte ihr übel.

«Er hat sich allerdings gelegentlich mit mir beraten», sagte Mrs Penniman.

«Dann sind Sie es also, die ihn verändert und so unnatürlich gemacht hat?» rief Catherine. «Haben *Sie* ihn bearbeitet und ihn mir genommen? Er gehört nicht Ihnen, und ich sehe nicht ein, wieso Sie irgendetwas mit dem zu tun haben, was zwischen uns vorgeht! Haben Sie diesen Plan ausgeheckt und ihm gesagt, er solle mich verlassen? Wie konnten Sie nur so schlecht, so grausam sein? Was habe ich Ihnen denn getan? Warum können Sie mich nicht in Ruhe lassen? Ich habe immer befürchtet, Sie würden alles verderben; denn Sie verderben alles, was Sie anrühren! Die ganze Zeit, als wir im Ausland waren, habe ich mich vor Ihnen gefürchtet; es gab mir keine Ruhe, wenn ich bedachte, daß Sie immer mit ihm redeten.» Catherine fuhr mit wachsender Heftigkeit fort, in ihrer Bitterkeit und der Hellsicht ihrer Leidenschaft (die sie plötzlich, ohne Prozeß, ihre Tante endgültig und ohne Möglichkeit einer Appellation verurteilen ließen) das Unbehagen, das während so vieler Monate auf ihrem Herzen gelegen hatte, auszuschütten.

Mrs Penniman war verängstigt und verwirrt; sie sah keine Möglichkeit, ihren kleinen Rechenschaftsbericht über die Reinheit von Morris' Motiven anzubringen. «Du bist ein höchst undankbares Kind!» rief sie. «Schiltst du mich, weil ich mit ihm gesprochen habe? Wir haben bestimmt nie von etwas anderem gesprochen als von dir!»

«Ja, und damit haben Sie ihn geplagt; Sie haben ihm sogar meinen Namen verleidet! Ich wollte, Sie hätten ihm nie von mir gesprochen; ich habe Sie nie um Ihre Hilfe gebeten!»

«Wenn ich nicht gewesen wäre, hätte er dieses Haus bestimmt nie besucht, und du hättest nie erfahren, daß er an dich dachte», erwiderte Mrs Penniman mit gutem Recht.

«Ich wollte, er hätte dieses Haus nie besucht und ich hätte ihn nie kennengelernt. Das wäre besser als dies», sagte die arme Catherine.

«Du bist ein sehr undankbares Kind», wiederholte Tante Lavinia.

Catherines Zornesausbruch und das Gefühl, daß man ihr unrecht tat, verliehen ihr, solange sie anhielten, die Genugtuung, die uns aus allen Kraftentfaltungen zufließt; sie trieben sie vorwärts, und das Zerteilen von Luft bereitet immer Vergnügen. Aber im Grunde verabscheute sie alle Heftigkeit, und sie war sich bewußt, für organisierte Empfindlichkeit wenig Eignung zu haben. Sie beruhigte sich mit großer Anstrengung, aber auch mit großer Raschheit, und ging ein paar Augenblicke im Zimmer umher, wobei sie sich zu sagen versuchte, daß ihre Tante alles nur gut gemeint habe. Es gelang ihr nicht, sich das mit großer Überzeugung zu sagen, aber nach einer Weile war sie imstande, hinreichend gefaßt zu sprechen.

«Ich bin nicht undankbar, aber ich bin sehr unglücklich. Dafür ist es schwer, dankbar zu sein», sagte sie. «Wollen Sie mir, bitte, sagen, wo er ist?»

«Ich habe keine Ahnung, ich unterhalte keinen geheimen Briefwechsel mit ihm!» Und Mrs Penniman wünschte sich allerdings, daß sie es täte, damit sie ihm mitteilen könnte, wie Catherine sie, nach allem, was sie getan hatte, heruntermachte.

«War es denn ein Plan von ihm, abzubrechen?» Catherine war mittlerweile vollkommen ruhig geworden.

Mrs Penniman sah wieder die Möglichkeit dämmern, ihre Erklärung anzubringen. «Er scheute sich — er scheute sich», sagte sie; «es fehlte ihm am Mut; aber an dem Mut-

dir weh zu tun! Er konnte es nicht ertragen, dir den Fluch deines Vaters zuzuziehen.»

Während Catherine sich das anhörte, waren ihre Augen auf die Tante gerichtet und starrten sie auch noch eine Weile länger an. «Hat er Sie beauftragt, mir das zu sagen?»

«Er hat mich mit so vielerlei Dingen beauftragt — lauter so zartfühlenden, so umsichtigen Dingen; und er hat mich beauftragt, dir zu sagen, er hoffe, du werdest ihn nicht verachten.»

«Das tue ich nicht», sagte Catherine; und dann fügte sie bei: «Und wird er auf ewig wegbleiben?»

«Oh, ‚ewig' ist eine lange Zeit. Dein Vater wird vielleicht nicht ewig leben.»

«Vielleicht nicht.»

«Ich weiß bestimmt, daß du begreifst — daß du verstehst — auch wenn dein Herz blutet», sagte Mrs Penniman. «Du findest ohne Zweifel, er sei zu gewissenhaft. Das finde ich auch; aber ich achte sein Gewissen. Was er von dir verlangt, ist, daß auch du es achten mögest.»

Noch immer starrte Catherine ihre Tante an; aber schließlich sprach sie, als hätte sie nichts gehört oder nichts verstanden. «Dann war es also ein richtiger Plan. Er hat absichtlich gebrochen; er hat mich aufgegeben.»

«Einstweilen, liebe Catherine; er hat es nur aufgeschoben.»

«Er hat mich verlassen», fuhr Catherine fort.

«Hast du denn nicht mich?» fragte Mrs Penniman mit feierlichem Ernst.

Catherine schüttelte langsam den Kopf. «Das glaube ich nicht!» und sie verließ das Zimmer.

XXXI

Wenn sie sich auch zur Ruhe gezwungen hatte, so zog sie es doch vor, diese Tugend im Verborgenen zu üben, und unterließ es, sich beim Tee zu zeigen — einem Mahle, das an Sonntagen um sechs Uhr an die Stelle des Nachtessens trat. Doktor Sloper und seine Schwester saßen sich gegenüber; aber Mrs Penniman wich den Augen ihres Bruders aus. Spät am Abend ging sie mit ihm, aber ohne Catherine, zum Hause ihrer gemeinsamen Schwester Almond, wo die beiden Damen Catherines unglückliche Lage mit einem Freimut besprachen, der auf Mrs Pennimans Seite durch ein gut Teil geheimnisvoller Verschwiegenheit gezügelt war.

«Ich bin entzückt, daß er sie nicht heiraten wird», sagte Mrs Almond, «aber er sollte trotzdem ausgepeitscht werden.»

Mrs Penniman, empört über die Roheit ihrer Schwester, erwiderte, daß er von dem edelsten Beweggrund getrieben werde — von dem Verlangen, Catherine nicht ihres Besitzes zu berauben.

«Ich bin sehr froh, daß Catherine ihres Besitzes nicht beraubt wird — aber ich hoffe, er selbst wird nie einen Pfennig zu viel haben! Und wie äußert sich das arme Mädchen *dir* gegenüber?» fragte Mrs Almond.

«Sie sagt, ich sei ein Genie des Trostes», sagte Mrs Penniman.

So lautete der Schwester gegenüber ihre Darstellung der Angelegenheit, und vielleicht geschah es aus dem Bewußtsein ihrer Genialität, daß sie sich noch am gleichen Abend, nach ihrer Rückkehr an den Washington Square, vor Catherines Türe einstellte und um Einlaß bat. Catherine kam und öffnete; sie war anscheinend gefaßt.

«Ich möchte dir ein kleines Wort des Rates geben», sagte sie. «Wenn dich dein Vater fragen sollte, dann sag nur, daß alles unverändert sei.»

Catherine stand da, die Hand auf dem Türknauf, und

blickte ihre Tante an, bat sie aber nicht einzutreten. «Glauben Sie, er wird fragen?»

«Ganz bestimmt. Er hat mich soeben gefragt, auf dem Heimweg von unserm Besuch bei deiner Tante Elizabeth. Ich habe deinem Vater geantwortet, darüber wisse ich nichts.»

«Glauben Sie, er wird mich fragen, wenn er sieht — wenn er sieht —?» Aber mehr sagte Catherine nicht.

«Je mehr er sieht, umso unangenehmer wird er sein», sagte ihre Tante.

«Er soll so wenig wie möglich sehen!» erklärte Catherine.

«Sag ihm, du werdest bald heiraten.»

«Das werde ich auch», sagte Catherine leise; und sie schloß die Türe vor ihrer Tante zu.

Zwei Tage später hätte sie das nicht sagen können — am Dienstag zum Beispiel, als sie endlich einen Brief von Morris Townsend erhielt. Es war eine Epistel von beträchtlicher Länge, die fünf große Blattseiten umfaßte und in Philadelphia geschrieben war. Das Dokument stellte eine Erklärung dar, und es erklärte eine ganze Menge Dinge, worunter an erster Stelle die Erwägungen standen, welche den Schreiber dazu geführt hatten, die Gelegenheit einer dringenden «beruflichen» Abwesenheit für den Versuch wahrzunehmen, aus seinem Innern das Bild einer Person zu verbannen, deren Pfad er nur gekreuzt hatte, um ihn mit Ruinen zu besäen. Er wagte nicht, sich von diesem Bemühen einen mehr als nur unvollständigen Erfolg zu erhoffen, aber er konnte ihr versprechen, daß er sich nie mehr — mochte sein Mißerfolg auch noch so groß sein — zwischen ihr großmütiges Herz und ihre glänzenden Aussichten und ihre Tochterpflichten drängen werde. Er schloß mit einer Andeutung, daß ihn seine Berufspflichten möglicherweise zwingen würden, einige Monate zu reisen, und mit der Hoffnung, sie möchten sich, wenn sie sich erst einmal den unerbittlichen Anforderungen ihrer verschiedenen Stellungen angepaßt hätten — sollte dieses Ergebnis auch erst nach Jahren erzielt werden —, als

Freunde begegnen, als Gefährten im Leid, als unschuldige, aber philosophische Opfer eines erhabenen Gesetzes der Gesellschaftsordnung. Daß ihr Leben in Glück und Frieden verlaufe, war der innigste Wunsch dessen, der noch immer zu unterzeichnen wagte als ihr gehorsamster Diener. Der Brief war schön geschrieben, und Catherine, die ihn jahrelang aufhob, war imstande — nachdem ihr Gefühl für die Bitterkeit seines Inhalts und die Hohlheit seines Tons etwas verblaßt war —, die Anmut der Ausdrucksweise zu bewundern. Vorerst und noch lange nach dessen Empfang war ihre einzige Stütze der täglich fester werdende Entschluß, nicht an das Mitleid ihres Vaters zu appellieren. Dieser ließ eine Woche verstreichen, und dann schlenderte er eines Tages, am Vormittag, zu einer Stunde, da sie ihn sonst selten sah, in das hintere Wohnzimmer. Er hatte den Zeitpunkt gut gewählt und fand sie allein. Sie saß mit einer Handarbeit da, und er kam und stellte sich vor sie hin. Er war im Begriff auszugehen; er hatte den Hut auf und zog sich eben die Handschuhe an.

«Es will mir scheinen, du behandelst mich zur Zeit nicht mit all der Rücksicht, die ich verdiene», sagte er nach einem Augenblick.

«Ich weiß nicht, was ich getan habe», antwortete Catherine, die Augen auf die Arbeit gerichtet.

«Du hast anscheinend die Bitte, die ich in Liverpool vor unserer Überfahrt aussprach, ganz aus deinem Gedächtnis verbannt — die Bitte, du mögest mich im voraus benachrichtigen, ehe du mein Haus verläßt.»

«Ich habe Ihr Haus nicht verlassen», sagte Catherine.

«Aber du beabsichtigst, es zu verlassen, und nach dem, was du mir zu verstehen gegeben hast, muß dein Aufbruch unmittelbar bevorstehen. Ja, obwohl du dem Leibe nach noch hier weilst, bist du doch im Geiste schon abwesend. Dein Gemüt hat seinen Wohnsitz bei deinem künftigen Gatten bereits bezogen, und an den Vorzügen gemessen, die uns deine Gesellschaft bietet, könntest du genau so gut schon unter dem ehelichen Dache hausen.»

«Ich will versuchen, fröhlicher zu sein», sagte Catherine. «Du solltest allerdings fröhlicher sein; wenn du es nicht bist, bist du sehr anspruchsvoll. Über das Vergnügen, einen reizenden jungen Mann zu heiraten, hinaus hast du noch dasjenige, deinen Kopf durchzusetzen.»

Catherine stand auf; der Hals schnürte sich ihr zu. Aber sie faltete ihre Arbeit sorgfältig und wie es sich gehörte, indem sie ihr glühendes Gesicht darüber beugte. Ihr Vater blieb stehen, wo er sich aufgepflanzt hatte; sie hoffte, er werde gehen, aber er glättete und knöpfte seine Handschuhe, und dann stützte er die Hände auf die Hüften.

«Es wäre für mich angenehm zu wissen, wann ich erwarten darf, ein leeres Haus zu haben», fuhr er fort. «Wenn du gehst, geht deine Tante auch.»

Endlich schaute sie ihn an, mit einem langen, schweigenden Blick, der trotz ihrem Stolz und ihrem Entschluß einen Teil jenes Appells ausdrückte, den sie zu unterdrükken versucht hatte.

«Ich werde nicht fortgehen!» sagte Catherine.

Der Doktor hob die Brauen. «Hat er sich zurückgezogen?»

«Ich habe meine Verlobung gelöst.»

«Gelöst?»

«Ich habe ihn gebeten, New York zu verlassen, und er ist auf lange Zeit verreist.»

Der Doktor war ebenso verwirrt wie enttäuscht, und seine Enttäuschung eines Mannes, dem die Gelegenheit für einen kleinen Triumph, auf den er doch sehr gezählt hatte, entging, milderte er dadurch, daß er laut einige Worte äußerte.

«Wie nimmt er denn seine Abfuhr auf?»

«Ich weiß nicht!» sagte Catherine weniger findig, als sie bisher gesprochen hatte.

«Willst du damit sagen, es sei dir gleichgültig? Du bist recht grausam, nachdem du ihn so lange ermuntert und mit ihm gespielt hast!»

Der Doktor war schließlich doch zu seiner Rache gekommen.

XXXII

Bisher ist unsere Geschichte mit sehr kurzen Schritten vorgerückt, aber da sie sich nun ihrem Ende nähert, muß sie einen weitausgreifenden Sprung tun. Mit dem Fortschreiten der Zeit hätte der Doktor den Eindruck gewinnen können, daß der Bericht seiner Tochter über ihren Bruch mit Morris Townsend, den er für bloße Prahlerei gehalten hatte, durch die Folge bis zu einem gewissen Grade gerechtfertigt wurde. Morris blieb so streng und unerbittlich fern, als wäre er an gebrochenem Herzen gestorben, und Catherine hatte die Erinnerung an diese fruchtlose Episode anscheinend so tief vergraben, als sei dieselbe durch ihre eigene Wahl zu Ende gegangen. Wir wissen, daß sie tief und unheilbar verwundet worden war, aber der Doktor konnte das unmöglich wissen. Es nahm ihn bestimmt wunder, und er würde viel darum gegeben haben, die Wahrheit genau zu erfahren; aber es machte seine Strafe aus, daß er sie nie erfuhr — seine Strafe, meine ich, für den Mißbrauch von Sarkasmus im Umgang mit seiner Tochter. Darin, daß sie ihn im Dunkeln tappen ließ, lag viel wirksamer Sarkasmus, und die übrige Welt verschwor sich mit ihr, in diesem Sinne sarkastisch zu sein. Mrs Penniman erzählte ihm nichts, teils weil er sie nie fragte — dafür nahm er sie nicht ernst genug —, und teils, weil sie sich schmeichelte, daß folternde Zurückhaltung und ein heiteres Bekenntnis der Unwissenheit sie für seine Theorie, sie habe ihre Finger in der Angelegenheit gehabt, zu rächen vermöchten. Zwei- oder dreimal suchte er Mrs Montgomery auf, aber Mrs Montgomery hatte nichts mitzuteilen. Sie wußte nur, daß die Verlobung ihres Bruders rückgängig gemacht worden sei und jetzt, da Miss Sloper außer Gefahr war, zog sie es vor, in keiner Weise gegen Morris zu zeugen. Das hatte sie — wenn auch widerstrebend — früher getan, weil ihr Miss Sloper leid tat; aber jetzt tat ihr Miss Sloper nicht mehr leid — ganz und gar nicht leid tat sie ihr. Morris hatte ihr seinerzeit nichts über seine Be-

ziehungen zu Miss Sloper erzählt, und auch seither hatte er ihr nichts darüber erzählt. Er war immer fort, und er schrieb ihr sehr selten; sie glaubte, er sei nach Kalifornien gefahren. Mrs Almond hatte sich Catherines seit der jüngsten Katastrophe — nach dem Ausdruck ihrer Schwester — leidenschaftlich angenommen; aber obwohl ihr das Mädchen für die Güte sehr dankbar war, verriet es doch keine Geheimnisse, und die gute Frau konnte den Doktor nicht befriedigen. Aber auch wenn sie imstande gewesen wäre, ihm die private Geschichte von der unglücklichen Liebschaft seiner Tochter zu berichten, so würde es ihr doch einen gewissen Trost bedeutet haben, ihn in Unkenntnis zu lassen; denn Mrs Almond stimmte ihrem Bruder zu dieser Zeit nicht völlig bei. Sie hatte ganz allein erraten, daß Catherine grausam sitzen gelassen worden war — von Mrs Penniman erfuhr sie nichts, denn Mrs Penniman hatte es nicht gewagt, Mrs Almond ihre famose Erklärung von Morris' Motiven vorzulegen, obwohl sie dieselbe für Catherine gut genug gefunden hatte —, und sie schalt ihren Bruder zu konsequent unempfindlich für alles, was das arme Geschöpf gelitten haben mußte und noch immer litt. Doktor Sloper hatte seine eigene Theorie, und er wechselte seine Theorien selten. Die Ehe wäre abscheulich geworden, und das Mädchen war heil davon gekommen. Dafür verdiente es kein Mitleid, und so zu tun, als teile man seinen Schmerz, hätte bedeutet, daß man seiner Vorstellung, es habe jemals ein Recht gehabt, Morris in Erwägung zu ziehen, entgegenkam.
«Ich habe dieser Vorstellung von Anfang an Widerstand entgegengesetzt und tue es noch immer», sagte der Doktor. «Ich sehe darin nichts Grausames; man kann es gar nicht lange genug tun.» Darauf erwiderte Mrs Almond mehr als einmal, daß Catherine, wenn sie schon ihren unpassenden Liebhaber abgeschüttelt habe, auch Anerkennung dafür verdiene, und sich zu ihres Vaters abgeklärter Anschauung der Sache emporzuringen, müsse ihr eine Anstrengung gekostet haben, die zu würdigen er nicht umhin könne.

«Ich bin durchaus nicht sicher, daß sie ihn abgeschüttelt hat», sagte der Doktor. «Es spricht nicht die geringste Wahrscheinlichkeit dafür, daß sie plötzlich der Vernunft zugänglich geworden ist, nachdem sie zwei Jahre lang so widerspenstig wie ein Maulesel war. Es ist unendlich viel wahrscheinlicher, daß er sie abgeschüttelt hat.»

«Umso mehr Grund für dich, freundlich zu ihr zu sein.»

«Ich bin ja freundlich zu ihr. Aber ich kann nicht den Pathetischen spielen; ich kann mir wegen des größten Glücksfalls, der ihr je widerfahren ist, nur um ihr zu gefallen, keine Tränen in die Augen pumpen.»

«Du kennst kein Mitgefühl», sagte Mrs Almond; «das war nie deine Stärke. Man braucht sie ja nur anzuschauen, um zu sehen, daß — zu recht oder zu unrecht — und ob der Bruch nun von ihr selbst oder von ihm ausging — ihr armes Herzchen schlimm zerbeult ist.»

«An Beulen herumzufingern oder auch nur Tränen über ihnen zu vergießen, macht die Sache nicht besser! Meine Aufgabe ist es, dafür zu sorgen, daß sie keine weiteren Püffe abbekommt, und darauf werde ich gut achten. Aber ich erkenne Catherine in deiner Beschreibung durchaus nicht wieder. Sie macht mir gar nicht den Eindruck einer jungen Frau auf der Suche nach einem moralischen Pflaster. Sie scheint sich mir im Gegenteil viel wohler zu befinden, als solange der Kerl ihr nachlief. Sie fühlt sich vollkommen behaglich und gedeiht; sie ißt und schläft, schafft sich die übliche Bewegung und putzt sich wie üblich übermäßig heraus. Ständig strickt sie irgendeinen Beutel und stickt an einem Taschentuch, und mir kommt vor, sie produziere diese Gegenstände so rasch wie je. Sie weiß nicht viel zu sagen; aber wann hätte sie je etwas zu sagen gewußt. Sie hat ihr Tänzchen gehabt, und jetzt ruht sie sich davon aus. Ich halte dafür, daß sie es im großen und ganzen genießt.»

«Sie genießt es so, wie Leute es genießen, ein Bein loszuwerden, das zerschmettert wurde. Der Gemütszustand nach

einer Amputation ist ohne Zweifel der einer verhältnismäßigen Gelöstheit.»
«Wenn das Bein ein Bild für den jungen Townsend darstellt, kann ich dir versichern, daß er nie zerschmettert wurde. Zerschmettert? Er nicht! Er ist quicklebendig und vollkommen intakt; und darum bin ich unzufrieden.»
«Hättest du ihn gerne umgebracht?» fragte Mrs Almond.
«Ja, sehr gerne. Ich halte es für durchaus möglich, daß alles nur Vorspiegelung ist.»
«Vorspiegelung?»
«Eine Abmachung zwischen den beiden. ‚Il fait le mort', wie man in Frankreich sagt; aber aus den Augenwinkeln paßt er gut auf. Du kannst dich darauf verlassen, daß er nicht alle Brücken abgebrochen hat; eine hat er gelassen, um darüber zurückzukehren. Wenn ich tot bin, wird er sich wieder auf den Weg machen, und dann wird sie ihn heiraten.»
«Es ist interessant zu erfahren, daß du deine einzige Tochter beschuldigst, die niederträchtigste Heuchlerin zu sein», sagte Mrs Almond.
«Ich sehe nicht ein, was für einen Unterschied es macht, daß sie meine einzige Tochter ist. Es ist besser, nur eine zu beschuldigen, als ein Dutzend. Aber ich beschuldige überhaupt keine. An Catherine ist keine Spur von Heuchelei, und ich bestreite, daß sie auch nur vorgibt, unglücklich zu sein.»
Die Vorstellung des Doktors, daß die Sache nur «Vorspiegelung» sei, erlebte Unterbrüche und Auferstehungen; aber im ganzen läßt sich sagen, sie sei mit zunehmendem Alter erstarkt, zusammen mit seinen Eindrücken von Catherines Gedeihen und Behagen. Natürlich, wenn er während der ein oder zwei Jahre, die ihrem großen Kummer folgten, keine Gründe fand, in ihr eine liebeskranke Maid zu sehen, so fand er zur Zeit, da sie ihre Fassung vollkommen zurückgewonnen hatte, erst recht keine. Er war gezwungen, die Tatsache anzuerkennen, daß die beiden jungen Leute, falls sie nur warteten, bis er das Feld räume,

wenigstens sehr geduldig warteten. Von Zeit zu Zeit hatte er gehört, Morris befinde sich in New York; aber er blieb nie lange und trat, nach des Doktors fester Überzeugung, mit Catherine nicht in Verbindung. Er war sicher, daß sie sich nie trafen, und er hatte Grund anzunehmen, daß Morris niemals schrieb. Nach dem erwähnten Brief hörte sie noch zweimal von ihm, und zwar in beträchtlichen Abständen; aber bei keinem dieser Anlässe schrieb sie selbst. Anderseits beobachtete der Doktor, daß sie der Vorstellung, irgendeine andere Person zu heiraten, starr abgeneigt blieb. Die Gelegenheiten, die sich ihr boten, waren nicht zahlreich, aber sie ergaben sich immerhin häufig genug, um ihre Denkungsart auf die Probe zu stellen. Sie lehnte einen Witwer ab, einen Mann von umgänglichem Wesen mit einem hübschen Vermögen und drei Mädelchen (er hatte gehört, daß sie Kinder sehr liebe, und wies mit einiger Zuversicht auf die seinen hin); und sie war taub für das Drängen eines klugen jungen Rechtsgelehrten, welcher, als es galt, sich nach einer Gattin umzusehen, mit seiner Aussicht auf eine bedeutende Praxis und dem Rufe eines äußerst angenehmen Mannes, die Tüchtigkeit gehabt hatte, zu meinen, daß sie ihm besser passen werde als mehrere jüngere und hübschere Mädchen. Mr Macalister, der Witwer, hatte sich zu einer Vernunftheirat entschlossen und hatte Catherine um ihrer, wie er glaubte, verborgenen hausmütterlichen Eigenschaften willen gewählt; aber John Ludlow, der um ein Jahr jünger als das Mädchen war und von dem man immer als von einem jungen Manne sprach, der nur zu wählen brauche, war ernsthaft verliebt in sie. Catherine dagegen schenkte ihm keinen Blick; sie machte es ihm ganz klar, daß sie fand, seine Besuche seien zu häufig. Er tröstete sich später und heiratete eine sehr andersgeartete Person, die kleine Miss Sturtevant, deren Vorzüge auch den stumpfsten Sinnen offensichtlich waren. Catherine hatte zur Zeit dieser Ereignisse ihr dreißigstes Jahr schon ein gut Stück hinter sich gebracht und sich schon ganz in die Rolle einer alten Jungfer eingelebt.

Ihr Vater würde es lieber gesehen haben, wenn sie geheiratet hätte, und er sagte ihr einmal, er hoffe, sie werde nicht allzu wählerisch sein. «Bevor ich sterbe, möchte ich dich gerne als Frau eines biederen Mannes sehen», sagte er. Dies geschah, nachdem John Ludlow zum Aufgeben gezwungen war, obwohl ihm der Doktor geraten hatte, durchzuhalten. Der Doktor übte keinen weiteren Druck aus und genoß den Ruf, sich wegen seiner unverheirateten Tochter nicht zu quälen; in Tat und Wahrheit quälte er sich eher mehr, als es den Anschein machte, und es gab recht lange Zeiten, während welcher er das bestimmte Gefühl hatte, Morris Townsend sei hinter einer Türe versteckt. «Wenn er es nicht ist, warum heiratet sie dann nicht?» fragte er sich. «So beschränkt ihr Geist auch sein mag, sie muß doch vollkommen einsehen, daß sie für das Übliche geschaffen ist.» Catherine aber wurde eine bewundernswürdige alte Jungfer. Sie legte sich Gewohnheiten zu, regelte ihre Tage auf persönliche Art, interessierte sich für wohltätige Einrichtungen, Asyle, Spitäler und Hilfsgesellschaften, und ging im allgemeinen mit regelmäßigen und unhörbaren Schritten dem starren Tagwerk ihres Lebens nach. Dieses Leben hatte jedoch nebst seiner öffentlichen auch eine geheime Geschichte — wenn von einer öffentlichen Geschichte bei einem reifen und schüchternen Fräulein, für welches die Öffentlichkeit immer eine Vielfalt von Schrekken darstellt, überhaupt die Rede sein darf. Von ihrem Gesichtspunkt aus waren die großen Tatsachen ihrer Laufbahn die, daß Morris Townsend mit ihrer Neigung gespielt und daß ihr Vater das Triebwerk zerbrochen hatte. Nichts konnte je diese Tatsachen ändern; sie waren immer gegenwärtig, wie ihr Name, ihr Alter, ihr unansehnliches Gesicht. Nichts konnte je den Tort ungeschehen machen oder den Schmerz heilen, den Morris ihr angetan hatte, und nichts konnte je veranlassen, daß sie für ihren Vater das empfand, was sie in jüngeren Jahren für ihn empfunden hatte. Etwas war tot in ihrem Leben, und es war ihre Pflicht, die Leere irgendwie auszufüllen. Catherine anerkannte diese Pflicht bis zum äußersten; sie mißbilligte Brüten und Schmollen scharf. Natürlich ging ihr die Fähigkeit ab, die Erinnerung in Zerstreuungen zu ertränken; aber sie nahm unbefangen an den üblichen Lustbarkeiten der Stadt teil und wurde schließlich eine unvermeidliche Gestalt bei allen ehrbaren Anlässen. Sie war sehr beliebt, und mit der Zeit wuchs sie in die Rolle einer Art freundlicher unverheirateter Tante des jüngeren Teils der Gesellschaft hinein. Junge Mädchen waren geneigt, sie in ihren Liebesangelegenheiten ins Vertrauen zu ziehen (was sie mit Mrs Penniman nie taten), und junge Männer, sie gern zu haben, ohne zu wissen warum. Sie legte sich ein paar harmlose Schrullen zu; ihre einmal angenommenen Gewohnheiten wurden streng aufrechterhalten; ihre Ansichten in allen moralischen und gesellschaftlichen Dingen waren äußerst konservativ; und ehe sie noch vierzig war, galt sie für eine altmodische Person und eine Autorität in vergangenen Sitten. Mrs Penniman war vergleichsweise eine ganz mädchenhafte Gestalt; sie wurde mit zunehmenden Jahren jünger. Sie büßte nichts von ihrem Geschmack an Schönheit und Geheimnissen ein, aber sie bekam wenig Gelegenheit, ihn anzuwenden. Sie unterließ es, mit Catherines späteren Bewerbern so vertrauliche Beziehungen anzuknüpfen wie jene, die ihr so viele interessante Stunden in Morris Townsends Gesellschaft beschert hatten. Sie blieb ganz die gleiche dienstbeflissene und phantasievolle Mrs Penniman und die seltsame Mischung aus Ungestüm und Umsicht, die wir bisher kennengelernt haben. In einem Punkte jedoch überwog ihre Umsicht, und wir müssen ihr dafür die gebührende Anerkennung zollen. Während über siebzehn Jahren erwähnte sie ihrer Nichte gegenüber niemals Morris Townsends Namen. Catherine war ihr dankbar; aber dieses anhaltende Schweigen, das so gar nicht zum Charakter ihrer Tante stimmte, beunruhigte sie auch irgendwie, und sie konnte nie ganz den Verdacht loswerden, daß Mrs Penniman manchmal Nachrichten von ihm empfange.

XXXIII

Nach und nach hatte sich Doktor Sloper von der Ausübung seines Berufes zurückgezogen; er besuchte nur noch solche Patienten, deren Symptomen er eine gewisse Originalität zuerkannte. Er fuhr noch einmal nach Europa und blieb zwei Jahre; Catherine begleitete ihn, und diesmal war auch Mrs Penniman von der Partie. Europa hatte Mrs Penniman offensichtlich wenig Überraschendes zu bieten, denn sie bemerkte oft an den romantischsten Stätten: «Wissen Sie, das ist mir alles sehr vertraut.» Ich sollte erwähnen, daß solche Bemerkungen nicht etwa an ihren Bruder gerichtet waren, noch auch an ihre Nichte, sondern an Mitreisende, die gerade zur Hand waren, oder sogar an den Cicerone oder den Geißhirten im Vordergrund. Eines Tages, nach der Rückkehr aus Europa, sagte der Doktor seiner Tochter etwas, das sie zusammenfahren ließ — es schien aus einer so fernen Vergangenheit zu kommen.

«Ich möchte, daß du mir, bevor ich sterbe, etwas versprichtst.»

«Wieso sprechen Sie vom Sterben?» fragte sie.

«Weil ich achtundsechzig Jahre alt bin.»

«Ich hoffe, Sie werden noch lange leben», sagte Catherine.

«Das hoffe ich auch! Aber eines Tages werde ich mich bösartig erkälten, und dann wird es nicht viel ausmachen, was irgendwer hofft. Das wird die Art meines Exitus sein, und wenn er eintrifft, denk daran, daß ich es dir gesagt habe. Versprich mir, nicht Morris Townsend zu heiraten, wenn ich nicht mehr da bin.»

Das war es, was Catherine, wie ich sagte, zusammenfahren ließ; aber es war ein lautloses Zusammenfahren, und eine Weile sagte sie nichts. «Weshalb sprechen Sie von ihm?», fragte sie schließlich.

«Du greifst alles an, was ich sage. Ich spreche von ihm, weil er einen Gesprächsgegenstand wie jeder andere auch darstellt. Man sieht ihn, wie jeden anderen auch, und er sucht noch immer eine Frau — nachdem er bereits eine gehabt hat und sie, ich weiß nicht wie, wieder losgeworden ist. Er war kürzlich in New York und im Hause deiner Kusine Marian; deine Tante Elizabeth hat ihn dort getroffen.»

«Keiner hat mir etwas davon erzählt», sagte Catherine.

«Das ist ihr Verdienst, nicht deines. Er ist dick und kahl geworden, und ein Vermögen hat er nicht gemacht. Aber ich kann mich nicht darauf verlassen, daß diese Tatsachen allein genügen, dich gegen ihn einzunehmen, und darum bitte ich dich um dein Versprechen.»

«Dick und kahl»; diese Wörter stellten für Catherines Einbildungskraft, worin die Erinnerung an den schönsten jungen Mann der Welt nie verblaßt war, ein befremdliches Bild dar. «Ich glaube, Sie sehen die Sachlage nicht ganz richtig», sagte sie. «Ich denke sehr selten an Mr Townsend.»

«Dann wird es dir sehr leicht fallen, so fortzufahren. Versprich mir, es nach meinem Tode gleich zu halten.»

Wieder schwieg Catherine einige Augenblicke; das Ansinnen ihres Vaters erstaunte sie zutiefst; es öffnete eine alte Wunde und machte, daß sie von neuem schmerzte.

«Ich glaube, das kann ich nicht versprechen», antwortete sie.

«Es wäre eine große Beruhigung», sagte ihr Vater.

«Sie verstehen mich nicht. Ich kann das nicht versprechen.»

Der Doktor schwieg eine Weile. «Ich bitte dich aus einem ganz bestimmten Grunde. Ich bin daran, mein Testament abzuändern.»

Dieser Grund verfehlte seine Wirkung auf Catherine, und sie verstand ihn wirklich kaum. All ihre Gefühle verschmolzen in dem einen Empfinden, daß er sie so zu behandeln versuchte, wie er sie vor Jahren behandelt hatte. Damals hatte sie darunter gelitten; und jetzt lehnten sich all ihre Erfahrungen, ihre erworbene Ruhe und Starre dagegen auf. In ihrer Jugend war sie so demütig gewesen, daß sie sich jetzt ein bißchen Stolz wohl leisten durfte, und in diesem Ansinnen und darin, daß sich ihr Vater für so selbstverständlich ermächtigt hielt, es zu stellen, war etwas, das ihr wie eine Verletzung ihrer Würde vorkam. Die Würde der armen Catherine war gewiß nicht angriffig; sie setzte sich nie auf den hohen Thron; aber wenn man weit genug ging, konnte man wohl auf sie stoßen. Ihr Vater war sehr weit gegangen.

«Ich kann das nicht versprechen», wiederholte sie schlicht.

«Du bist sehr eigensinnig», sagte der Doktor.

«Ich glaube, Sie sehen die Sache nicht richtig.»

«Dann erkläre sie mir, bitte.»

«Ich kann es nicht erklären», sagte Catherine; «und ich kann es nicht versprechen.»

«Nun, ich muß schon sagen!» rief ihr Vater aus, «ich hatte keine Ahnung, wie eigensinnig du bist!»

Sie wußte selbst, daß sie eigensinnig war; und es bereitete ihr ein gewisses Vergnügen. Sie war jetzt eine Frau mittleren Alters.

Ungefähr ein Jahr später traf der Unglücksfall ein, von dem der Doktor gesprochen hatte: er erkältete sich stark. Als er an einem Apriltag nach Bloomingdale hinausfuhr, um eine geistesgestörte Patientin zu besuchen, die in einer privaten Klinik für Geisteskranke interniert war und deren Familie dringend ein medizinisches Urteil von berufener Seite wünschte, geriet er in einen Frühjahrsschauer, und da er in einem Buggy ohne Verdeck saß, wurde er bis auf die Haut durchnäßt. Er kehrte mit einem Frösteln heim, das nichts Gutes verhieß, und am folgenden Tage war er ernstlich krank. «Es handelt sich um eine Kongestion nach der Lunge», sagte er zu Catherine; «und ich werde sehr guter Pflege bedürfen. Es wird zwar keinen Unterschied machen, denn ich werde nicht wieder gesund werden; aber ich wünsche, daß alles bis auf die geringste Kleinigkeit so getan wird, als ob ich es würde. Ich hasse schlecht geführte Krankenzimmer, und du wirst die Güte haben, mich auf Grund der Hypothese meiner Gesundung zu pflegen.» Er instruierte sie, welchen seiner Kollegen sie zu rufen habe, und gab ihr eine Fülle ins einzelne gehender Anweisun-

gen; sie pflegte ihn wirklich ganz auf Grund der optimistischen Hypothese. Aber er hatte sich in seinem Leben nie geirrt, und auch jetzt irrte er sich nicht. Er ging in sein siebzigstes Jahr, und obwohl er eine sehr ausgeglichene Konstitution besaß, hatte sein Griff am Leben die Festigkeit verloren. Er starb nach dreiwöchiger Krankheit, während welcher Mrs Penniman sowohl wie seine Tochter unverdrossen an der Seite seines Lagers ausgeharrt hatten. Bei der Eröffnung des Testamentes, nach einer anständigen Wartezeit, wurde festgestellt, daß es aus zwei Teilen bestand. Der erste stammte von vor zehn Jahren und enthielt eine Reihe von Anordnungen, laut deren er den Hauptteil seines Vermögens seiner Tochter hinterließ, neben ansehnlichen Vermächtnissen an seine beiden Schwestern. Der zweite war ein Kodizill jüngsten Ursprungs, welches die Renten für Mrs Penniman und Mrs Almond bestätigte, aber Catherines Anteil auf ein Fünftel dessen beschränkte, was ihr ursprünglich zugedacht war. «Für sie ist von der Seite ihrer Mutter reichlich gesorgt worden», so lautete das Dokument, «sodaß sie nie mehr als ein Bruchteil ihres daher rührenden Einkommens verbraucht hat; daher ist ihr Vermögen bereits mehr als groß genug, um jene skrupellosen Abenteurer anzulocken, von denen ich nach ihrem Verhalten Grund habe anzunehmen, daß sie von ihr noch immer für eine interessante Gattung gehalten werden.» Den großen Rest seines Vermögens hatte Doktor Sloper deshalb in sieben ungleiche Teile zerlegt, die er als Stiftungen ebensovielen Spitälern und medizinischen Fakultäten in verschiedenen Städten der Union hinterließ.
Mrs Penniman schien es ungeheuerlich, daß ein Mann mit anderer Leute Geld solche Streiche spielte; denn nach seinem Tode, so sagte sie, gehöre es natürlich anderen Leuten. «Natürlich wirst du das Testament augenblicklich übergehen», bemerkte sie zu Catherine.
«Oh nein», antwortete Catherine, «es gefällt mir sehr gut. Ich wollte nur, es wäre ein bißchen anders formuliert.»

XXXIV

Es war ihre Gewohnheit, bis sehr spät in den Sommer hinein in der Stadt zu bleiben; sie zog das Haus am Washington Square jeder erdenklichen anderen Wohnung vor, und nur unter Widerstreben pflegte sie für den Monat August an einen Badeort zu fahren. Am Meere verbrachte sie ihren Monat in einem Hotel. Im Jahre, da ihr Vater starb, unterbrach sie diesen Brauch gänzlich, weil sie ihn für unvereinbar mit tiefer Trauer hielt; und im Jahre darauf schob sie ihre Abreise so lange auf, daß die Mitte des Augusts sie noch immer in der glutheißen Verlassenheit des Washington Squares antraf. Mrs Penniman die Abwechslung liebte, brannte gewöhnlich auf einen Landaufenthalt; aber dieses Jahr schien sie ganz zufrieden mit jenen ländlichen Eindrücken, die ihr vom Salonfenster aus die Götterbäume hinter dem Holzzaun gewährten. Der eigentümliche Duft dieser Bepflanzung pflegte sich in der Abendluft auszubreiten und oft saß Mrs Penniman in den warmen Julinächten am offenen Fenster und sog ihn ein. Für Mrs Penniman waren es glückliche Tage; nach dem Tode ihres Bruders fühlte sie sich freier, ihren eigenen Regungen stattzugeben. Ein unbestimmter Druck war aus ihrem Leben geschwunden, und sie genoß ein Gefühl der Freiheit, dessen sie sich seit der denkwürdigen, längst vergangenen Zeit, als der Doktor mit Catherine ins Ausland gereist war und sie allein zu Hause gelassen hatte, um Morris Townsend Gastfreundschaft zu gewähren, nicht mehr bewußt gewesen war. Das Jahr seit ihres Bruders Tod erinnerte sie an jene glückliche Zeit, denn obwohl Catherine mit zunehmendem Alter eine Persönlichkeit geworden war, mit der man zu rechnen hatte, so war ihre Gesellschaft doch sehr verschieden von derjenigen eines — wie Mrs Penniman sich ausdrückte — Kaltwasserbehälters. Die ältere der beiden Damen wußte kaum, welchen Gebrauch sie von diesem weiteren Lebensspielraum machen sollte; sie saß da und betrachtete ihn, wie sie schon oft dagesessen hatte, die Nadel über dem Stickrahmen in der Schwebe haltend. Sie hegte jedoch die zuversichtliche Hoffnung, daß ihre vielfachen Regungen, ihr Sticktalent, doch einmal ihre Anwendung finden würden, und noch ehe viele Monate verstrichen waren, wurde diese Zuversicht gerechtfertigt.

Catherine wohnte auch weiterhin im Hause ihres Vaters, obwohl ihr nahegelegt wurde, daß eine unverheiratete Dame von ruhiger Lebensweise eine passende Behausung in einer jener kleineren Wohnstätten, mit braunen Steinfassaden, fände, welche um diese Zeit im oberen Teil der Stadt die Straßen, welche die Querverbindungen herstellten, zu zieren begannen. Sie liebte das frühere Gebäude — mittlerweile fing es schon an als «alt» zu gelten — und nahm sich vor, ihre Tage darin zu beschließen. Wenn es für zwei anspruchslose Damen zu groß war, so war das immerhin besser als der entgegengesetzte Fehler; denn Catherine hatte kein Verlangen, sich mit ihrer Tante in einem engeren Quartier einzurichten. Sie stellte sich vor, daß sie den Rest ihres Lebens am Washington Square verbringen und Mrs Pennimans Gesellschaft während dieser ganzen Zeitspanne genießen werde; denn sie hegte die Überzeugung, mochte sie selbst auch noch so lange leben: ihre Tante würde es mindestens ebenso lange aushalten und immer ihre Lebhaftigkeit und Betriebsamkeit bewahren. Mrs Penniman verband sich ihr mit der Vorstellung unerschöpflicher Lebenslust.

An einem jener warmen Juliabende, deren Erwähnung getan wurde, saßen die beiden Damen miteinander an einem offenen Fenster und blickten auf den stillen Square hinaus. Es war zu heiß, um Lampen anzuzünden, zum Lesen oder zum Arbeiten; es mochte sogar zu heiß für eine Unterhaltung scheinen, da Mrs Penniman schon lange wortlos geblieben war. Sie saß weit vorne im Fenster, halb auf dem Balkon, und summte ein Liedchen. Noch im Schutze des Zimmers ruhte in einem tiefen Schaukelstuhle Catherine, in Weiß gekleidet, und schwenkte langsam einen großen Palmettenfächer. Zu dieser Jahreszeit verbrachten Tante und Nichte ihre Abende nach dem Tee gewöhnlich auf diese Weise.

«Catherine», sagte Mrs Penniman schließlich, «ich will dir etwas sagen, was dich überraschen wird.»

«Oh ja, bitte», antwortete Catherine; «ich liebe Überraschungen. Und es ist jetzt so still.»

«Nun gut; ich habe Morris Townsend gesehen.»

Falls Catherine überrascht war, unterdrückte sie eine entsprechende Äußerung; weder fuhr sie zusammen, noch tat sie einen Ausruf. Ja, sie blieb für einige Augenblicke inständig still, und das mag freilich sehr wohl das Symptom eines Gefühls gewesen sein. «Ich hoffe, es ging ihm gut», sagte sie endlich.

«Ich weiß nicht; er hat sich sehr verändert. Er möchte dich sehr gerne sehen.»

«Ich möchte ihn lieber nicht sehen», sagte Catherine rasch.

«Ich fürchtete, du würdest das sagen. Aber du scheinst gar nicht erstaunt!»

«Ich bin es aber — sehr sogar.»

«Ich traf ihn bei Marian», sagte Mrs Penniman. «Er verkehrt bei Marian, und sie haben solche Angst, du könntest ihm dort einmal begegnen. Ich glaube ja, daß er aus diesem Grunde dort verkehrt. Er möchte dich so gerne sehen.»

Darauf erwiderte Catherine nichts, und Mrs Penniman fuhr fort. «Ich habe ihn nicht gleich erkannt; er hat sich so außerordentlich verändert; aber er erkannte mich augenblicklich. Er sagt, ich habe mich nicht ein bißchen verändert. Du weißt ja, wie höflich er schon immer war. Er war gerade aufgebrochen, als ich anlangte, und wir gingen ein Stückchen miteinander. Er sieht noch immer sehr gut aus, nur älter natürlich, und er ist nicht mehr so — so lebendig wie früher. Es war etwas wie Trauer an ihm; aber früher war auch schon so etwas wie Trauer an ihm, besonders als er fortging. Leider ist er nicht sehr erfolgreich gewesen — er hat sich nie wirklich etabliert. Ich nehme an, er rackert sich nicht genügend ab, und darauf kommt es schließlich an in der Welt.» Mrs Penniman hatte ihrer Nichte gegenüber Morris Townsends Namen seit mehr als einem Fünfteljahrhundert nicht mehr erwähnt; aber jetzt, da sie den Bann einmal gebrochen hatte, schien sie verlorene Zeit aufholen zu wollen, als ob es ihr eine Art Erheiterung bedeute, sich selbst über ihn reden zu hören. Sie ging jedoch mit ziemlicher Behutsamkeit vor, indem sie gelegentlich eine Pause machte, damit Catherine irgendein Zeichen geben könne. Catherine gab kein anderes Zeichen, als daß sie das Schaukeln ihres Stuhles und das Schwenken ihres Fächers anhielt; sie saß regungslos und schweigend da. «Es war am letzten Dienstag», sagte Mrs Penniman; «und ich habe seither dauernd gezögert, es dir zu erzählen. Ich wußte nicht, wie du es aufnehmen würdest. Schließlich dachte ich mir, es sei so lange her, daß es bei dir keine Empfindlichkeiten wecken werde. Nachdem ich ihn bei Marian traf, habe ich ihn noch einmal gesehen. Diesmal traf ich ihn auf der Straße, und er ging ein paar Schritte mit mir. Das erste, was er sagte, bezog sich auf dich; er hat mir ja so viele Fragen gestellt. Marian wollte nicht, du erführest, daß sie ihn bei sich empfangen. Ich sagte ihm, ich sei sicher, daß du nach all den Jahren deswegen nicht empfindlich sein werdest; du könntest ihm doch nicht die Gastfreundschaft im Hause seines eigenen Vetters mißgönnen. Ich sagte, wenn du das tätest, wärest du allerdings sehr verbittert. Marian hat ganz seltsame Vorstellungen von dem, was zwischen euch vorgefallen ist; sie scheint zu meinen, er habe sich irgendwie sehr ungewöhnlich aufgeführt. Ich habe mir die Freiheit genommen, sie an die wirklichen Tatsachen zu erinnern und die Geschichte ins rechte Licht zu rücken. *Er* empfindet keinerlei Bitterkeit, Catherine; das kann ich dir versichern; und doch könnte man ihm das nicht verübeln, denn es ist ihm nicht gut ergangen. Er ist in der ganzen Welt herumgereist und hat überall versucht, sich zu etablieren; aber sein böser Stern war gegen ihn. Es ist furchtbar interessant, ihn von seinem bösen Stern erzählen zu hören. Alles ließ ihn im Stich; alles außer seinem stolzen, hochgemuten Wesen. Ich glaube, er hat in Europa irgendeine Dame geheiratet. Du weißt ja, daß in Europa auf eine so merkwürdig sachliche Art geheiratet wird; eine ‚Vernunftehe' nennen sie das. Sie starb bald darauf; wie er mir sagte, ist sie durch sein Leben nur geflitzt. Zehn Jahre war er nicht mehr in New York; vor einigen Tagen ist er zurückgekehrt. Das erste, was er tat, war, mich nach dir zu fragen. Er hatte gehört, du habest nie geheiratet; er schien sich sehr dafür zu interessieren. Er sagte, du seist die große Liebe seines Lebens gewesen.»

Catherine hatte ihre Gefährtin von Punkt zu Punkt und von Pause zu Pause vorrücken lassen, ohne sie zu unterbrechen; sie hielt die Augen auf den Boden geheftet und hörte zu. Aber dem letzten Ausdruck, den ich zitiert habe, folgte eine Pause von besonderem Nachdruck, und jetzt endlich sprach Catherine. Man beachte, daß sie zuvor eine ganze Menge über Morris Townsend erfahren hatte. «Bitte, sprechen Sie nicht weiter; bitte, verfolgen Sie diesen Gegenstand nicht länger.»

«Interessiert es dich denn nicht?» fragte Mrs Penniman mit einem gewissen schüchternen Schalk.

«Es tut mir weh», sagte Catherine.

«Ich fürchtete, du würdest das sagen. Aber glaubst du nicht, du könntest dich daran gewöhnen? Er möchte dich so gerne sehen.»

«Bitte, nicht, Tante Lavinia», sagte Catherine und erhob sich von ihrem Stuhl. Sie entfernte sich rasch und ging an das andere Fenster, das sich auf den Balkon öffnete; und hier, in der Leibung, durch die weißen Vorhänge vor ihrer Tante versteckt, blieb sie lange Zeit und blickte in das warme Dunkel hinaus. Sie hatte einen schweren Schlag empfangen; es war, als hätte sich der Abgrund der Vergangenheit plötzlich aufgetan und eine gespenstische Gestalt wäre daraus aufgestiegen. Es gab Dinge, von denen sie geglaubt hatte, sie habe sie verwunden, Gefühle, die sie für erstorben gehalten hatte; aber anscheinend war noch immer ein gewisses Leben in ihnen. Mrs Penniman hatte gemacht, daß sie sich rührten. Es handelte sich freilich nur um eine augenblickliche Erregung, so sagte sich Catherine; es würde gleich vorüber sein. Sie zitterte, und ihr Herz klopfte so stark, daß sie es spürte; aber auch das würde abklingen. Dann, während sie so die Rückkehr ihrer Fassung erwartete, brach sie plötzlich in Tränen aus. Doch flossen ihre Tränen sehr still, sodaß Mrs Penniman sie nicht bemerkte. Zwar vermutete Mrs Penniman sie vielleicht und sprach aus diesem Grunde an jenem Abend nicht mehr über Morris Townsend.

XXXV

IHRE ERNEUTE AUFMERKSAMKEIT FÜR DIESEN HERRN KANNTE nicht jene Grenzen, deren sich Catherine ihrerseits bewußt zu sein wünschte; sie hielt so lange an, daß sie imstande war, eine ganze Woche zu warten, ehe sie wieder von ihm sprach. Es geschah unter den gleichen Umständen, daß sie den Gegenstand noch einmal aufgriff. Sie hatte den Abend zusammen mit ihrer Nichte am Salonfenster gesessen; nur brannte diesmal, da die Nacht weniger warm war, die Lampe, und Catherine hatte sich mit einer feinen Handarbeit daneben niedergelassen. Mrs Penniman setzte sich für eine halbe Stunde allein auf den Balkon; dann kam sie herein und wanderte ziellos im Zimmer umher. Schließlich sank sie mit gefalteten Händen und Aufregung im Gesicht in einen Stuhl neben Catherine.

«Wirst du mir böse sein, wenn ich dir noch einmal von *ihm* spreche?» fragte sie.

Catherine sah ruhig zu ihr auf. «Wer ist *er?*»

«Der, den du einmal geliebt hast.»

«Ich werde nicht böse sein, aber angenehm ist es mir nicht.»

«Er läßt dir etwas mitteilen», sagte Mrs Penniman. «Ich habe ihm versprochen, es auszurichten, und mein Versprechen muß ich halten.»

In all den Jahren hatte Catherine Gelegenheit gehabt, zu vergessen, wie wenig sie ihrer Tante in Zeiten der Not zu danken gehabt hatte; längst hatte sie Mrs Penniman verziehen, daß sie sich zu viel herausnahm. Aber einen Augenblick mahnte sie diese Haltung des Vermittelns und der Selbstlosigkeit, dieses Nachrichten-Überbringen und Versprechen-Halten daran, daß ihre Gefährtin eine gefährliche Frau war. Sie hatte gesagt, sie werde nicht böse sein; aber einen Augenblick nahm sie es übel. «Es geht mich nichts an, was Sie mit Ihrem Versprechen anfangen!» antwortete sie.

Doch Mrs Penniman, mit ihrem hohen Begriff von der Heiligkeit gegebener Ehrenworte, brachte ihre Sache vor.

«Ich bin schon zu weit gegangen, um mich noch zurückzuziehen», sagte sie, obzwar sie sich keine Mühe gab zu erklären, was das eigentlich heißen sollte. «Mr Townsend wünscht ganz dringend, dich zu sehen, Catherine; er glaubt, daß du deine Zustimmung geben würdest, wüßtest du nur, wie sehr und weshalb er es wünscht.»

«Es kann keinen Grund geben», sagte Catherine; «keinen guten Grund.»

«Sein Glück hängt daran. Ist das etwas kein guter Grund?» fragte Mrs Penniman eindrücklich.

«Nicht für mich. Mein Glück hängt nicht daran.»

«Ich denke, du wirst glücklicher sein, wenn du ihn gesehen hast. Bald bricht er wieder auf — bricht auf, um seine Wanderfahrten fortzusetzen. Es ist ein sehr einsames, rastloses, freudloses Leben. Ehe er aufbricht, möchte er mit dir sprechen; es ist ihm zur fixen Idee geworden — es geht ihm nicht aus dem Kopf. Er hat dir etwas sehr Wichtiges zu sagen. Er glaubt, du habest ihn nie verstanden — du seist ihm nie gerecht geworden, und dieser Glaube hat immer furchtbar auf ihm gelastet. Er möchte sich gerne rechtfertigen; er glaubt, es mit ganz wenigen Worten tun zu können. Als Freundin möchte er dich sehen.»

Catherine hörte sich diese wunderbare Rede an, ohne in ihrer Arbeit innezuhalten; sie hatte mehrere Tage Zeit gehabt, sich mit dem Gedanken vertraut zu machen, daß Morris Townsend wieder eine gegenwärtige Wirklichkeit sei. Als die Rede zu Ende war, sagte sie einfach: «Sagen Sie Mr Townsend, bitte, daß ich wünschte, er ließe mich in Ruhe.»

Sie hatte kaum zu Ende gesprochen, als ein kräftiges, energisches Läuten von der Haustür durch die Sommernacht vibrierte. Catherine sah zur Uhr auf; sie zeigte ein Viertel nach neun — eine sehr späte Stunde für Besucher, besonders bei dem Zustand der Leere in der Stadt. Mrs Penniman fuhr im gleichen Augenblick ein wenig zusammen, und dann wandten sich Catherines Augen rasch ihrer Tante zu.

Sie begegneten denen Mrs Pennimans und forschten streng in ihnen. Mrs Penniman wurde rot; ihr Blick war verlegen; er schien etwas zu gestehen. Catherine erriet seine Bedeutung und erhob sich rasch vom Stuhl.
«Tante Penniman», sagte sie in einem Ton, der ihrer Gefährtin Angst machte, «haben Sie sich die Freiheit herausgenommen...?»
«Meine liebste Catherine», stammelte Mrs Penniman, «warte doch ab, bis du ihn siehst!»
Catherine hatte ihrer Tante Angst gemacht, aber auch selbst hatte sie Angst; sie war drauf und dran hinauszustürzen, um der Bedienten, die eben zur Haustüre ging, die Weisung zu geben, niemanden einzulassen; aber die Furcht, ihrem Besucher zu begegnen, hielt sie zurück.
«Mr Morris Townsend.»
Das war es, was sie hörte, undeutlich aber vernehmlich, ausgesprochen von der Hausangestellten, während sie noch zögerte. Sie stand mit dem Rücken zur Salontür, und einige Augenblicke blieb sie so stehen, auch als sie spürte, daß er eingetreten sei. Er hatte aber noch nicht gesprochen, und schließlich wandte sie sich um. Da sah sie in der Mitte des Zimmers, aus dem sich ihre Tante zartfühlend entfernt hatte, einen Herrn stehen.
Sie würde ihn nie erkannt haben. Er war fünfundvierzig Jahre alt, und seine Gestalt war nicht mehr die des kerzengeraden, schlanken jungen Mannes ihrer Erinnerung. Aber es war eine sehr vornehme Erscheinung, und ein blonder, schimmernder Bart, der sich über eine hochgewölbte Brust breitete, trug zu dieser Wirkung bei. Einen Augenblick später erkannte Catherine wieder die obere Hälfte des Gesichts, das noch immer bemerkenswert gut aussah, obwohl das Lockengewirr ihres Gastes schütter geworden war. Er stand in tief unterwürfiger Haltung da, die Augen auf ihr Gesicht geheftet. «Ich habe gewagt — ich habe es gewagt» sagte er, und dann hielt er inne und sah sich um, als erwarte er, von ihr zum Sitzen aufgefordert zu werden. Es war die alte Stimme; aber sie hatte nicht den

alten Zauber. Catherine war sich eine Weile der festen Entschlossenheit bewußt, ihm keinen Platz anzubieten. Weshalb war er gekommen? Es war nicht recht von ihm zu kommen. Morris war verlegen, aber Catherine kam ihm nicht zu Hilfe. Nicht, daß sie sich über seine Verlegenheit gefreut hätte; im Gegenteil, es weckte all ihre Geneigtheit zu ähnlichen Empfindungen und war ihr sehr peinlich. Aber wie konnte sie ihn willkommen heißen, wenn sie so lebhaft fühlte, daß er nicht hätte kommen dürfen? «Ich wünschte so sehr — ich war entschlossen», fuhr Morris fort. Aber wieder stockte er; es war nicht leicht. Catherine sagte noch immer nichts; er mochte sich wohl mit Beklemmung ihrer alten Fähigkeit zu schweigen erinnern. Sie fuhr jedoch fort, ihn anzuschauen, und dabei machte sie eine höchst seltsame Beobachtung. Er schien es zu sein, und doch war er es nicht; es war der Mann, der ihr alles bedeutet hatte, und doch bedeutete ihr diese Person nichts. Wie lange war es doch her — wie alt war sie geworden — wie viel hatte sie gelebt! Sie hatte von etwas gelebt, das mit *ihm* zusammenhing, und dabei hatte sie es aufgezehrt. Diese Person sah nicht unglücklich aus. Sie war gepflegt und gut erhalten, tadellos gekleidet, reif und in sich geschlossen. Wie Catherine ihn so betrachtete, kennzeichneten seine Augen die Geschichte seines Lebens; er hatte es sich bequem gemacht, und er hatte sich nie gefangen nehmen lassen. Aber eben da sich ihre Wahrnehmung all dem öffnete, hatte sie kein Verlangen, ihn einzufangen; seine Gegenwart war ihr peinlich, und sie wünschte nur, er wollte gehen.

«Möchtest du dich nicht setzen?» fragte er.

«Ich glaube, es ist besser, wir setzen uns nicht», sagte Catherine.

«Mein Besuch verletzt dich?» Er war sehr ernst; er sprach in einem Ton höchster Achtung.

«Ich glaube, du hättest nicht kommen sollen.»

«Hat dir Mrs Penniman denn nichts gesagt — hat sie dir nichts ausgerichtet?»

«Sie hat mir etwas gesagt; aber ich habe es nicht verstanden».

«Ich wollte, du ließest es *mich* sagen — du ließest mich selbst reden.»

«Ich glaube, das ist nicht nötig», sagte Catherine.

«Vielleicht nicht für dich, aber für mich. Es würde mir eine große Befriedigung verschaffen — und es werden mir nicht viele zuteil.» Er schien näher zu kommen; Catherine wandte sich ab. «Können wir nicht wieder Freunde sein?» fragte er.

«Wir sind keine Feinde», sagte Catherine. «Ich habe nur freundliche Gefühle für dich.»

«Ach, ahnst du wohl, wie glücklich es mich macht, dich das sagen zu hören!» Catherine äußerte keine Andeutung, daß sie den Einfluß ihrer Worte ermesse; und er fuhr gleich fort: «Du hast dich nicht verändert — die Jahre sind für dich glücklich vorübergegangen.»

«Sie sind sehr still vorübergegangen», sagte Catherine.

«Sie haben keine Spuren hinterlassen; du bist bewundernswürdig jung.»

Diesmal gelang es ihm, näher zu kommen — er war dicht bei ihr; sie sah seinen gewichsten, parfümierten Bart und seine Augen, die darüber fremd und hart blickten. Es war alles sehr verschieden von seinem alten — von seinem jungen — Gesicht. Hätte sie ihn zuerst so gesehen, er hätte ihr nicht gefallen. Er schien ihr zu lächeln, oder ein Lächeln zu versuchen. «Catherine», sagte er, indem er die Stimme senkte, «ich habe nie aufgehört, an dich zu denken.»

«Bitte, sag nicht solche Dinge», antwortete sie.

«Hassest du mich?»

«Oh nein», sagte Catherine.

Etwas in ihrem Ton entmutigte ihn; aber er hatte sich sofort wieder aufgefangen. «Dann bist du mir noch immer ein wenig freundlich gesinnt?»

«Ich weiß nicht, warum du hergekommen bist, um mich solche Dinge zu fragen!» rief Catherine aus.

«Weil es seit vielen Jahren der Wunsch meines Lebens war, daß wir wieder Freunde würden.»

«Das ist unmöglich.»

«Warum denn? Nicht, wenn du es erlaubst.»

«Ich will es nicht erlauben», sagte Catherine.

Wieder sah er sie schweigend an. «Ich verstehe; meine Gegenwart stört dich und ist dir peinlich. Ich gehe; aber du mußt mir gestatten, wiederzukommen.»

«Bitte, komm nicht wieder», sagte sie.

«Nie? — niemals?»

Sie machte eine große Anstrengung; sie wünschte etwas zu sagen, das es ihm unmöglich machen sollte, je wieder ihre Schwelle zu übertreten. «Es ist nicht recht von dir. Es schickt sich nicht — es besteht kein Grund dafür.»

«Oh, Dame meines Herzens, du tust mir unrecht!» rief Morris Townsend. «Wir haben ja nur zugewartet, und jetzt sind wir frei.»

«Du hast mich schlecht behandelt», sagte Catherine.

«Nicht, wenn du es recht verstehst. Du hattest dein ruhiges Leben mit deinem Vater — und das war es eben, was ich mich nicht entschließen konnte, dir zu rauben.»

«Ja, das hatte ich.»

Morris empfand es als keine geringe Beeinträchtigung seiner Sache, daß er nicht beifügen konnte, sie habe darüber hinaus auch noch etwas anderes gehabt; denn es braucht nicht erst gesagt zu werden, daß er den Inhalt von Doktor Slopers Testament erfahren hatte. Trotzdem war er nicht in Verlegenheit. «Es gibt schlimmere Schicksale als das!» rief er mit Ausdruck; und man hätte annehmen können, er beziehe sich auf seine eigene ungesicherte Lage. Dann fügte er mit größerer Zärtlichkeit hinzu: «Catherine, hast du mir nie verziehen?»

«Ich habe dir schon vor Jahren verziehen; aber es ist sinnlos für uns, Freunde sein zu wollen.»

«Nicht, wenn wir die Vergangenheit vergessen. Wir haben noch immer eine Zukunft, Gott sei Dank!»

«Ich kann nicht vergessen — ich vergesse nicht», sagte

Catherine. «Du hast mich zu schlecht behandelt. Ich habe es sehr empfunden; ich habe es jahrelang empfunden.» Und dann setzte sie, aus dem Wunsche, ihm zu zeigen, daß er so nicht zu ihr kommen dürfe, hinzu: «Ich kann nicht noch einmal anfangen — ich kann es nicht fortsetzen. Alles ist tot und vergraben. Es war zu ernst; es hat mein Leben verändert. Ich hatte nie erwartet, dich hier zu sehen.»

«Oh, du bist mir böse!» rief Morris, der unendlich wünschte, er könnte ihrer Gefaßtheit ein Aufflammen von Leidenschaft entreißen. In diesem Falle durfte er hoffen.

«Nein, ich bin nicht böse. Man kann nicht jahrelang böse sein. Aber anderes gibt es. Eindrücke haften, wenn sie stark waren. Aber ich kann nicht darüber sprechen.»

Morris stand und streichelte seinen Bart mit umwölktem Auge. «Warum hast du nie geheiratet?» fragte er unvermittelt. «Gelegenheiten haben sich dir geboten.»

«Ich mochte nicht heiraten.»

«Ja, du bist reich, du bist frei; du hattest dabei nichts zu gewinnen.»

«Ich hatte dabei nichts zu gewinnen», sagte Catherine.

Morris blickte sich unsicher um und seufzte tief. «Nun, ich hatte gehofft, wir könnten immer noch Freunde sein.»

«Ich hatte die Absicht, dir in Antwort auf deine Nachricht — falls du eine Antwort abgewartet hättest — durch meine Tante sagen zu lassen, daß es für dich unnötig sei, in dieser Hoffnung zu kommen.»

«Dann also adieu», sagte Morris. «Entschuldige meine Zudringlichkeit.»

Er verneigte sich, und sie wandte sich ab — stand da, abgekehrt, die Augen auf den Boden geheftet, noch einige Augenblicke, nachdem sie ihn die Zimmertüre hatte schließen hören.

In der Halle fand er, aufgeregt und eifrig, Mrs Penniman; sie schien dort zwischen den unvereinbaren Antrieben ihrer Neugier und ihrer Würde geschwebt zu haben.

«Das war ein famoser Plan von Ihnen!» sagte Morris und stülpte sich den Hut auf.

«Ist sie unzugänglich?» fragte Mrs Penniman.
«Sie macht sich keinen Pfifferling aus mir — mit ihrer verflixten trockenen Art.»
«War sie sehr trocken?» drängte Mrs Penniman angelegentlich.
Morris schenkte ihrer Frage keine Beachtung; er stand eine Weile, den Hut auf dem Kopfe, sinnend da. «Aber warum, zum Teufel, wollte sie denn nie heiraten?»
«Ja, in der Tat — warum?» seufzte Mrs Penniman. Und dann, wie aus einem Gefühl für die Unzulänglichkeit dieser Erklärung: «Aber Sie werden nicht verzweifeln — Sie werden doch wiederkommen?»
«Wiederkommen? Verdammt!» Und Morris Townsend verließ das Haus mit langen Schritten, während ihm Mrs Penniman nachstarrte.
Catherine hatte mittlerweile im Salon ihre feine Handarbeit wieder aufgenommen und sich mit ihr niedergelassen — fürs Leben, sozusagen.

Nachwort

»We are Americans born – il faut en prendre son parti...«*) Dieser Satz des erst dreiundzwanzigjährigen Henry James könnte fast als Motto und Programm für seinen Lebensweg und das literarische Werk gelten. Selbstbewußt, zielsicher und nicht ohne einen Anflug jugendlicher Arroganz wird hier eine für James charakteristische Grundposition umrissen. Die pointierte Zweisprachigkeit des Satzes, die jeden patriotischen Amerikaner schmerzen mußte, signalisierte früh die Affinitäten des jungen Literaten zu Europa, deutete voraus auf sein lebenslanges Fluktuieren zwischen Neuer und Alter Welt. Offenbar genügte das stolze Bekenntnis »... wir sind gebürtige Amerikaner, ... Menschen der Zukunft...« dem Autor nicht. Die ausschließliche Fixierung auf die Neue Welt schien ihm, wie vielen seiner Zeitgenossen, zu eng und einseitig, war ein Hemmnis für einen Schriftsteller, der sich auf der Suche nach »Kunst, Reichtum und Ruhm« von der »exquisiten Provinzialität« seines Geburtslandes allzuwenig stimuliert sah. Zu einer Zeit, in der man in den USA noch darauf aus war, eine eigenständige Literatur mit national-spezifischer Thematik zu etablieren, sieht Henry James seine künstlerischen Aufgaben und Ziele jenseits jener kulturellen Prämissen und Beschränkungen, die die selbstbewußter werdende Nation seit dem Ende des 18. Jahrhunderts setzte und propagierte. Entgegen allen patriotischen Forderungen strebt er auf einen geistigen und künstlerischen Internationalismus in Theorie und Praxis zu, der, wie er sagt, »die verschiedenen nationalen Tendenzen der Welt zu einer intellektuellen Fusion und Synthese treibt« und »Amerikas moralische Substanz, seine geistige Unbefangenheit und Kraft« mit dem historischen und kulturellen Erbe europäischer Gesellschaftsmuster und Zivilisationserfahrung zu idealer Vollkommenheit verschmelzen würde.

James hatte kaum erst seine literarische Karriere begonnen, als er diese Überlegungen anstellte und so seinen Standort zwischen den

*) »Wir sind gebürtige Amerikaner – daraus muß man seinen Vorteil ziehen.« Der französische Teil des Satzes läßt andere Bedeutungen mitschwingen: »... man muß sich damit auseinandersetzen, sich darüber klarwerden...« oder »man muß daran teilhaben, sich dessen bewußt sein.«

Kontinenten bezog. Er verschrieb sich damit einem Kosmopolitentum, das ihn schließlich im völkerreichen Europa heimischer werden ließ als in seinem Vaterland und das zu einem zentralen Thema seines literarischen und kulturkritischen Werks wurde. James wird zu einem *Pilger aus Leidenschaft* – so der Titel einer frühen Prosasammlung –, zu einem Europapilger, der, ohne seine amerikanische Herkunft geringzuachten oder gar zu leugnen, in der Alten Welt jenes stimulierende geistige Klima, die Impulse geschichtlicher Erfahrung und ein kulturelles Kontinuum zu finden hofft, das Amerika mit seiner noch unausgegorenen Geschichte ihm nicht bieten konnte.

Herkunft, Erziehung und Bildung trugen dazu bei, daß James auf die Rolle des Kosmopoliten, des sensiblen, aufmerksamen Beobachters und des abwägenden Kommentators besser vorbereitet, materiell auch besser ausgestattet war als viele seiner amerikanischen Schriftstellerkollegen. 1843 wird er am Washington Square in New York geboren, in einem Haus, das dem des Dr. Sloper etwa entsprochen haben mag. Er ist ein halbes Jahr alt, als ihn die Eltern auf die erste zweijährige Europareise mitnehmen. Es folgen Kinderjahre in Amerika, aber schon 1855 beginnt – wie ein geographisches Wechselbad – ein neuer, drei Jahre dauernder Aufenthalt der Familie in England, Frankreich und der Schweiz. Die bewußte Europaerfahrung setzt ein. Der Vater, Henry James Senior, ist bemüht, seine Kinder vor einer pragmatischen, blutleeren und nivellierenden amerikanischen Erziehung zu bewahren. Der gebildete Religionsphilosoph und Privatgelehrte, der mit den großen Denkern seiner Zeit diskutierte und korrespondierte, sieht die Basis kindlicher Erziehung eher in direkter sinnlicher Erfahrung als in schulischem Drill. Die Kinder sollen »Französisch und Deutsch in den Ursprungsländern absorbieren«. Die solide, durch ein reiches Erbe garantierte materielle Rückendeckung der Familie James erleichtert diese Erziehungspläne erheblich. Das Jahr 1858 verbringt man in den USA. Es ist kaum mehr als ein Zwischenaufenthalt, eine kurze Episode, denn 1859 ist man bereits wieder in Europa. Der sechzehnjährige Henry und sein älterer Bruder William, der später zu einem einflußreichen Psychologen wird, unternehmen ihre *grand tour,* eine fast klassische Bildungsreise in englischer Tradition. Sie lernen Deutschland und die Schweiz kennen, machen die obligate Rheinreise, studieren fremde Sprachen. In Genf und Bonn werden sie von Privatlehrern unterrichtet, sie malen oder zeichnen und »absorbieren«, ganz im Sinne des Vaters, Landschaft, Baukunst, Malerei und Dichtung auf dem Kontinent. Auf diese beeindruckende und bis in das Spätwerk nachwirkende Europaerfahrung folgen nun zehn gänzlich »amerikanische« Jahre, in denen James seine künstlerischen Ambitionen entwickelt und seine literarischen Vorlieben forciert. Er beginnt Gedichte zu schreiben, versucht sich an ersten Kurzgeschichten, und er schult seine sprachlichen und schriftstellerischen Fähigkeiten an Übersetzungen französischer Autoren. Während zwei jüngere Brüder als Soldaten der Unionsarmee am amerikanischen Bürgerkrieg (1861–1865) teilnehmen, beginnt Henry ein kurzes Jurastudium an der Harvard Universität. Obgleich er das geistige Klima Neuenglands genießt, die amerikanische Szenerie wieder als »angenehm« empfindet, plant er längst schon die nächste Europareise. In diese Zeit fällt auch der Beginn der Freundschaft mit dem großen Realisten William Dean Howells, der James stets protegierte, ihn gegen eine oft böswillige amerikanische Kritik in Schutz nahm, ihn ermutigte und ihm Publikationsmöglichkeiten zuschanzte. Mitte der Sechziger Jahre erscheinen James' erste Kurzgeschichten, und schließlich wird, zwei Jahre nach einer erneuten Pilgerfahrt durch England, Frankreich und Italien, dann 1871 ein erster Roman von der wichtigen Zeitschrift ›Atlantic Monthly‹ abgedruckt. Von nun an wird Literatur für James zur Profession, an eine Fortsetzung des Jurastudiums denkt er längst nicht mehr. Zunächst verfaßt er Reiseberichte aus Europa, Reisebilder und Schilderungen europäischer Zustände, und er leistet damit einen wichtigen Beitrag zu einem damals ungeheuer populären literarischen Genre. Danach entstehen erste Kurzgeschichtensammlungen, deren Titel die Europafaszination des jungen Mannes markieren: ›Die Pilger aus Leidenschaft‹ (1875), eine Sammlung, die als »glanzvolle literarische Leistung eines neuen amerikanischen Talents« gerühmt wird, und ein Band ›Transatlantische Skizzen‹. 1875 fällt, durch den schriftstellerischen Erfolg begünstigt, die Entscheidung, sich endgültig in Europa niederzulassen, sich der großen literarischen Welt Englands und Frankreichs anzuschließen. In Paris wird James zunächst Korrespondent für die ›New York Tribune‹, und er genießt das weitgehend positive Echo der Kritik auf seinen Künstlerroman ›Roderick Hudson‹ (1875), eine Geschichte, in der ein junger amerikanischer Bildhauer, von einem reichen Mäzen protegiert, in Europa einen Bildungs- und Reifungsprozeß durchlaufen soll, dort aber seine naive Spontaneität und Begeisterung verliert, sich in Liebesaffären verstrickt und schließlich seinem Leben in den Schweizer Alpen ein Ende macht. Für James wird Paris, das er schon in den Jugendjahren liebte, neben London zum bevorzugten Aufenthalt. Er genießt die beiden Weltstädte als ein transatlantisches Museum, und hier wie dort trifft er auf die bedeutenden literarischen Zeitgenossen, auf Maler und Schauspieler. Er lernt Iwan Turgenjew kennen, den er bewundert und dem er nacheifern will. Turgenjew führt ihn bei Flaubert ein, zu dem James allerdings, vielleicht nicht ganz neidlos, kritische Distanz wahrt. Er macht die Bekanntschaft von Maupassant, er diskutiert mit Edmond Goncourt, mit Daudet, Zola und Pierre Loti. In England, wo er allmählich immer heimischer wird, begegnet er Tennyson, Meredith, George Eliot und R. L. Stevenson, mit dem ihn enge Freundschaft verbindet. Später kommt Joseph Conrad hinzu, und mit wachsendem Ruhm erweitert sich der Kreis amerikanischer Freunde, die ihn in England besuchen oder sich selbst dort ansiedeln: der Maler John La Farge, der Historiker und Kulturphilosoph Henry Adams, der junge Naturalist Stephen Crane, der literarische Tausendsassa Ford Madox Ford und Edith Wharton, Europapilgerin wie er, eine Frau, in der man später seine direkteste Nachfolgerin erkennen sollte. Dieser lebendige Kontakt zur zeitgenössischen europäischen Kultur schärfte den Blick für literarische Strömungen, kunsttheoretische Entwicklungen und literaturkritische Tendenzen. Die Begegnungen mit anderen Expatriierten und Weltreisenden wie Conrad, Stevenson, Turgenjew, Crane, Ford und Wharton sensibilisieren ihn für die Problematik und Auswirkungen der moralischen und ethischen Divergenzen zwischen den Nationen, für die geistigen Spannungsbögen zwischen den Kontinenten, addieren sich zu seinen eigenen Erfahrungen und Beobachtungen.

Vor diesem Horizont sind auch die beiden neuen »internationalen« Romane ›Der Amerikaner‹ (1877) und das Seitenstück dazu, ›Die Europäer‹ (1878), zu sehen. Der eine beschreibt die Europaerlebnisse des betuchten, naiven, ehrlichen *homo americanus* Christopher Newman und dessen Verstrickungen in die Komplotte und Rankünen eines dekadenten französischen Adelsnests, ›Die Europäer‹ hingegen diagnostizieren jene subtilen Veränderungen an Geist, Psyche und Bewußtsein, die Europa in dispatriierten Amerikanern bewirkt hat. Diese Ausprägungen des *Internationalen Themas,* das in der amerikanischen Literatur schon seit der Jahrhundertmitte zu einem häufig gestalteten und populären Motivkreis geworden war, bleiben bei allem Wert, den James geschichtlicher Erfahrung beimißt, in einem erstaunlich enthistorisierten Raum. Aktuelle Zeitfragen vordergründig politischer Natur interessieren ihn kaum, erscheinen ihm eher marginal für das Zustandekommen der geistigen und seelischen Modifikationen in seinen Protagonisten. So berührt ihn etwa der tiefgreifende Konflikt des amerikanischen Bürgerkriegs kaum, erfährt keine umfassende literarische Gestaltung oder Deutung. Europas Machtmechanismen und Kriege, die entscheidenden Sprünge der Industrialisierung in den Gründerjahren, Kolonialprobleme, Klassengegensätze und Arbeitskämpfe bleiben in den Romanen unerwähnt. Nur selten stößt man auf Spuren, die die politischen, ökonomischen und sozialen Prozesse in der Gesellschaft oder bei einzelnen Romanfiguren hinterlassen. Die Welt der sogenannten »kleinen Leute«, die Lebenswirklichkeit der Handwerker und Arbeiter, das Faktum der Lohnarbeit bleiben für die Fiktionen uninteressant, liefern höchstens eine Kontrastfolie zur Sphäre der Oberschicht. Manchmal ist James von der Armut in England betroffen – zumal sie längst nicht so pittoresk erfahrbar ist wie in Italien –, große analytische Kapitel regen diese Probleme, mit Ausnahme vielleicht der ›Prinzessin Casamassima‹, nicht an. Für James ist das kein Material, aus dem sich Kunst formen ließe. Der soignierte literarische »Meister« aus dem vermögenden New Yorker Großbürgertum gesteht, daß er sich nie recht in der Lage sah, *downtown,* in der Unterstadt, dem Volk zu begegnen. Stoffe für seine Gesellschaftsbilder, Themen für seine Arbeiten, das ihm gemäße Ambiente findet er in den »besseren Kreisen« der englischen Gesellschaft, bei den Künstlern Italiens, in Salons und Clubs, als Gast mäzenatischer Freunde in Italien, Frankreich und der Schweiz. Dabei ist er ein beharrlicher Traditionalist. Er schlägt sich auf die Seite der eher konservativen Sachwalter tradierter Kunst- und Gesellschaftsnormen, zu den Bewahrern der viktorianischen

Lebensauffassung. Er tut das wohl nicht zuletzt auch deshalb, weil hier, in der affluenten englischen Oberschicht, jenes reiche Arsenal von historisch gewachsenen »Verhaltensweisen, Sitten, Gebräuchen, Manieren und Umgangsformen« anzutreffen ist, ein Erfahrungsschatz existiert, den er in Amerika stets vermißte, ein Agglomerat von historisch mediierten »Paraphernalien« einer gereiften, moralisch zwar nicht immer integren, jedoch komplexen Zivilisation. Diese letztlich auf gewachsene Werte fixierte Weltsicht mußte zu vorsichtiger Skepsis gegenüber dem Neuen, zu manchmal verschreckten und enttäuschten Reaktionen gegenüber den progressiven Kräften und Tendenzen in Politik, Gesellschaft und Kunst führen. James ist zweiundfünfzig Jahre alt, als er, deprimiert vom geringen Echo auf seine Arbeiten, 1895 an Howells schreibt: »Eine neue Generation, die ich nicht kenne und der ich auch nichts abgewinnen kann, hat von der Welt Besitz ergriffen.« Er erkennt die Veränderungen, die Jüngere in der Gesellschaft anstoßen, in der Kultur vielleicht schon bewirkt haben. Fast fühlt er sich von Entwicklungen und Gegenströmungen überrollt, die seinem geistigen Habitus widersprechen. Zola ist ihm zu grobschlächtig, die neue Bildende Kunst wird dem Verehrer der italienischen Renaissance zum Greuel. Er kann noch den Präraffaeliten Burne-Jones mit seiner halbmystischen Phantastik bewundern, Whistler hingegen »gehört in den Schrank, nicht an die Öffentlichkeit«, Manet, Monet und Degas erschrecken ihn mit »wunderlichen« Gemälden, die für ihn »schlechte Witze« sind.

Im England der Achtziger Jahre entstehen die berühmten Romane einer mittleren Schaffensperiode: 1881 ›Die Erbin vom Washington Square‹, von vielen Kritikern als eines der besten Gesellschaftsbilder gerühmt. 1881 auch das zentrale Werk ›Bildnis einer Dame‹, 1886 ›Die Damen aus Boston‹ und ›Prinzessin Casamassima‹. Das »Internationale Thema«, das nun allmählich für James an Interesse verliert, wird noch einmal im ›Bildnis einer Dame‹ angeschlagen, der zwischen Amerika, England und Italien angesiedelten Lebensgeschichte der intelligenten und kapriziösen Isabelle Archer, die, allen Demütigungen und Schalheiten ihrer Ehe mit dem platten amerikanischen Ästheten und Mitgiftjäger Osmond zum Trotz, mit Stolz und moralischer Festigkeit sich in dieser Verbindung aufopfert, ihre innere Freiheit aber bewahrt.

Daneben entstehen die »amerikanischen« Romane mit ihren subtilen Gesellschaftsdarstellungen aus Boston und New York. London wird zum Schauplatz der ›Prinzessin Casamassima‹.

1898 verläßt James London. Das abwechslungsreiche gesellschaftliche Leben wird eingetauscht gegen die »stille Zurückgezogenheit« des Junggesellendaseins in einem schönen alten Landhaus in Sussex. Hier schreibt er an den Romanen seiner »großen Zeit«. 1902 entstehen ›Die Flügel der Taube‹, 1903 ›Die Abgesandten‹ und 1904 ›Die goldene Schale‹ als formal komplexe neue Varianten in der Darstellung der Auseinandersetzung amerikanischer Protagonisten mit Europa. 1905 reist James zu einer Vortragstournee in die Vereinigten Staaten, die er nun eigentlich zum ersten Mal in seinem Leben weiträumig kennenlernt. 1906 beginnt er, die Gesamtausgabe seiner Werke zu konzipieren, er wählt Texte aus, revidiert und schreibt erhellende Vorworte zu den einzelnen Romanen. 1907 erscheint als Ergebnis der Amerikafahrt das aufschlußreiche Reisebuch ›Die amerikanische Szene‹, ein Werk, dessen kaum verhohlene Amerikaskepsis James' Abstand vom Land seiner Geburt manifestiert. Amerika ist häßlicher geworden, materialistischer. Geschichte wird nicht mehr auf »die Tafeln der Kultur geschrieben, sondern in Konto-Büchern niedergelegt«. Noch immer fehlt den Künstlern der Neuen Welt die »Luft zum Atmen«, noch immer eine inspirierende, kreative Atmosphäre. Der Ausbruch des Weltkriegs 1914 ist für den über Siebzigjährigen ein tiefer Schock. Europa steht am Abgrund, eine Zivilisation versinkt in zerstörerische Barbarei und Völkerhaß. Als die USA nach dem Lusitania-Zwischenfall zögern, England im Krieg gegen Deutschland zu Hilfe zu kommen, stellt sich James, mit einem für ihn seltenen Akt des Reagierens auf Zeitereignisse, auf die Seite Großbritanniens. Moralisch vom Zögern der USA indigniert, beantragt er die britische Staatsbürgerschaft, und 1915, ein Jahr vor seinem Tode, bekennt er stolz: »Civus Britannicus sum!« Der »gebürtige Amerikaner« zog damit nur noch die formelle Konsequenz aus seiner längst abgeschlossenen Expatriierung, aus einem immer größer gewordenen Abstand zu Amerika.

1918, zwei Jahre nach dem Tode von Henry James, beginnt der Poet und Dramatiker T. S. Eliot, der ebenso wie James seinem Geburtsland Amerika den Rücken gekehrt hatte, eine sympathische

Würdigung des Romanciers mit dem vieldeutigen Satz: »Er ist schon lange tot.« Nach einem furchtbaren Krieg versucht eine neue Künstlergeneration, ihren Standpunkt gegenüber der Tradition und den Vorgängern zu fixieren. Wie weit dieser Blick zurück auf das Werk Henry James' reichen muß, läßt sich an den neuen Ismen der Kunstwelt ablesen, die seit der Jahrhundertwende entstanden. Vorbei war der Naturalismus, den James wegen seiner brutalen Oberflächlichkeit nie gemocht hatte, überwunden der Impressionismus, den er verspottet und verkannt hatte, längst haben die ›Wilden‹, die Fauves, haben Futurismus und Kubismus zur radikalen Veränderung der Sehweisen und Darstellungsformen beigetragen, neue Valeurs geschaffen. Hemingway verkündete burschikos: »Das Barock ist vorbei!« Dada kündigt sich an, Surreales entwickelt sich. Das Kriegserlebnis hatte auch viele junge amerikanische Schriftsteller entscheidend geprägt. Mit Autoren wie Gertrude Stein, Hemingway, Fitzgerald, e. e. cummings und John Dos Passos wächst die desillusionierte »Verlorene Generation« heran, die das alte »Internationale Thema« mit neuen Konflikten und formalen Experimenten, freilich zumeist ganz un-Jamesscher Art, belebt. Angesichts dieser Veränderungen scheint auf den ersten Blick für James im 20. Jahrhundert nur eine kleine Gedenknische eingerichtet. Man empfindet seine Werke mehr und mehr als prototypisch für das 19. Jahrhundert. In boshafter Metaphorik charakterisiert André Gide James' Romane als »Gipsbüsten mit Flügeln«, andere finden das Etikett »Kathedralen aus Eisglas«. Es seien dies »Roman-Gespenster«, zu kühl-distanziert, blutleer und leidenschaftslos, einander zu ähnliche Variationen eines Grundthemas. Eine junge Literatur, die in der Prosa immer deutlicher auf die Bewußtmachung kollektiver Erfahrung zuarbeitet, vermag in den segmenthaften Ausschnitten aus dem Leben des Bürgertums, in den sensiblen Auslotungen der inneren Entwicklungen der Jamesschen Individuen kaum Positives zu entdecken. Seine moralischen Normen sind überholt, die ästhetischen Maßstäbe und Formkonzepte antiquiert, die Gesellschaft, die er beschreibt, ist revolutionär verändert.

Auf der anderen Seite seine Bewunderer: ein zunächst kleiner, seit den Zwanziger Jahren wachsender Kreis von Liebhabern und Kennern, für die James zu einer Kultfigur eines psychologischen

Realismus' wird, zu einem Wegbereiter, der unter dem Einfluß Freudscher Theorien als früher sensibler Seelenrechercheur verehrt wird. Andere bewundern in ihm den Meister der Form, einen Stilkünstler, der den Roman durch neue Erzählperspektiven bereicherte. Man sieht in ihm einen Wegbereiter der *stream of consciousness* – Technik, der Reproduktion des Bewußtseins, die dann in den Zwanziger Jahren von James Joyce zu extremer Vollkommenheit entwickelt wird. Die Autoren der ›Verlorenen Generation‹ erkennen in ihm den direkten Vorgänger, der sich aus der provinziellen, unkreativen und kunstfeindlichen amerikanischen Welt zurückzog. Für andere rückt er in den Rang eines amerikanischen Flaubert auf, der mit seinen wahrhaften Schilderungen einer internationalen Müßiggänger-Gesellschaft noch den Realisten Howells übertrumpfte und zum eigentlichen Meister einer amerikanischen Variante der *novel of manners* wird.

Diese Gegenläufigkeit der Urteile, die kaum durch konziliante Mittelpositionen aufgelockert wird, das harte Für und Wider der Kritik des 20. Jahrhunderts, ist nur Fortsetzung oder Wiederholung eines kritischen Zwists, mit dem sich James Zeit seines Lebens konfrontiert sah. Waren damals die einen von seinen Seelenanalysen begeistert, von seiner moralischen Kompetenz berührt, vom *vrai semblable* seiner Konflikte überzeugt, so wetterten Gegner über »anämisch-schwindsüchtige Fiktionen« aus den Salons, die so dürftig und lebensfern schienen gegenüber der kräftigen Freiluft-Literatur eines Bret Harte oder Mark Twain. Härter als solche Fehleinschätzungen und Mißdeutungen traf James das Verdikt jener oberflächlichen Patrioten, die angesichts seiner Europafaszination von mangelndem nationalen Bewußtsein sprachen, seinen Weggang aus den USA als dünkelhaften Pro-Europäismus empfanden. Platte Kritiken warfen ihm vor, er habe mit seinen Büchern »Amerika und seinen Landsleuten einen schlechten Dienst erwiesen«. Man lastete ihm »gänzlich unpatriotisches Verhalten« an. Frauen rebellierten gegen das Bild, das James von ihren Geschlechtsgenossinnen entwarf, man nannte etliche seiner Helden »bühnenreife Versionen der europäischen Vorstellungen vom Amerikaner«. Howells mußte sich gelegentlich öffentlich schützend vor James stellen und gegen die chauvinistischen Anwürfe protestieren, mit denen sich ein verletzter Nationalstolz an einem Mann rächte, der Amerika zumindest physisch den Rücken zugekehrt hatte.

Vor dem Hintergrund solcher Auseinandersetzungen ist auch ein langer Essay zu sehen, mit dem der Poet Ezra Pound 1918 eine Neubesichtigung und Neubewertung des Jamesschen Werks einleitet. Dieser engagierte und kenntnisreiche Aufsatz ist bei allen gelegentlichen Übertreibungen eine liebevolle und überzeugende Fürsprache für den Autor und sein Werk und darüber hinaus der Versuch einer posthumen Wiedergutmachung. Pound, der mit seinem Vaterland USA ebenso unzufrieden und innerlich zerstritten war wie James, wirft den Amerikanern vor, sie hätten kaum etwas von den komplexen Relationen und Affinitäten verstanden, die James zwischen Europa und Amerika hin und her trieben und ihn schließlich zum britischen Staatsbürger werden ließen. Die große Leistung des Henry James sei, so Pound, in dem lebenslang durchgehaltenen Versuch zu sehen, als kultureller Vermittler zwei Kontinente und drei Nationen, Amerikaner, Briten und Franzosen, einander verständlich zu machen, die Kontinente, die einander zur eigenen Vervollkommung bedurften, anzunähern. Pound übertreibt hier keinesfalls. James hatte schon in frühen Jahren diese Mittlerposition angestrebt, als er sagte: »Das Amerikanertum ist eine gute Vorbereitung auf die Zivilisation. Als Rasse haben wir hervorragende Qualitäten, und wir sind den Europäern zumindest dadurch überlegen, daß wir, anders als sie, ganz frei mit allen Zivilisationsformen umgehen können, aussuchen, auswählen und assimilieren können, was wir für richtig halten. Es ist für mich nicht unwahrscheinlich, daß amerikanische Schriftsteller noch demonstrieren werden, daß eine großzügige Fusion und Synthese der unterschiedlichsten nationalen Tendenzen und Eigenarten Grundlage von Entwicklungen allerhöchster Wichtigkeit sein kann.« Pound, der es 1918 leid ist, nur kleinkariert über die stilistischen Leistungen des Autors zu palavern, verweist auf wesentliche, in der Kritik bisher kaum beachtete Facetten des Jamesschen Werks. Er erkennt in dem »großen James« den erklärten Gegner der Tyrannei. »Buch für Buch« habe James, »gegen die Unterdrückung angehend, gegen jene niederträchtig-kleinliche, persönlichkeitszerstörende Repression« gekämpft, »die das moderne Leben dominiert«. Er habe »die menschliche, persönliche Freiheit, die Rechte des Einzelnen gegen alle möglichen Ausprägungen unbegreiflicher Unterdrückung« in seinen Werken stets verteidigt. Pound gibt zu, daß dieses Anprangern der Unterdrückung frei ist von politischen Konnotationen, keine politischen Dimensionen erreicht. Immerhin: »Was er attackiert, ist ›Einfluß‹, der Zwang des familiären Drucks, Druck einer Person auf eine andere.« Schließlich wagt Pound noch einmal den Versuch, James als amerikanischen Künstler ins Blickfeld zu rücken, ihn in die amerikanische Literatur und ihre Traditionen einzubinden. Er tut das mit dem Hinweis auf das Geschichtsbild, das James vom und für den Amerikaner entworfen habe: »Er hat Geschichte einer sehr persönlichen Art geschrieben, eine wohldokumentierte, wenn auch unvollständige Sozialgeschichte, und er hat in seinen Lebenserinnerungen und Fiktionen Amerika auf der Weltkarte fixiert..., den Amerikanern eine wirkliche Vergangenheit gegeben«, einen historischen »background«.

In diesem Kontext ist auch der kleine 1881 erschienene Roman ›Washington Square‹ zu sehen. Das Buch begnügt sich in der amerikanischen Originalausgabe mit diesem kurzen Titel. Anders als im Titel der vorliegenden Übersetzung konnte James seinerzeit auf einen Hinweis auf das Schicksal der enterbten Heldin verzichten. Was er beschreibt, ist ja nicht nur Familiengeschichte, individueller Konflikt *vor* dem gesellschaftlichen Hintergrund betrachtet, sondern eher umgekehrt, das Gesellschaftsbild einer formativen Epoche der amerikanischen Geschichte, bestückt mit Charakteren, an denen das soziale Gefüge der Zeit einsehbar, erfahrbar gemacht und exemplifiziert wird. Für den zeitgenössischen amerikanischen Leser mußte der Titel doppelt bedeutsam sein. Einmal verwies er auf das, was man – bezogen auf die Handlungszeit des Romans – eine »gute Adresse« nennt. Der Washington-Platz, heute Zentrum einer fröhlichen jugendlichen Bohème, war damals das bevorzugte Quartier der oberen Tausend, eine parkgesäumte, standesgemäße Residenz des Geldadels und des solventen Großbürgertums und damit synonym für die »besondere Klasse Mensch«, für eine soziale Schicht, die James in diesem Werk so subtiler kritischer Sicht aussetzt. ›Washington Square‹ konnte noch eine andere Assoziation freisetzen. Der Schauplatz des Romans ist nach dem ersten Präsidenten der jungen Nation benannt, nach dem Mitbegründer ihrer demokratischen Verfassung, die allen das Recht auf Freiheit, Glück und persönliche Selbstentfaltung garantierte. James zeigt an diesem Ort alles andere als die Tugenden und Ideale der demokratischen Gesellschaft. Fast möchte man meinen, er versuche die ironische Verkehrung, den frühen Verschleiß ihrer Prinzipien ins Bild zu setzen. Statt persönlicher Freiheit existiert der Despotismus des Dr. Sloper, dominieren Konventionalität und Standesdünkel über die freie Wahl, machen Vorurteile, Ängste und Zwänge die Liebe und das Glück zunichte. An die Stelle von Selbstverwirklichung tritt Entsagung, stummer Verzicht und schicksalsergebene Akzeptation von Entscheidungen, die andere trafen. Das Gleichheitspostulat ist durch die scharfe Abgrenzung sozialer Schichten bereits in Frage gestellt. Man denkt in »Kategorien«, die von finanziellen Erwägungen bestimmt sind, »Vermögen« wird ein Schlüsselwort. Mit feinen Details, in Episoden und Aktionen, charakterisiert James die Werthierarchie einer Gesellschaft, die ihre stabilisierende Kraft aus Geldwert und Konvention schöpft. Es ist zudem eine Welt kultureller Beschränktheit. Der »Philosoph« Sloper erweist sich als solcher, indem er nachdenklich Zigaretten raucht, Catherine versteckt hinter der Verbrämung der »Geschichte Englands« in zwei hübschen Lederbänden ein Puffspiel. Ihre Opernerfahrung, James läßt sich den bösen Hinweis auf die Provinzialität New Yorks nicht entgehen, stammt von der Drehorgel. Es ist eine Welt der Verstellungen, Rollen und Gesten, eine Gesellschaft, in der Kaltherzigkeit, Voyeurismus und berechnende Pragmatik über republikanische Tugenden und emotionale Menschlichkeit letztlich dominieren.

Bot der im Titel fixierte größere Handlungsraum des Washington Square, dem James wohl auch aus autobiographischer Zuneigung die Belegkraft eines »Stücks Sozialgeschichte« zumißt, eine erste gesellschaftstopographische Orientierung, so wird der engere Raum des Sloperschen Hauses zu einem hübschen Spiegel für die Mentalität der Besitzer und Besucher. Sloper hatte, »einem modischen Zug« folgend, ein »rotes Backsteingebäude mit granitenen Simsen«, ein Haus, das vielleicht noch »republikanische Einfachheit« suggerieren konnte, 1835 gegen ein »stattliches, modernes Haus ... mit breiter Front« eingetauscht, ein Haus, das mit »einem großen Balkon vor den Salonfenstern« ausgestattet war und vor dem »eine Flucht von Marmorstufen zu einem ebenfalls mit weißem Marmor verkleideten Portal« emporführte. Es ist dies, bei all seiner reichen Ausstattung, ein Dutzendstück, das vielen Gebäuden in der Nachbarschaft »aufs genaueste« gleicht. Es ist Residenz und Statussymbol einer Klasse, nicht individueller Ausdruck geistiger Unabhängigkeit. Die Slopers sind sich der Suggestionskraft dieses Gebäudes kaum noch bewußt, für Morris, den Mitgiftjäger und Aufsteiger, wird es zum beredten Zeichen seiner Jagd auf das Vermögen Catherines, wird es zur Verheißung materieller Erfüllung. Es ist ein »verteufelt behagliches Haus«, in dem er sich einzunisten versucht. Ebenso wie er nach und nach von Catherine Besitz ergreift, führt sein Weg in schöner Analogie durchs Haus: über die Marmorstufen hinauf zunächst in ein neutrales Empfangszimmer, wo ihn Catherine »inmitten der keuschen Tapezierarbeit eines nach der vor fünfzig Jahren herrschenden Mode ausgestatteten« Raumes begrüßt, in ihr Zimmer, und schließlich, während der Abwesenheit des Hausherrn, in dessen Arbeitszimmer und seinen gutgefüllten Weinkeller. Das ist dann auch in den Augen Catherines eine rüde Inbesitznahme, fast schon ein Sakrileg. Umgekehrt verläuft der Rückzug Townsends: War das Haus zunächst Verlokkung, wurde es später zum »Traumschloß . . . zu einem Klub mit einem einzigen Mitglied«. Es trifft ihn hart, daß er nach der Heimkehr des Besitzers »daran gemahnt wurde, er habe seinen Radius auf den vorderen Salon zu beschränken«. Das Ende hatte sich schon früh im Roman angekündigt, als er vor der »makellos weißen Tür« stand, die für ihn die »verschlossene Pforte des Glücks zu bezeichnen schien«. So wird das Haus – und hier spielt sicher auch die genealogische Variante des Worts mit hinein – zum Träger vielschichtiger Andeutungen und Hinweise. Es ist eine mikrokosmische Bühne, maßstabgetreues Modell eines Segments der gesellschaftlichen Situation. Sie findet ihr Gegenbild im Kleinbürgerhaus der Mrs. Montgomery mit seiner reinlich-stickigen Atmosphäre, das bei Sloper den Eindruck eines »vergrößerten Puppenhauses« entstehen läßt, welches man »vom Brett eines Spielwarengeschäfts heruntergeholt« hat: für Sloper die Behausung einer »sparsamen, *kleinen* Person«. Es ist diese Einsicht in die »kleinen« Verhältnisse, die Erkenntnis, daß Morris und Mrs. Montgomery zu einer anderen »Kategorie« Menschen gehören, die es Sloper gestatten, ihren Familienstolz zu verletzen und sie zu beleidigen.

Für Catherine hat das Haus am Washington Square andere Funktionen. Es ist das Terrain, auf dem sie sich noch am ehesten zurechtfindet, auf dem sie selbstsicher genug ist, eine Fluchtburg fast, in die sie sich vor Bedrängnissen zurückziehen kann. Morris, der sie einmal zu einem Rendezvouz auf den Platz vor dem Haus bittet, ahnt ihre Unsicherheit außerhalb der Mauern, und er nützt sie für seine Zwecke. Catherine weiß hingegen genau, daß sie nur innerhalb des Hauses vor einer emotionalen Überrumpelung sicher sein kann: »›Sie müssen nach Hause kommen‹, sagte sie schließlich, ›davor fürchte ich mich nicht.‹ ›Es wäre mir lieber auf dem Square‹, drängte der junge Mann.« Morris rächt sich für Catherines Entscheidung, indem er Lavinia erzählt, »daß ihre Nichte unromantischerweise ein Gespräch in einem mit Chintz ausgeschlagenen Salon einem sentimentalen Stelldichein an einem mit Herbstlaub ausgekleideten Brunnenbecken vorziehe, und sie war ob der Wunderlichkeit – ja, beinahe der Perversität – einer solchen Wahl in Nachsinnen versunken«. Schließlich, in der Phase der Einsamkeit nach der Lösung von Townsend und dem Tode des Vaters, wird das Haus, das mittlerweile schon anfing, »als ›alt‹ zu gelten«, nicht nur zu einem Speicher der Erinnerung für die »unverheiratete Dame«, sondern auch zum Zeichen ihres physischen Alterungsprozesses, zu einem zu großen, zu leeren und leblos-sterilen Gemäuer, zum Relikt einer vergangenen Zeit.

Slopers Haus ist nicht zuletzt auch Schauspielhaus, eine Bühne. Vieles an diesem Roman ist dramatisch, wirkt theaterhaft. Eine Gesellschaft agiert ihre Selbstdarstellung, posiert, setzt sich in Szene. Überall begegnet man Masken und Entlarvungen, man durchschaut als Leser Verstellungen, Rollen, Dramatisierungen, Melodrama. Manche Spieler werden zu Zuschauern, die, gelegentlich fast voyeurhaft, wiederum der von ihnen in Gang gesetzten Theatralik zuschauen. Man spielt und spielt sich auf.

Die eifrigste Akteurin und Dramaturgin ist Tante Lavinia Penniman, mit deren Namen James in fast Dickensscher Manier die Verquickungen von Schein und Sein enthüllt. Lavinia klingt einerseits nach ›Southern Belle‹, jenem schönen Südstaaten-Mädchen aus dem Herrenhaus, das in der amerikanischen Literatur fast zu einer trivialmythischen Erscheinung geworden ist. Der Name signalisiert treffend sentimental-romantische und melodramatische

Züge der Tante. Daneben dann das billig-ärmlich klingende ›Penniman‹, das sich Lavinia mit ihrem Ehemann zuzog, dem Provinzgeistlichen aus Poughkeepsie. Diese Ehe, die ihr – wie Sloper einmal hämisch anmerkt – nicht einmal ein Vermögen einbrachte, war ereignislos und trübe. Aber gerade deshalb stürzt sich Lavinia voller »künstlicher Selbstsicherheit« in die Rolle der Kupplerin und Confidente. Sie will eine Liebesaffäre stiften, die ebenso farbig, dramatisch, bunt und tränenfeucht sein sollte, wie Liebe und Ehe auf der Boulevardbühne, wie die Verbindungen im sentimentalen Roman:

> Mrs. Pennimans wirkliche Hoffnung ging dahin, daß sich das Mädchen heimlich verheiratete, wobei sie selbst als Brautführerin oder Duenja amten würde. Als Schauplatz dieser Zeremonie sah sie eine unterirdische Kapelle, ... darauf würde das Paar ... in einem rasch dahinwirbelnden Fahrzeug nach irgendeiner düsteren Vorstadtbehausung wegpraktiziert, wo sie ihm (in einen dichten Schleier gehüllt) heimliche Besuche bringen würde und wo es eine Zeit romantischer Entbehrungen zu erdulden hätte; dann endlich, nachdem sie seine irdische Vorsehung, seine Mittlerin, seine Fürsprecherin und seine Botin zur Welt gewesen wäre, würde es zur Versöhnung mit ihrem Bruder kommen, in einem künstlerischen Gruppenbild, worin sie selbst irgendwie den Mittelpunkt bildete. (S. 107)

Die arme, gedemütigte Witwe gaukelt sich mit dieser phantastischen Geschichte, die ja zugleich auch die ironische Verkehrung der essentiell unromantischen wirklichen Ereignisse ist, eine Sonderstellung vor, eine überragende Rolle, die ihr eine fade Ehe und ein ereignisloses Dasein stets verweigerten. Sie erfüllt sich damit einen Traum. Ihre Ängste und ihre Schwächen verbirgt sie hinter »blumiger Eloquenz«, gespielter Sicherheit und einem vorschnellen Mut, der die Wogen des Dramas eher aufwirbelt als glättet. Lavinia ist bei aller Sympathie, die James dem armen Wesen entgegenbringt, auch komödiantenhaft. Man lächelt über ihren kupplerischen Eifer, die schnippische Art, mit der sie sich gegen Sloper gelegentlich zur Wehr setzt, über ihren erfrischenden Instinkt für das Unpassende, Unkonventionelle, der hier und da sogar zu einem kleinen Angriff auf die Moral der Gesellschaft gerät.

Der Mitgiftjäger, Glücksritter und Taugenichts Morris muß, will er erfolgreich sein, ohnehin alle Register der Schauspielerei nutzen, nacheinander viele Rollen spielen. So erscheint er mal als leidenschaftlicher Verehrer, mal als vernachlässigter Liebhaber. Mit inszeniertem Charme und klischierter Floskelhaftigkeit versucht er, die »Beute« Catherine zur Strecke zu bringen. Clever posiert er nacheinander als Mann von Welt, als Connaisseur und Genießer, als scharfzüngiger Kontrahent Slopers und als wohlmeinender Ratgeber Catherines. Seine schön gespielte Vornehmheit fällt jedoch von ihm ab, wenn er mit der armen Lavinia umspringt oder seine Gedanken laut werden läßt. Beutementalität und Schmarotzertum brechen in Momenten durch, in denen er sich unbeobachtet glaubt. James charakterisiert ihn als eine Person, die, trotz aller Erfahrung außerhalb Amerikas, keine Weltläufigkeit gewonnen hat. Er ist ein Versager, der sich weder pragmatisches Durchhaltevermögen bewahrt hat noch durch die aufrichtige, ehrliche Offenheit besticht, die so viele der Jamesschen Amerikaner auszeichnet. Ihm fehlen kontinentale Eleganz und Glätte, seine angebliche Kulturbeflissenheit ist heuchlerisch. Er ist der simple Betrüger, ein Krämergeist, der ohne die attraktive Ruchlosigkeit und düstere Hintergründigkeit auskommen muß, mit der James manchen seiner europäischen Adligen ausgestattet hat. Zu alledem ist Morris dann letztlich noch ein mieser Schauspieler, der, schnell vom geistreichen Sloper entdeckt, nur noch vor den gutgläubig-hoffnungsfrohen Damen agieren kann und selbst dabei schon früh Fehler macht. Als Catherine ihm einmal von der drohenden Enterbung durch den Vater berichtet, ruft er, sich selbst entlarvend aus: »›Er dachte, eine solche Nachricht würde mich schrecklich ärgern und bewirken, daß ich die Maske fallen lasse, was?‹«

Catherine ist die wahrhafte, stets der Aufrichtigkeit verpflichtete »jugendliche Naive« auf der Bühne des Romans, und ihre Auftritte in einer Verkleidung und Maskierung fallen kaum auf. Sie agiert still, ohne Eklat und Brillanz, pantomimisch-stumm. Sie besitzt weder Lavinias Eloquenz und dramaturgische Imagination noch die stilistische Wandlungsfähigkeit des Morris Townsend. Sie entwickelt höchstens einmal »einen lebhaften Geschmack für Kleider ... Ihr Schwelgen in dieser Richtung entsprang in Wirklichkeit dem Verlangen einer eher wortkargen Natur, sich darzustellen; sie suchte in ihren Kleidern beredt zu sein und ihre Scheu im Sprechen durch eine schöne Offenheit der Tracht wettzumachen«. Aber wie paßt ihre »karmesinrote Robe«, dieses Habit der Leidenschaft und Verführung, zur plumpen Stumpfheit und naiven Unschuld Catherines? Ist dies eine Verkleidung, die eher von geheimen Wünschen geschneidert als von der Realität angemessen ist? Oder ist es nur pompöses Zeichen mangelnden Geschmacks? Sicher ist es ein kleiner, zaghafter Ausbruchsversuch am Beginn »einer Periode der Verstellungen«, eine Kostümierung, die Dr. Sloper prompt durchschaut: »›Ist es denn möglich, daß diese prächtige Person mein Kind ist?‹ sagte er.« Anders als die cleveren Mitakteure Townsend und Lavinia studiert die Naive ihre Rollen nicht ein, sie liefert sie ab. Nicht von selbstsüchtigen Motiven getrieben, wird sie von den anderen in eine Position gedrängt, in der sie ihre wahre Persönlichkeit aufgibt: die Liebe zu Morris suggeriert den »Trieb nach Selbstentäußerung und Opfer«, führt sie dazu – entgegen ihrer Art –, »um seinetwillen mutig zu sein«.

Wie Lavinia, die »in diesem Drama . . . den Eifer der Souffleuse mit der Ungeduld des Zuschauers« verband, so ist auch Sloper zugleich sarkastischer Impresario und böser, voyeurhafter Genießer der Szenen. Er »amüsiert« sich über die ganze Situation,

> ja, mehr noch: er ging soweit, sich von dem kleinen Drama einige Unterhaltung zu versprechen – wenn das Spiel, worin Mrs. Penniman den genialischen Mr. Townsend als Helden zu präsentieren wünschte, überhaupt ein Drama war. Noch hatte er hinsichtlich des dénouements keine Ansichten gefaßt. (S. 51)

Für Sloper war Catherine nach dem Tode eines »beklagten Erstgeborenen« eine »Enttäuschung«, »unangemessener Ersatz«, eine Tochter, die sich nicht seinen rigiden Vorstellungen entsprechend bilden lassen würde. Sie ist als häßliches junges Entlein, aus der psychologischen Perspektive des Vaters, zudem schuld am Tode der geliebten, schönen Frau. Entsprechend kaltherzig-despotisch und bösartig-distanziert schaut Sloper der weiteren Entwicklung der Affäre entgegen, nicht ohne hier und da mit nahezu rächerischer Attitüde Regieanweisungen zu geben und an der Inszenierung dieser Tragikomödie mitzuwirken. Er, der seiner Tochter gerade noch genügend Zuneigung und fast mitleidige Sympathie entgegenbringen kann, um sie – wie natürlich auch seinen materiellen Besitz – vor den schmarotzerisch-drängenden

Attacken Townsends bewahren zu wollen, ist nicht imstande, echte väterliche Liebe zu zeigen, selbstlos Rat zu erteilen. Er zieht an den Fäden, retardiert die Entwicklung durch die Europareise, arrangiert ein »Durchbruchserlebnis« in den Alpen. Er entlarvt Townsend und schließlich, im vorletzten Akt, mit seinem unversöhnlichen Testament sich selbst. Und er schaut mit dem Haß eines enttäuschten Vaters zu. Zynisch scheint für ihn alles »die Aussicht auf ein unterhaltsames Schauspiel zu bieten«.

»Catherine hatte mittlerweile im Salon ihre feine Handarbeit wieder aufgenommen und sich mit ihr niedergelassen – fürs Leben, sozusagen.« Mit diesem deprimierenden Schlußsatz endet der Roman. Als 1881 im britischen ›Spectator‹ eine erste Rezension des Buches erschien, fragte deren Verfasser, warum diese ansonsten so genial konzipierte Geschichte sich »gegen einen leergefegten, bleiernen Himmel der Hoffnungslosigkeit abzeichne«, warum »das schwere Gewölk der Mühsal« auf ihr laste, kein Zeichen der Erlösung und Erleichterung die traurige Entwicklung aufhelle. Es scheint, als habe sich besonders die zeitgenössische Kritik nur schwer mit dem skeptischen Bild von Despotie, Verstellung und Entsagung abfinden können – zumal es vor dem vermeintlich glanzvollen Hintergrund gesellschaftlichen Rangs entworfen wurde. Es war nicht unbedingt ein Happy End, das man wollte, aber offenbar doch eine Quintessenz der Geschichte, die so kommentarlos ausklang. Man suchte etwas Positives, Reue beim Vater vielleicht, Einsicht bei Lavinia, einen Funken Lebenslust bei Catherine. Das trübe, negative Gesellschaftsbild, die Ausweglosigkeit des Schicksals der Heldin erschreckte die Zeitgenossen, und die Kritik empfahl das Buch nur Lesern, die eine »clevere Studie perfekter Trostlosigkeit« wünschten. Was man vermißte, war auch ein deutlicher moralischer Fingerzeig, ein Hinweis auf den Standpunkt des Autors, der scheinbar gleichgültig und unbeteiligt dem Gang der Dinge folgte, der wertende Akzente nur setzte, um sie gleich wieder zu verwischen, sie im nächsten Satz zu relativieren. Die realistische Unausweichlichkeit, durch keine Idealisierung oder Beschönigung gemildert und kaum durch künstlerische Kniffe oder entschiedene moralische Verdikte dem Leser schmackhaft gemacht, mußte in den Achtziger Jahren das Publikum unbefriedigt lassen. In England wie in Amerika verlangte es immer noch einen Roman, der neben dem Kunstcharakter auch eine spezifische moralische Zweckhaftigkeit berücksichtigte. James sah in dieser Erwartung eine Behinderung der schöpferischen Kreativität und der künstlerischen Freiheit, für ihn waren die Wertmaßstäbe moralischer Prämissen sekundär, das »moralische« oder »unmoralische« Kunstwerk gab es für ihn nicht. Der Wert des Romans wurde statt dessen wesentlich von seiner Lebensnähe bestimmt: »Der Roman ist die weiteste Definition dessen, was man persönlichen, direkten Eindruck vom Leben« nennen könnte, ohne Vorbehalte und Scheuklappen, der »Wind der Wirklichkeit« hatte dem Kunstwerk Leben einzuhauchen. Unter solchen Voraussetzungen konnte auch die schwache, naive, gar nicht aufregende Catherine als »gewöhnliche« Heldin interessant werden, Sympathie entwickeln, konnte auch eine Geschichte bedeutungsvoll werden, in der es keine opulenten Szenen, keine überraschenden Höhepunkte und abenteuerlichen Konflikte gab. Wenn Sloper das Ideal des treusorgenden Vaters durch Zynismus und Rechthaberei entthronte, Lavinia das der Gouvernante durch kupplerischen Eifer und Geschwätzigkeit entwertete, Townsend alles andere als ein aufrichtiger Liebhaber war, so waren das Möglichkeiten, die in der Realität vorgezeichnet waren, ihr womöglich eher entsprachen als kunstvolle Entwürfe, die nur der moralischen Provinz der Kunst, ihren pädagogischen Zielsetzungen, verpflichtet waren.

»Der Wind der Realität«, der ›Die Erbin vom Washington Square‹ so kalt umhaucht, bewahrt dem Buch eine moderne Lebendigkeit und geistige Frische, macht es zu einem Werk, das noch nach mehr als hundert Jahren den Reiz der Kunst und die Aussagekraft eines Stücks amerikanischer Sozialgeschichte behalten hat.

Dietmar Haack

Beachten Sie bitte
die folgenden Seiten

WERKE VON WERNER BERGENGRUEN

Romane	Herzog Karl der Kühne Der Großtyrann und das Gericht Der Starost Am Himmel wie auf Erden Caliban / Pelageja Das Feuerzeichen Der letzte Rittmeister Die Rittmeisterin Der dritte Kranz Der goldene Griffel
Novellensammlungen	Das Buch Rodenstein Der Tod von Reval Sternenstand Die Flamme im Säulenholz Badekur des Herzens Und dein Name ausgelöscht Räuberwunder Zorn, Zeit und Ewigkeit Die schönsten Novellen Spuknovellen Kindheit am Wasser Männer und Frauen
Einzelne Novellen	Die drei Falken Jungfräulichkeit Die Hände am Mast Der Teufel im Winterpalais Das Tempelchen Erlebnis auf einer Insel Die Sterntaler Der Pfauenstrauch Das Netz Die Kunst, sich zu vereinigen Die Heiraten von Parma Bärengeschichten Suati
Lyrik	Die Rose von Jericho Die verborgene Frucht Dies irae Lombardische Elegie Zauber- und Segenssprüche Mit tausend Ranken Glückwunschgabe Zur Heiligen Nacht Die heile Welt Figur und Schatten Herbstlicher Aufbruch

IM VERLAG DER ARCHE ZÜRICH